D1722203

BESTSELLER

William C. Gordon estudió literatura inglesa en Berkeley, California. A pesar de que su objetivo final era convertirse en abogado, o escritor, sirvió en primer lugar en el ejército de Estados Unidos, como teniente, antes de la debacle de Vietnam. Al regresar, entró en el Hastings College of Law, al tiempo que comenzó a colaborar en proyectos relacionados con el deporte para niños de 4 a 8 años. Practicó como abogado civil, trabajando para la comunidad como activista en casos de inseguridad laboral de mujeres hispanas. Es el autor de varias novelas de suspense que tienen a Samuel Hamilton como protagonista, entre otras, *Duelo en Chinatown* y *El Enano*, publicadas en Debolsillo.

Biblioteca

WILLIAM C. GORDON

El enano

Traducción de
Raúl Sastre

DEBOLS!LLO

Título original: *The Ugly Dwarf*

Primera edición: julio, 2012

© 2012, William C. Gordon
© 2012, Random House Mondadori, S. A.
   Travessera de Gràcia, 47-49. 08021 Barcelona
© 2012, Raúl Sastre Letona, por la traducción

Printed in Spain – Impreso en España

ISBN: 978-84-9989-597-0 (vol. 957/3)
Depósito legal: B-16257-2012

Compuesto en gama, s. l.

Impreso en Novoprint, S. A.
Sant Andreu de la Barca (Barcelona)

P 9 9 5 9 7 0

Este libro está dedicado a Horacio Martínez Baca

1

UN TROZO DE CARNE

A principios de 1963, un airedale terrier sin pedigrí, al que le faltaba una oreja, se escapó de su dueña y corrió hacia un cubo de basura metálico cuya tapa yacía en el suelo. El cubo estaba apoyado contra la pared de un feo y alargado edificio de madera de varios pisos, que estaba pintado con un amarillo bastante apagado; este se encontraba en el barrio de China Basin de San Francisco, junto a un brazo del contaminado río que discurría bajo el puente levadizo de la calle Tercera. Ese famoso puente era conocido por sus pesados contrapesos de cemento, que permitían mantener la calzada elevada cuando era necesario para que el tráfico marítimo pudiera circular por esa parte del río.

Cuando el perro se estaba aproximando al cubo, este cayó de repente y lo sobresaltó. Su contenido se esparció por un suelo que ya estaba repleto de desperdicios. Un enorme mapache se alejó correteando del cubo que todavía se balanceaba y se adentró en un respiradero roto que se encontraba en la parte inferior del edificio.

Al principio, el perro salió corriendo detrás del asustado animal, pero se detuvo en cuanto llegó a la altura del cubo volcado. Empezó a olisquearlo intensamente y metió el hocico en algo envuelto en una arpillera que había caído al suelo.

Para entonces, la dueña ya lo había alcanzado y había recuperado el control del perro, al hacerse con su correa, justo cuando este comenzaba a rasgar la tela de arpillera con los dientes. La mujer pudo ver cómo desgarraba trozos de carne y carámbanos de hielo, mientras la sangre brotaba en todas direcciones. Tiró de la correa, lo más fuerte que pudo, para impedir que el perro armara un mayor estropicio, pero no pudo evitar que ella también acabara cubierta de manchas rojas. A continuación, se retiró hacia una de las escaleras de madera que permitían el acceso a ese edificio de aspecto tan abominable y ató al perro con firmeza en un poste de madera; acto seguido se sentó en uno de los peldaños para decidir qué iba a hacer.

Melba Sundling, que tenía unos cincuenta años, solía salir de su domicilio en la calle Castro, a diario, para dirigirse a ese asqueroso parque industrial que se encontraba junto a la bahía de San Francisco; así podía respirar aire fresco y hacer el ejercicio que tanto necesitaba, ya que se pasaba las noches enteras en el Camelot, un bar repleto de humo situado en Nob Hill, cuya propiedad compartía con otros socios, pero de cuya explotación era la única responsable.

Melba acababa de superar una larga bronquitis invernal, gracias a diversos remedios tradicionales chinos, y creía que era el momento ideal para ponerse en forma. Los paseos diarios con su perro la ayudaban en ese aspecto, y también habían contribuido a mejorar su humor y apaciguar su temperamento; además, de un modo sorprendente, habían logrado incluso que sintiera ganas de competir en estado de forma con su atlética hija, Blanche, que había venido a ayudarla después de que Rafael García, que había trabajado como gorila en el bar y quien también había sido su amigo y confidente, fuera enviado a prisión, donde lo asesinaron al intentar proteger a otro recluso.

Melba salió de sus ensoñaciones ante la curiosidad de saber qué podría haber dentro de ese saco. Se levantó, bajó la escalera y cogió un trozo de listón de madera del suelo, con el que se dispuso a darle unos golpecitos a ese bulto de arpillera mientras Excalibur, el perro, tiraba de su correa con la intención de participar. Logró retirar la tela hasta que fue capaz de identificar algo que parecía ser un gran trozo de carne y algo que creyó que podría ser piel. Como no sabía qué pensar, cerró el saco que el perro había desgarrado y desató al animal, obligándolo a retroceder. Acto seguido, Melba se encaminó rápidamente a una cabina telefónica, mientras agarraba con fuerza la correa de Excalibur para poder mantenerlo a raya.

Llamó a la operadora y le pidió que le diera el teléfono del despacho del forense; después, marcó el número con celeridad. A pesar de que era ya media mañana, tuvo mucha suerte, ya que este se encontaba en su despacho. El empleado que respondió al teléfono reconoció su voz, puesto que solía frecuentar muchas noches el Camelot, y le pasó con su jefe.

—Hola, Melba —respondió el forense Barnaby McLeod, quien también era un cliente habitual del Camelot—. ¿A qué debo este honor?

—No lo sé seguro, Barney. He sacado a pasear al perro y me he encontrado con un trozo de carne envuelto en un saco de arpillera. Normalmente, no le habría dado mucha importancia; sin embargo, me ha dado la impresión de que lo habían cortado con una sierra y, además, está cubierto de fragmentos de hielo, así que no sé qué pensar. Por eso he decidido que sería mejor contactar con un experto, porque podría tratarse de restos humanos.

—Has llamado al tipo indicado, guapa —dijo el forense—. ¿Dónde estás? Iré para allá en persona.

Melba le explicó dónde estaba.

—Espérame ahí. No tardaré más de veinte minutos. No dejes que nadie se acerque a lo que has encontrado.

—Eso no será un gran problema —replicó—. Nadie sabe que esto está aquí salvo tú, yo, mi perro, el mapache que hizo volcar el cubo de la basura y quienquiera que haya dejado eso ahí.

En cuanto colgó el teléfono, Melba se secó el sudor que perlaba su pálida frente y se arregló el pelo de color gris azulado que lleva cubierto con un soso pañuelo. Entonces, metió otra moneda de diez centavos en la ranura y volvió a marcar.

—Póngame con Samuel Hamilton, por favor —le pidió a la operadora, quien estableció la llamada.

—¿Diga? Samuel al aparato —contestó una voz.

El periodista se encontraba en su nuevo y mejorado despacho, cuya única desventaja era que tenía que compartirlo con otro reportero de la edición matutina. Desde ahí, podía contemplar por la ventana la calle Market y observar cómo el gigantesco reloj del edificio Ferry daba los minutos y las horas. Su chaqueta caqui estaba tendida sobre una silla giratoria de madera. Iba vestido con una camisa blanca que no estaba muy bien planchada, aunque tampoco estaba demasiado arrugada; además, llevaba peinado hacia atrás, sobre su pecosa calva, lo poco que le quedaba de su cabello pelirrojo.

—Samuel, soy Melba.

—Qué sorpresa —replicó, para luego añadir con un tono de voz más preocupado—. ¿Le ha pasado algo a Blanche?

—¿Estás de guasa? —respondió—. Esa muchacha es indestructible. Pero escúchame un instante. Tengo un problema. Quizá no sea nada, pero nunca se sabe. Estoy en China Basin y acabó de encontrar un trozo de carne. No estoy segura de si es humana o no, así que, por si acaso, he llamado a nuestro viejo amigo Cara Tortuga que ya viene para acá. ¿Te interesa esta noticia?

—Ahora mismo cojo el autobús en la calle Tercera —contestó Samuel—. ¿Debería acompañarme un fotógrafo?

—Eso lo dejo a tu elección, Don Importante. Pero ¡date prisa!

—Mejor, así me llevará el fotógrafo en su coche —replicó. A continuación, abrió la puerta del despacho y gritó por el pasillo—: ¡Marc, tenemos una exclusiva, vámonos!

Después, colgó el teléfono.

Barnaby McLeod, el forense, era un hombre alto que poseía una cabeza bastante pequeña, cuyo pelo castaño era cada vez más escaso; además, tenía los párpados caídos. Llevaba una bata blanca de médico abierta, con lo cual se podía ver la camisa y la corbata. Estaba dando golpecitos al bulto de arpillera con un puntero, cuando Samuel llegó acompañado por Marcel Fabreceaux, su fotógrafo, en el Ford cupé verde de 1947 de este último.

Samuel saludó a Melba con la mano y le rascó la cabeza a un inquieto Excalibur antes de volverse para saludar a Cara Tortuga.

—Hola, forense McLeod. No te veía desde que nos encontramos en el herbolario chino del señor Song. Eso fue hace más de un año —dijo Samuel, quien hizo todo lo posible por ver lo que había detrás de aquel hombre tan alto y así averiguar qué era ese bulto que estaba examinando.

—Sí —replicó Cara Tortuga, esbozando un gesto de disgusto—. Aún no le he perdonado a ese hijo de puta de Perkins que me metiera en ese follón, por culpa del recibo de aquel jarrón chino. ¿Lo recuerdas?

—¿Cómo iba a olvidarlo? —respondió Samuel—. Gracias a ese caso, ahora puedo trabajar como periodista a tiempo completo, en vez de seguir siendo un comercial de publicidad que se muere de hambre. —Entonces, volvió a centrarse en el asunto que se traían entre manos—. ¿Qué tenemos aquí, jefe?

—Las noticias vuelan en esta ciudad —afirmó el forense, ofreciéndole lo más parecido a una sonrisa que jamás lograrían arrancarle. A continuación, echó un vistazo a Melba, quien hasta entonces no había dicho nada y, en ese momento, se acercaba hacia ellos tirando de Excalibur, que intentaba hincarle el diente a ese trozo de carne. Cara Tortuga extendió el brazo para detenerla—. No te acerques demasiado hasta que haya tenido la oportunidad de examinar esto a conciencia. No quiero que la escena del crimen quede contaminada.

—Así que ya has concluido que se trata del escenario de un crimen —señaló Samuel, al mismo tiempo que le hacía un gesto a Marcel para que le hiciera una foto a Barney McLeod, mientras, con su puntero en la mano, contemplaba ese misterioso saco que yacía en el suelo.

El forense y los dos hombres que lo acompañaban habían acordonado una zona de menos de un metro cuadrado alrededor del cubo de basura; examinaban laboriosamente cada centímetro de suelo, fotografiaban el más mínimo fragmento de todos los desechos desperdigados que se habían ido acumulando en aquel lugar desde vete a saber cuándo o que se habían esparcido al volcar el cubo. Cada uno de esos desperdicios era recogido a mano, con unos guantes de goma, y examinado en busca de huellas; después los etiquetaban con un número y los guardaban en una caja como pruebas. En cuanto concluyeron esa tarea, el forense se centró en el saco de arpillera.

—¿Veis los fragmentos de hielo que hay sobre la carne? —comentó distraídamente—. Eso indica que ha debido de estar metida en un congelador.

Desde detrás de la cinta con la que habían acordonado el lugar, Samuel pudo apreciar que había varios carámbanos largos y delgados pegados a ese trozo de carne.

—También da la impresión de que ha sido cortado con una sierra —apostilló el periodista—. ¿Veis esas marcas?

—Yo he pensado lo mismo —afirmó Melba.

—Disculpad —dijo Cara Tortuga, volviendo al presente—. Sí, estoy de acuerdo, me da la sensación de que alguien lo ha cortado con una sierra.

—¿Podrías precisar cuánto tiempo estuvo en el congelador?

—Ahora mismo, no. Pero será mejor que lleve esto al laboratorio lo antes posible.

—¿No hay algo escrito en el saco? —inquirió Samuel—. Mirad, eso de ahí al fondo parece una «M».

—Ya, pero aún no estoy listo para centrarme en eso —aseveró Cara Tortuga—. Primero, he de cortar unas cuantas rodajas de ese trozo de carne para poder confirmar mis sospechas.

—¿Para poder confirmar que eso formaba parte de un ser humano? —preguntó Melba.

—Por supuesto. Si no, no habría hecho falta montar todo este follón.

—¿Cuándo podrás confirmármelo? —lo interrogó Samuel—. Me gustaría poder escribir un artículo sobre esto antes de que se haga público.

—Esta tarde, ya hablaremos al respecto. Para entonces, seré capaz de decirte si nos hallamos ante parte de un cadáver humano o no.

—¿También me dirás qué es lo que hay escrito en ese saco? —preguntó Samuel.

—Sí, pero no podrás publicarlo —contestó el forense—. Ya que, si con eso basta para deducir de dónde procede ese saco, podría tratarse de la pista más importante de este caso. ¿Ha quedado claro, Samuel?

—Clarísimo, aunque podría decir que las autoridades poseen una información muy importante que solo ellas y el asesino conocen.

—Sí, eso es, siempre que haya un asesino, claro. A lo mejor solo es carne de caballo —conjeturó el forense y volvió a esbozar una leve sonrisa.

—¿El resto de cosas que habéis recogido hoy aquí también son importantes para el caso? —inquirió Samuel.

—El tiempo dirá si son importantes o no. No obstante, cuando te pases por mi despacho, te daré una lista. Será la misma que le voy a dar a la policía, así podrás hacer un poco de trabajo detectivesco por tu parte. Por lo que he leído en el periódico, lo has hecho bastante bien estos dos últimos años.

—Gracias, Barney.

Samuel se dirigió con una sonrisa radiante hacia el rellano situado por encima de la escalera de madera donde se encontraban Melba y Excalibur. Hizo una seña a Marcel para indicarle que ya habían acabado ahí. Cara Tortuga había dicho las palabras mágicas, sabía que le iba a dar información confidencial.

Melba fumaba un cigarrillo apoyada sobre el pasamanos cuando el reportero se le aproximó. Excalibur meneaba su culo desprovisto de rabo y Samuel volvió a acariciarlo.

—Gracias por el aviso, Melba. Espero que merezca la pena. Me preocupaba no tener nada sobre lo que escribir esta primavera.

Ella se echó a reír; sus cristalinos ojos azules eran tan serenos y claros como el día que hacía.

—Estás de broma, seguro. En esta ciudad, siempre hay algo que va mal; además, de momento, has sido capaz de resolver un par de casos. Pero no te emociones. No todos van a ser tan fáciles como esos, este es un buen ejemplo. Está claro que ahí tenemos un trozo de carne. Y, si estamos en lo cierto, eso formó parte de una persona, así que a ti te corresponde descubrir quién era esa persona y cómo él o ella acabó de esta manera.

Esa tarde, el forense tenía buenas noticias que darle a Samuel. Ese trozo de carne que Excalibur había encontrado era, en realidad, un trozo de muslo humano. No obstante, el forense se comprometió a darle información solo bajo una serie de condiciones muy concretas. Samuel recibió dos listas. Una con las pruebas sobre las que podría escribir sin ningún problema y otra, mucho más larga, sobre cuyo contenido no podría hablar aún en ningún artículo. Después, el forense entregó el caso a la sección de homicidios del Departamento de Policía de San Francisco.

El artículo de Samuel fue publicado a la mañana siguiente, acompañado de la fotografía que Marcel le había sacado al forense señalando el bulto de arpillera. El escabroso titular decía así: «Un asesino suelto entre nosotros».

Poca más información había al respecto. Sin duda alguna, este era un caso perfecto para Samuel si quería seguir con su exitosa racha de crímenes resueltos. Aunque lo que más le preocupaba era que, quizá esta vez, la policía lo resolviera antes que él.

2

LA LETRA «M»

Al día siguiente que su artículo apareció en la primera plana del periódico matutino, Samuel se encontraba de nuevo en el despacho del forense repasando las evidencias. Estaba sentado con Cara Tortuga en la sala de conferencias, donde había un esqueleto de verdad que había sido traído de la India y donde también se encontraba la galería de villanos del forense; una serie de fotografías en las que aparecía con los políticos, famosamente infames, de San Francisco y destacados abogados penalistas. La foto favorita de Samuel era una en la que aparecía el forense con el abogado Earl Rogers y el escritor Jack London. Los tres se agarraban mutuamente de los hombros, y saltaba a la vista que Rogers y London no se lo estaban pasando nada mal.

Samuel y el forense estaban examinando unas fotos del trozo de muslo que habían sido tomadas desde diversos ángulos.

—Sin duda alguna, utilizó una sierra, ¿no? —inquirió Samuel.

—Sí. Eso puede deducirse de las marcas aserradas que vemos aquí —respondió el forense, señalando la parte carnosa—; además, también pueden apreciarse en el hueso del muslo.

—Eso quiere decir que otras partes de ese cuerpo también podrían estar desperdigadas por toda la ciudad —dedujo Samuel.

—Tal vez sí, o tal vez no. Quizá ya se hayan deshecho de todo, por lo que nunca encontraremos más de lo que tenemos ahora mismo —afirmó el forense—, aunque habrá que mantener los ojos bien abiertos.

Samuel cogió una fotografía en la que aparecía extendida la áspera arpillera y a la que se le había dado la vuelta. La tela estaba manchada de sangre y cortada de manera irregular. Cerca de la parte superior podía distinguirse lo que parecía ser una «M» mayúscula.

—Esto es interesante. Probablemente formaba parte de un saco que contenía alguna otra cosa, ¿no crees?

—Sí —contestó Cara Tortuga, mientras se ponía en pie y se acercaba a Samuel. Acto seguido se aflojó la manga de la bata blanca y señaló—: La cuestión es saber qué. Encontramos unas partículas que estamos examinando ahora bajo el microscopio. La teoría con la que estamos trabajando es que contenía alubias antes de albergar el muslo de ese joven muchacho.

—¿Sabéis ya a ciencia cierta que era de un varón?

—La víctima era un hombre de veintitantos años que provenía del sur de la frontera. También sabemos que esa parte de su cuerpo fue lavada con agua de San Francisco antes de ser congelada, porque había residuos de elementos químicos del embalse de Hetch Hetchy en su composición.

—¿Qué son esas cosas blancas del saco? —preguntó Samuel.

—Pelos. Aún no sabemos si pertenecen a un ser humano o a un animal. En cualquier caso, el saco estuvo en contacto con alguien o algo que tenía el pelo blanco. Intuyo que se trata de un animal.

—Estoy casi seguro que eso que se ve ahí, en el saco, es una «M» —afirmó Samuel, a la vez que cogía la tela—. ¿Alguna idea sobre cuál puede ser su procedencia?

A continuación, estiró la arpillera y se la acercó a la cara para inspeccionarla más de cerca.

—De momento, ninguna. Voy a dejar la solución a ese misterio en tus manos. Digamos que, en algún lugar del mundo, algún productor, cuyo nombre comienza con la letra «M», envió un sacó lleno de... alubias, que es lo que parecen indicar las pistas, a San Francisco o, al menos, a la zona de la bahía. Así que quienquiera que haya descuartizado a este tipo le echó el guante a este saco y lo utilizó para sus malévolos propósitos.

—¿Habéis obtenido alguna huella de pisada?

—Sí, demasiadas. Arrojaron esa parte del cadáver a un cubo, alrededor del cual dejaron sus huellas todos aquellos que salieron del edificio con algo que tirar a la basura. Dudo mucho que seamos capaces algún día de relacionar alguna de esas pisadas con el sospechoso de este crimen.

—¿Has encontrado algo más que te parezca interesante? —inquirió Samuel.

—Está todo en la lista, la que es confidencial. Cualquiera de esas cosas podría ser una pista muy importante. Pero, por ahora, solo son unos objetos que cayeron de un cubo de basura o que se hallaban en las proximidades de este.

—Vale, jefe. Iniciaré las pesquisas y te mantendré informado —le aseguró Samuel, quien se levantó y salió de la pintoresca sala de conferencias del forense, haciendo traquetear el esqueleto para que le diera buena suerte.

Samuel fue a Chinatown y almorzó un *dim sum* en Chop Suey Louie's, un restaurante, cerca de su apartamento, donde solía pasar las horas muertas desde hacía mucho tiempo. El local estaba regentado por la viuda de Louie y una de sus hijas, y apenas había cambiado desde la muerte de este. El restaurante seguía contando con doce mesas cubiertas con manteles de hule azul, aunque el antiguo acuario, que había estallado en añicos al ser atravesado por las balas de un asesino, había sido reemplazado por otro mucho más grande, el cual estaba repleto de diversos peces tropicales de colores muy brillantes. Sentado en su lugar habitual en la barra, habló con la viuda sobre su amigo Louie y las apuestas que hacían ambos cuando jugaban algún partido los Forty Niners.

Después de almorzar, se subió al tranvía en la calle Hyde. Cada vez que se aproximaban a una parada, sonaba el rítmico tintineo de su campana. Se bajó al llegar a la confluencia de las calles Powell y Market, y se dirigió a su despacho para mecanografiar unas notas y hacer unas cuantas llamadas. Cuando la tarde llegaba a su fin, Samuel volvió a la misma parada del tranvía y cogió la línea de la calle Hyde que iba en dirección contraria, hacia Fisherman's Wharf, hasta llegar a Nob Hill, donde se bajó justo delante del Camelot.

En cuanto atravesó la entrada, Samuel vio que Melba estaba perdida en sus ensoñaciones y sentada a una mesa redonda de roble (el periodista siempre pensaba en la Tabla Redonda del rey Arturo cuando la veía), que estaba junto a la puerta. Desde ahí, se podía ver con claridad el parque situado al otro lado de la calle y de la bahía que se hallaba más allá. El viento soplaba con brío desde el sur, y el mar estaba lleno de veleros que se dirigían al puente de la Bahía.

Melba vestía una brillante blusa amarilla, unos pantalones a cuadros blancos y negros, unos calcetines rojos y unos zapatos negros de la marca Capezio; lo cierto era que, según los dictados de la moda, ninguna de esas prendas conjuntaba demasiado, pero a ella eso no parecía preocuparle lo más mínimo. Estaba bebiendo una cerveza y fumando un pitillo de Lucky Strike. Excalibur, su chucho pulgoso, se encontraba a sus pies. Cuando Samuel entró, el perro se puso en pie de un salto y se lanzó a lamer su mano mientras se revolvía de aquí para allá. Samuel sacó una chuchería del bolsillo de su arrugada chaqueta caqui y el perro la engulló de inmediato. Luego se quedó mirándolo para ver si le daba más.

Samuel se sentó en una silla vacía que se encontraba junto a Melba y lanzó un hondo suspiro.

—Cuéntame qué hay de nuevo —exigió saber Melba, con su mirada clavada en él.

—La gran novedad es que ese saco de arpillera contuvo probablemente alubias pintas antes de que alguien metiera en él parte de la pierna de un joven latino.

—Eso estrecha el cerco —aseveró Melba—. Muchos latinos comen alubias pintas y la mayoría viven en el barrio de Mission, así que supongo que empezarás a indagar por ahí, ¿no?

—Has dado en el clavo. Y pensar que he venido a hacerte esa misma pregunta y me la has respondido antes de que siquiera la haya formulado.

—Pasé muchos años en ese barrio y no me toqué las narices precisamente. Acércame un listín y te ayudaré a confeccionar una lista.

Samuel fue a la parte trasera del bar, donde se hallaba la mesa de las tapas. Excalibur intentó seguirlo, pero Melba lo mantuvo a raya en su sitio. El periodista cogió un listín de la cabina telefónica de caoba y lo llevó hasta la Tabla Redonda.

—¿Quieres tomar algo? —le preguntó Melba.

—No, es demasiado pronto. ¿Qué es lo que estamos buscando?

—Lo primero que tienes que hacer es buscar sitios donde vendan comida a granel y cuyo nombre empiece por la letra «M».

—¿Crees de verdad que un mercado de abastos situado en un lugar como el barrio de Mission puede permitirse el lujo de llevar su nombre impreso en un saco de arpillera? —inquirió.

—Por Dios, Samuel, ¿cómo coño voy a saberlo? Aunque, primero, tendrás que intentar seguir las pistas más obvias, ¿no? Si encontramos un sitio así, tu investigación será mucho más fácil, ¿eh? Y, si tienes esa suerte, ya solo tendrás que descubrir quién compró esas alubias en esa tienda cuyo nombre empieza con la letra «M», y el caso estará resuelto. ¿A que sí?

Samuel asintió y sonrió.

—Algo me dice que no va a ser tan sencillo. Así que, después de todo, a lo mejor me tomo ese trago.

—Un whisky con hielo para este pobre desgraciado —Melba gritó por encima del hombro—. Y que sea doble. Ha estado trabajando muy duro. —Al instante, se echó a reír, mientras tiraba a Samuel de la manga de su chaqueta—. Después de que te tomes esa copa, echaremos un vistazo al listín.

En cuanto llegó su consumición, Samuel le dio un buen trago y se acomodó en la silla de roble. Miró por la ventana y vio cómo dos cargueros viajaban en direcciones opuestas; uno se dirigía al norte, hacia el Golden Gate, y el otro pasaba justo por debajo del puente de la Bahía, en dirección al astillero de San Francisco, situado en Hunter's Point. Esa imagen le recordó su relación con Blanche: ¿acaso un par de personas que iban en direcciones opuestas en la vida podrían acabar alguna vez juntos? Mientras cavilaba, Melba se colocó el listín sobre el regazo.

—¿Cuándo volverá Blanche? —le preguntó Samuel, como quien no quiere la cosa, a pesar de hacer la pregunta con toda la intención del mundo.

—Creo que ahora mismo hay una nieve estupenda en Tahoe, así que seguro que no vuelve hasta finales de mes.

El periodista asintió lentamente con la cabeza y le dio otro trago a su bebida.

—Siempre está fuera de tu alcance, ¿verdad?

Samuel no respondió. Centró su atención en esos cargueros hasta que no pudo mantener a ambos dentro su campo de visión.

—Lo siento. ¿Por dónde íbamos?

Melba sonrió y colocó el listín encima de la mesa. Juntos examinaron detenidamente las páginas amarillas hasta que dieron con tres mercados de abastos del barrio de Mission de San Francisco que empezaban con la letra «M». Samuel anotó sus nombres y direcciones en su cuaderno, y se bebió otra consumición antes de salir del bar y dirigirse al Chop Suey Louie's a cenar.

Al día siguiente, Samuel empezó a patear las calles del barrio de Mission. Los mercados se encontraban desperdigados a bastante distancia unos de otros. Los dos primeros de la lista no vendían alubias con su propia marca y tampoco vendían al por mayor. Poco después de las dos de la tarde, llegó al tercero, el mercado Mi Rancho, situado entre la calle Veinte y Shotwell, cerca de la calle Mission. El local contaba con una parte inferior de ladrillos rojos de medio metro de alto, que recorría el edificio por entero salvo allá donde había puertas. El resto de la fachada del edificio estaba pintada de un color terracota. En un letrero montado cerca del techo podía leerse «Mercado Mi Rancho» escrito con un color rojizo sobre un fondo de color mostaza. Había dos entradas: una para los clientes, con una puerta doble de cristal, y otra para los repartos, con una puerta de acero reforzado.

Allí dentro reinaba un intenso ajetreo y los pasillos, que se habían dispuesto así siguiendo algún estudio concienzudo de los hábitos de compra de los consumidores, estaban atestados de ropa y complementos, y de conservas con etiquetas llamativas que procedían en su mayoría de México y otras partes de Centroamérica y Sudamérica. Uno de esos pasillos estaba dedicado a los productos más frescos que Samuel jamás había visto fuera de Chinatown. Eso le hacía pensar que la gente de otros lugares del mundo sabían apreciar una cosa que los americanos habían olvidado: la magia de la comida recién hecha. El pan acabado de hornear, las tortillas y los panes dulces mexicanos eran fabricados en la panadería ubicada dentro del mismo edificio; se exponían en diversas estanterías protegidas por cristales, situadas cerca de la misma panadería. Además, sus aromas impregnaban todo el complejo. También había ahí una carnicería que no tenía nada que envidiar a cualquier otra que Samuel hubiera visto en cualquier otro lugar. Echó un vistazo a los precios de esos montones de carne fresca que se ofrecían en los expositores y calculó que, si este mercado no estuviera tan lejos de su apartamento en Chinatown, le saldría más barato comprar esa carne de alta calidad para cocinarla en su casa que malgastar su dinero en esos patéticos tugurios donde solía comer a diario. El hombre que se hallaba tras el mostrador de la carnicería era bastante fornido, tenía el pelo ondulado y de un color entre rubio y gris. Llevaba puesto un inmaculado delantal blanco y hablaba en un español muy bueno a los clientes que estaba atendiendo, a pesar de que no parecía latino.

—Tiene que explicarme cuál es su secreto para dar con una carne con tan buen aspecto y que se pueda vender a unos precios tan razonables —le rogó Samuel, con la esperanza de que aquel hombre hablara también inglés.

—Yo soy el secreto —respondió el sonriente carnicero, con un inglés perfecto, aunque con un ligero acento—. Si pasa a ser mi cliente, le aseguro que le haré ofertas muy especiales.

—¿Tiene una tarjeta o algo así? ¿Cómo podría contactar con usted?

—Usted llame al mercado Mi Rancho, pregunte por Pavao y yo me ocuparé de usted.

—Gracias, quizá lo haga —replicó Samuel, que anotó el nombre del carnicero en su cuaderno junto al número de teléfono del mercado.

Todo el lugar estaba refrigerado por unos ventiladores que giraban lentamente en lo alto y que hacían circular los aromas mezclados de las especias, así como de combinaciones de comidas procedentes de tierras que le resultaban extrañas a sus sentidos y que su paladar aún no había descubierto, entre los que se incluían el olor de las tortillas recién hechas que se estaban preparando en una esquina del mercado.

De repente, el curso de los pensamientos de Samuel se vio

interrumpido en cuanto vio unos sacos de alubias pintas en uno de los pasillos, unos sacos que llevaban el sello del mercado marcado en la arpillera. Estaba seguro de que esa «M» era muy similar a la que aparecía en el trozo de tela que se encontraba en el despacho del forense. A pesar de su reacción visceral ante ese hallazgo, sabía que debía tranquilizarse. Esto era solo el principio. Tenía que descubrir cómo ese saco había acabado en un cubo de basura con un trozo de cuerpo dentro. Antes incluso de haber iniciado sus pesquisas, ya sabía que eso no iba a ser nada fácil.

Se aproximó a una joven muy atractiva que llevaba un delantal blanco y estaba tras el mostrador de la caja de cobro. Medía algo más de metro y medio de altura, llevaba su pelo moreno muy corto y tenía los ojos negros. Antes de que Samuel pudiera decir ni una sola palabra, la obsequió con una sonrisa afectuosa, con la que le mostró sus perfectos y blancos dientes.

—¿En qué puedo ayudarlo, señor? —le preguntó con un ligero acento.

—Oh, gracias. Me llamo Samuel Hamilton. Trabajo para un periódico matutino.

—La mayor parte de nuestros empleados no sabe leer en inglés y el resto estamos demasiado ocupados como para leer el periódico, si es eso lo que nos quiere vender.

—No, no. Me he expresado mal —se disculpó Samuel—. Soy reportero y trabajo para un diario matutino. Estoy investigando un caso. —Como no estaba muy seguro de hasta qué punto quería revelar información sobre el truculento asesinato que estaba indagando, prosiguió hablando con suma cautela—. Estoy preparando un artículo sobre un caso.

—¿De qué clase de caso se trata? —lo interrogó la mujer, al mismo tiempo que su sonrisa se desvanecía.

—De uno en el que alguien encontró un saco de arpillera con una «M» marcada parcialmente. Estoy intentando averiguar de dónde salió y quién era su dueño.

—Vendemos un montón de cosas que distribuimos en sacos de arpillera a diversas organizaciones y empresas de la zona de la bahía. Compramos al por mayor y a ciertos productores, algunos de los cuales ponen nuestra marca en cada uno de sus sacos, lo cual es una razón más para trabajar con ellos. ¿Qué había en ese saco en concreto?

—Alubias pintas —respondió Samuel, que pensó que la dicción y el vocabulario de esa mujer eran impresionantes y totalmente sorprendentes, sobre todo por tratarse de alguien que atendía a los mexicanos en un mercado de abastos en el barrio de Mission.

—Todas nuestras alubias pintas provienen de México. Compramos más de quinientos sacos al año y los distribuimos por todas partes.

—¿También venden esos sacos a clientes particulares?

—No, al menos desde que yo trabajo aquí. Las empresas, instituciones y demás las compran en lotes de veinte para poder obtener descuentos especiales.

—¿Podría darme el nombre de todos los compradores de San Francisco, por ejemplo?

La joven echó la cabeza hacia atrás y lo miró con los ojos entornados y cierta suspicacia.

—Me está pidiendo mucho para ser alguien a quien acabo de conocer, señor Hamilton.

Samuel se ruborizó.

—Lo siento. ¿Cómo se llama?

—Rosa María Rodríguez.

—Doy por sentado es la dueña de este mercado, ¿verdad?

—Soy uno de los dueños.

Samuel se calló por un momento, pues no estaba seguro de qué iba a decir a continuación; no obstante, al final, no puedo contenerse más.

—Voy a ser sincero con usted, señora Rodríguez —dijo Samuel, tras haber visto su anillo—. Intento obtener información para poder escribir una noticia sobre un asesinato.

La joven se quedó con los ojos abiertos como platos.

—No creerá que tenemos algo que ver con ese asesinato, ¿verdad?

—Por supuesto que no. —A pesar de que sentía ciertas reticencias a contarle más detalles, Samuel sabía que debía contarle qué era lo que buscaba, ya que tenía el presentimiento de que esa mujer lo iba a ayudar—. Le voy a explicar qué ha ocurrido...

Samuel le contó todo cuanto podía sobre el crimen, insistiendo en que esa parte del cadáver había sido hallada en un trozo de saco que, al parecer, tenía marcada la letra «M».

—¿Está seguro de que ese saco salió de aquí? —inquirió la joven con cierto escepticismo.

—Bastante seguro, gracias a las evidencias que he visto. Pero, ahora mismo, necesito saber adónde fue a parar una vez salió de aquí y quién lo cortó. Aunque si venden quinientos sacos de alubias al año, quién sabe cuándo y a quién se vendió ese saco en concreto. Y como debía empezar a investigar por algún sitio —contestó—, aquí estoy. Por cierto, ¿podría comprar por aquí algún refresco?

—Por supuesto. Los encontrará ahí atrás. Están muy buenos y muy fresquitos.

Samuel se dirigió a la parte posterior de la tienda y un instante después volvió con el refresco, que la joven le abrió. El periodista se lo bebió mientras ella atendía a un par de clientes que habían estado esperando tras él. En cuanto dio buena cuenta de su bebida, volvió a acercarse al mostrador y le dio una moneda de diez centavos.

—¿Me ayudará?

—Me lo tengo que pensar.

—¿Qué podría hacer para convencerla? —la interrogó.

—No hace falta que haga nada, nosotros somos así. Los gringos no acaban de entender la forma de ser de los mexicanos. Si logra que confíe en usted, lo ayudaré. Vuelva en unos días y le daré una respuesta.

Si bien la joven sonrió educadamente, Samuel pudo adivinar por su firme mirada que no había más que hablar.

—Discúlpeme —le dijo—, pero sigo teniendo una cola de gente que atender detrás de usted. —Entonces, le hizo una seña a la primera mujer de la cola que esperaba pacientemente a espaldas del reportero y en español le dijo—: *Sí, señora. Pase adelante.*

3

DUSTY SCHWARTZ

Dos años antes del siniestro descubrimiento de aquel resto humano en ese saco, Dusty Schwartz entró en la iglesia católica carismática de San Antonio, sita en la calle Army del barrio de Mission de San Francisco. Tenía el pelo moreno y rizado, unos ojos azules bastante separados uno del otro y una cara agradable. Además, era enano: tenía una cabeza voluminosa y unas piernas muy cortas y arqueadas. Dusty estaba ahí porque quería convertirse en un predicador evangélico. Tenía entendido que el mejor predicador laico de todo el circuito de iglesias de la zona de la bahía era Antonio Leiva, quien daba sermones en la iglesia de San Antonio los miércoles por la tarde.

Dusty Schwartz llegó justo antes de las siete de la tarde y se encontró con la iglesia repleta de obreros latinos acompañados por sus familias. A un lado del altar, dos músicos tocaban canciones góspel con sus guitarras, y un *prompter*, en el que podían leerse las letras, animaba a cantar a la multitud. El nivel de ruido era tan alto, debido a las fuertes patadas que daban al suelo y a esas potentes voces que entonaban los cánticos, que Dusty se tuvo que llevar las manos a las orejas.

El enano se encaramó a un banco situado en la parte posterior de la iglesia, que prácticamente era el último asiento libre que quedaba. Permaneció allí de pie, mientras el señor Leiva ocupaba su lugar en ese podio elevado. El predicador era un hombre alto y muy erguido. Llevaba el pelo teñido de moreno y vestía un traje negro hecho a medida y una camisa blanca. Transmitía la sensación de que con su mera presencia, sin ni siquiera haber pronunciado una sola palabra, era capaz de convencer a cualquiera. En cuanto comenzó a hablar en español, su voz grave dejó bien claro que poseía un talento innato como orador; además, se lo podía escuchar en todos los rincones de la iglesia sin que tuviera que recurrir a un micrófono, capturando así toda la atención de aquella audiencia, Dusty incluido; él era también mexicano por parte de madre y, por tanto, dominaba con fluidez el español.

El señor Leiva se dispuso a explicar lo importante que era tener fe en Dios y puso varios ejemplos sobre los peligros a los que se enfrentaban los no creyentes. Mientras proseguía su sermón, su voz se fue incrementando en volumen e intensidad. En cuanto dejó clara la importancia de la fe, pasó a hablar de los milagros que, según él, podían experimentar los creyentes casi a diario. A medida que el sermón se iba acercando a su apoteosis, su voz fue atronando más y más por toda la iglesia; gesticulaba con las manos y movía los brazos para explicarle a los feligreses cómo el cielo se abriría de par en par y podrían verse elevados súbitamente al paraíso, donde se hallarían a la vera de Dios. Tal era la intensidad de su discurso que la gente respondió con un estruendo casi histérico.

Dusty se sentía fascinado y celoso. Bueno, más celoso que otra cosa, pues era consciente de que se hallaba en presencia de todo un maestro. Tenía que saber cómo lo hacía, así que decidió que acudiría a escuchar todos los sermones del señor Leiva que pudiera.

Aunque el predicador hubiera acabado, las patadas al suelo y las salvas de aleluyas no menguaron, y el rasgueo de las guitarras volvió a sonar en cuanto el diácono abandonó el púlpito. Al final, cuando llegó el momento de la colecta, los guitarristas dejaron de tocar y los voluntarios se repartieron por toda la iglesia con los cestos de las limosnas.

Fue entonces cuando Dusty posó su mirada sobre una

atractiva joven, que era alta, iba bien vestida y llevaba su pelo moreno recogido hacia atrás. En cuanto se acercó más, el enano pudo apreciar que poseía una cara ovalada y una sonrisa seductora. Lo primero que pensó, mientras la muchacha pasaba con el cesto de la colecta de un banco a otro, fue que conquistarla sería una experiencia muy emocionante. Cuando el cesto llegó hasta él, se dio cuenta de que rebosaba de dinero, a pesar de que la audiencia estaba compuesta de gente obrera muy sencilla. Resultaba obvio que esa era la manera que tenían de demostrar lo mucho que les había gustado y apreciaban el espectáculo que acababan de presenciar.

Dusty seguía de pie sobre el banco cuando la joven se aproximó a él. El enano cogió el cesto y se aseguró de que la joven viera cómo dejaba ahí un billete de diez dólares.

—*Perdóneme, señorita* —dijo en español—, ¿es usted pariente del predicador?

—*Sí* —respondió la muchacha—. *Es mi padre.*

—*¿Cómo se llama?* —preguntó Dusty, que intentaba así dar el primer paso para hacer realidad esa fantasía de conquista que había concebido en su mente.

—Me llamo Marisol Leiva. Esta noche he venido a ayudar a mi padre, ya que el sacerdote y el otro diácono están enfermos —le explicó.

—Pues yo me llamo Dusty Schwartz. El sermón de su padre me ha impresionado. Me gustaría oírle más a menudo. ¿Dónde y cuándo suele dar misa?

—Como es muy popular, suele ir a diversas iglesias a dar sermones como el que ha dado aquí esta noche. Si quiere saber dónde y cuándo va a dar misa, llámeme a este número la próxima semana y podré darle un calendario de sus misas.

A continuación, le dio una tarjeta.

Dusty le echó un vistazo. En ella podía leerse: «Janak Marachak, abogado», una dirección y un número de teléfono. Bajo el nombre del abogado, Marisol había escrito el suyo.

—¿Trabaja para un abogado?

—Sí, así es.

—¿Y está especializado en derecho penal? Yo trabajo para el Departamento de Policía de San Francisco.

A pesar de que a la joven la sorprendió que un enano trabajara para la policía, su expresión no varió lo más mínimo.

—No, no. Representa a gente que ha sufrido lesiones por haber estado expuesta a sustancias químicas nocivas.

La muchacha volvió a sonreír y siguió su camino. Dusty observó cómo se movía con suma elegancia y cómo ofrecía el cesto de las limosnas a la gente que se encontraba en la parte posterior de la iglesia. Sí, sin duda alguna, tenía que volver a verla.

Dusty trabajó muy duro a lo largo del año siguiente. Durante el día trabajaba como administrativo en el Departamento de Custodia de la Policía de San Francisco, pero por las noches se dedicaba en cuerpo y alma a la Iglesia Universal de la Sanación Espiritual, que había fundado en la calle Mission. Ese proyecto había echado a andar en un edificio que había alquilado gracias a una herencia de su padre, un médico rico. No había tenido mucha suerte a la hora de persuadir a la gente de que escuchara sus sermones o donara dinero a su iglesia; no obstante, como daba de comer por las tardes, después de la misa, había logrado que los más menesterosos soportaran estoicamente sus peroratas sobre la Biblia. Después Dusty se mezclaba con esos pequeños grupos de gente e intentaba convertirlos a su iglesia, pero sus tácticas no funcionaban. Aunque lo que más lo frustraba es que nunca se dejaba caer por ahí ninguna chica guapa.

Dusty siguió acudiendo a las misas del señor Leiva siempre que podía, sobre todo los fines de semana, e hizo todo lo posible por intentar copiar las técnicas de aquel diácono, pero nada de lo que intentaba funcionaba.

Entonces conoció a Dominique y todo cambió.

4

DOMINIQUE LA DOMINATRIZ

Dusty tenía otra obsesión además de la religión: el sexo. Llevaba meses oyendo hablar sobre Dominique la Dominatriz, pero, como era tan popular, tuvo que ponerse a la cola. El lunes en que había concertado su cita salió de su apartamento en el barrio de Mission, situado entre Bartlett y la calle Diecisiete, y fue andando hasta la calle Folsom. La calle Diecisiete marcaba el comienzo de la parte mexicana de Mission. Antaño había sido un vecindario irlandés, pero los tiempos cambian. Mientras caminaba, fue echando un vistazo a los escaparates de esos pequeños negocios que habían surgido como setas, donde se vendía de todo: desde muebles a zapatos, casi todo ello producido al sur de la frontera. Lo alegró ver que había unas cuantas zapaterías con nombres mexicanos en sus escaparates. Eso le recordó a su niñez en Juárez, una ciudad situada junto a la frontera de El Paso, en Texas.

El edificio de Dominique era un conjunto bastante normalito de apartamentos típico de San Francisco con ventanas saledizas, una capa de pintura que había visto tiempos mejores, y una entrada repleta de hojas de periódicos y demás desperdicios, que el fuerte viento que arreciaba por las noches había esparcido aquí y allá. Como Dusty no era uno de sus clientes habituales, no había podido concertar una cita a última hora de la noche el fin de semana, así que había tenido que conformarse con una cita a las seis en punto de la tarde, en el único día de la semana en que su iglesia permanecía cerrada. La sesión le iba a costar treinta dólares, lo cual creía que era mucho dinero a pagar para que alguien le pegara, pero le habían comentado que merecía la pena. Tal y como le había explicado a sus compañeros de trabajo en la Policía, antes de que ella lo aceptara como cliente, había tenido que firmar un acuerdo por el que él asumía toda la responsabilidad de las heridas que pudiera sufrir. Si uno no lo firmaba, no había sesión.

Llamó nervioso al timbre y aguardó a que la puerta se abriera. Solo podía distinguir el contorno de la escalera a través de los sucios visillos que tapaban la parte de cristal de la puerta. Por fin, después de llamar al timbre por cuarta vez, esta crujió al abrirse lentamente y Dusty se adentró en la tenue luz que iluminaba la escalera del apartamento. Una serie de hermosas plantas muy bien cuidadas se extendían por los oscuros escalones.

En cuanto llegó a la parte superior se dio cuenta de que ahí arriba había incluso menos luz que abajo, a excepción de los tenues focos que iluminaban lo que parecían ser unas cabezas reducidas, expuestas en unas vitrinas empotradas en las tres paredes de esa sala de estar. En una de las puertas pudo distinguir la silueta de una mujer gigantesca. Iba vestida con un tanga y un sujetador de cuero negro; llevaba su larga melena recogida hacia atrás y sujeta con una peineta semicircular de color naranja brillante; ese era el único elemento de color que llevaba encima. Iba calzada con unas botas con tacones de aguja de quince centímetros que le llegaban hasta las rodillas; además, sostenía un látigo en la mano izquierda, que restalló tan cerca de la cara de Dusty que este tuvo que saltar hacia atrás.

De fondo, podía escucharse una música de órgano que surgía de un tocadiscos. Dusty intentó apartar a manotazos las aromáticas nubes de incienso que envolvían la habitación.

—Hola, soy Dusty —dijo con voz temblorosa—. Tenía concertada una cita a las seis en punto.

Entonces se percató de que una terrible cicatriz de quemadura cubría toda la parte izquierda del rostro de esa mujer.

En cuanto la dominatriz se dio cuenta de que la estaba mirando fijamente, restalló su látigo de nuevo varias veces.

—Cállate. Sé perfectamente quién eres —le espetó—. Nunca vuelvas a mirarme a la cara. Esto no es un concurso de belleza, y aunque lo fuera, tú nunca ganarías ni el premio de consolación, puto enano horrendo. Quítate la ropa y sigue mirando al suelo. Yo me ocuparé de que recibas lo tuyo.

Dusty, que no tenía nada claro cómo reaccionar, se echó a reír. Estaba hipnotizado. El corazón se le aceleró, presa de la emoción. Si bien no sabía si estaba asustado o tremendamente excitado, no le había hecho mucha gracia que le recordara cuál era su aspecto. Se quitó tímidamente la ropa, sintiendo esa tremenda sensación de vergüenza que lo había acompañado desde la infancia por razones obvias. Rara vez se había quitado la ropa delante de una mujer desde que se había vuelto sexualmente activo en la adolescencia. Prefería mantener relaciones sexuales totalmente vestido.

—Ponte de rodillas y arrástrate hasta la cámara de torturas —le ordenó la mujer, restallando el látigo justo por encima del cuerpo desnudo del enano. Este obedeció y entró en una habitación aún más oscura, que supuso que debía de ser el dormitorio de ese apartamento de dos pisos.

La dominatriz lo siguió con una linterna en la mano, con la que iluminó unos grilletes que se encontraban en la pared trasera de la habitación.

—Ponte eso —le exigió ella en voz baja.

Pero, en cuanto hizo ademán de obedecerla, le gritó:

—Así no, estúpido. Ponte de cara a la pared.

En cuanto se colocó los grilletes, la mujer cambió otra vez el tono de voz.

—Vaya, vaya, puta rata asquerosa de mierda, así que has venido aquí a divertirte un poco, ¿no? Pues te voy a enseñar yo qué es la diversión.

Se colocó de rodillas junto a él y se dispuso a masturbarlo lentamente, con una expresión de asco dibujada en su rostro.

—¡Vaya rabo más feo tienes! —comentó despectivamente—. ¡Bueno, era de esperar en un puto enano tan feo!

Estaba a punto de correrse, pero ella no se lo iba a permitir. Sabía que estaba a su merced.

—¡Vaya polla! Me entran ganas de vomitar. Como lo haga —le susurró de un modo amenazante—, ¡me las vas a pagar, puto cabrón de mierda!

Entonces cogió unas bolas chinas que estaban sobre una mesilla de noche situada cerca de la cámara de los horrores y las introdujo en un cuenco repleto de lubricante.

—Abre las piernas, feo —le ordenó y, acto seguido, le metió las bolas por el recto—. Este látigo te está esperando..., este látigo te está esperando.

Con una de sus manos sostenía el final de la cuerda de las bolas, y con la otra, su pene. Lo apretó con aún más fuerza y lo masturbó aún más rápido. De repente, tiró de la cuerda de las bolas chinas, y el enano gritó y se corrió como nunca en toda su vida lo había hecho. Se corrió tanto que sufrió convulsiones durante varios segundos y se estremeció por entero.

—Ha sido fantástico —comentó entre jadeos.

—Aún no has visto nada, enano inmundo —replicó la dominatriz cambiando de nuevo su tono de voz. A continuación, se levantó y abandonó la habitación.

En cuanto Dominique regresó, le desató la muñeca derecha de su grillete y lo obligó a volverse hacia ella. En una mano sostenía una pipa turca y en la otra un bate cuyo extremo estaba perfectamente envuelto en casi un metro de gomaespuma y que recordaba a una espada medieval.

—Te he traído un poco de hachís, enano feo. Dale un par de caladas a esto.

Dusty cogió la pipa turca con la mano que tenía libre e inhaló. El hachís se le subió directamente a la cabeza.

—Oh, esta mierda es muy buena —comentó.

—Sí, feo, viene de Vietnam. Ahí cultivan una buena mierda. Ahora date la vuelta y pajéate —le ordenó—. Te vas a enterar de lo que es bueno, enano hijo puta —le gritó y, acto seguido, se dispuso a pegarle con el bate. Cuanto más fuerte le pegaba, más se excitaba Dusty. En breve, estuvo listo para volverse a correr.

Entonces la escultural dominatriz le dio un tremendo tortazo en la cara y le ordenó:

—Córrete, feo. Córrete.

Dusty volvió a correrse y, a continuación, se desplomó sobre el suelo, con el brazo izquierdo todavía encadenado.

Después de que la sesión acabara y de que se vistiera, Dusty se sentó en la sala de estar tenuemente iluminada. Estaba temblando tanto que le rechinaban los dientes. La dominatriz entró y se arrodilló delante de él, de modo que se hallaron a la misma altura.

—Ahora que ya te has desfogado, tenemos que hablar. Vayamos a mi estudio.

Lo agarró de la mano y tiró de él para que se levantara. Aunque estaba descalza, Dominique seguía siendo medio metro más alta que él. Lo llevó a empujones hasta una puerta situada en la parte trasera del apartamento que estaba cerrada con llave. La abrió y encendió una luz. Dusty se quedó estupefacto. Esa habitación parecía un templo de dibujos animados. Contaba con focos empotrados y una serie de obras de arte étnicas procedentes de México, Centroamérica y Mesoamérica que cubrían todas esas paredes. Así como copias de estatuas precolombinas subidas a plataformas elevadas colocadas estratégicamente por toda la estancia.

—Todas estas figuras de barro son dioses de las civilizaciones latinoamericanas —le explicó a su confuso invitado—. Deben estar presentes en cualquier ceremonia religiosa en la que participe nuestra gente.

—¿Provienes del sur de la frontera? —la interrogó.

—Creo que mi nombre, Dominique, te ha inducido a error. ¿Acaso tengo pinta de ser francesa? Lo uso por razones comerciales. Mi verdadero nombre es Dominga. Yo nací en México.

En el techo, había varios ganchos de alambre de los que pendían hierbas secas y plantas medicinales, cuyo olor era acre.

—¿Qué es esto? —inquirió.

—Esto es mi estudio y mi sala de meditación y sanación. Aquí es donde llevo a cabo mi trabajo de verdad.

—No lo entiendo —dijo Dusty, intimidado por el repentino cambio de actitud que había experimentado esa mujer, pues había adoptado un aire tremendamente serio y casi amable.

—Ya te he dicho que sé quién eres. Si no lo supiera, nunca habrías conseguido una cita conmigo. Trabajas en el Departamento de Policía por el día y, por las noches, intentas que tu iglesia despegue... cuando no estás de putas por ahí.

»Ahora me gano la vida dando hostias a los tíos —prosiguió diciendo la dominatriz—, pero lo que realmente me apasiona, para lo que tengo realmente talento, es la meditación y la sanación espiritual, que es lo que hago aquí.

—Esto me recuerda más a la guarida de una bruja que a un refugio espiritual —afirmó Dusty, quien había recuperado la compostura—. Me recuerda a los curanderos..., ya sabes, a esos sitios de sanación a los que solía llevarme mi madre cuando era crío, donde esos tíos, tras hacerme sus abracadabras, le aseguraban que crecería y llegaría a ser, al menos, más alto que ella. Como puedes ver, ¡funcionó! —exclamó, echándose a reír.

—¿Tu madre también era enana?

—¿Cómo crees que acabé siendo así? —preguntó, sintiéndose muy incómodo por tener que tratar ese tema.

—¿Eres mexicano?

—Medio mexicano, por parte de madre.

39

—¿Has vivido en México?

—Mi madre era de ese país. Trabajaba en Juárez.

—¿En qué tipo de trabajo?

—En el sector servicios.

—Ya veo —dijo una sorprendida Dominique—. He oído hablar de la cultura enana de Juárez. ¿Es cierto que había un burdel con doscientas enanas en esa ciudad?

—No quiero hablar sobre ese tema —replicó Dusty con cierta brusquedad—. ¿Y qué me cuentas sobre ti? ¿Eres una especie de bruja?

A Dominique no le gustaba que la obligaran a cambiar de tema de conversación, pero como sabía que tarde o temprano el enano le confiaría sus secretos dejó que se mostrara reacio a contar sus orígenes por el momento.

—Digamos que soy una profesional del ocultismo. Esa es mi vocación. Un tal William L. Gordon, un doctor en teología, me lo enseñó todo al respecto. A lo mejor has oído hablar de él, escribió *El Plan Infinito*.

—No me suena de nada —replicó Dusty, encogiéndose de hombros.

La mujer se levantó, se acercó a una de las diversas estanterías que había en la habitación y regresó con un pequeño tomo. Un gato persa blanco abandonó una cesta que estaba situada en una esquina, deambuló hasta su dueña y se frotó contra una de sus piernas. La dominatriz le entregó a Dusty el volumen y le rascó la espalda al gato.

—Toma, aquí tienes un ejemplar del libro.

El enano lo hojeó y leyó el siguiente pasaje para sí:

Todo forma parte de un sistema; y gracias al sistema, el Cosmos funciona con precisión; sin un sistema, no puede haber armonía. Todo aquello que engendra de cualquier modo cualquier otra cosa está asociado con ella armónicamente y se convierte en parte de su sistema. El hombre, que es una creación más, también posee un sistema; él forma parte del núcleo de su propio sistema. El resto de ese sistema lo componen sus posesiones, amigos, conocidos, todas las cosas que considera suyas y todas las cosas que controla. Ese sistema lo atrae hacia él gracias a un rayo que su encarnación física genera y al que llamaremos el Rayo Posesivo. El cuerpo físico genera el Rayo Posesivo que se proyecta por el pensamiento o mediante concentración mental sobre el objeto poseído o deseado. Cuanto más se concentre uno en ello, más energía gastará: por tanto, mayor es el gasto energético empleado en el objeto deseado o poseído.

A continuación, Dusty se lo devolvió.

—Quizá pueda sacar provecho de esa idea —comentó—. ¿Qué hacías para él?

—Al principio fui su alumna; luego me convertí en su asistente. Durante un año fui su socia y viajé por todo el sudoeste con él y su familia para ayudarlos a predicar su visión de la espiritualidad. Por desgracia, falleció en 1943, así que ya no pude contar con su guía. Desde entonces he tenido que aprenderlo todo por mi cuenta.

—¿Por qué me estás contando todo esto? —preguntó Dusty.

—Porque he estado en tu local y he visto cómo intentabas convencer a esos pobres desgraciados de que debían unirse a tu iglesia.

—¿Me has visto en acción? —inquirió Dusty muy sorprendido.

—Así es, y lo estás haciendo todo mal. Los saturas con un montón de chorradas irrelevantes. A nadie le importan una mierda los entresijos del pecado y la redención. Lo que tienes que venderles es la posibilidad de alcanzar el cielo en la Tierra... a través de ti. Llévate el libro del doctor Gordon y léelo —le dijo, devolviéndole el libro—. Y recuerda esta regla básica que te voy a dar ahora: tienes que interpretar..., tienes que montar un espectáculo. Tienes que escoger unas pocas ideas sencillas que les grabarás a fuego en sus mentes. Tienes que demostrarles que sabes que han perdido mucho, que comprendes que han sufrido y sufren mucho. Son unos inmigrantes que lo han dejado todo atrás, que lo único que han hallado en esta sociedad es un puñado de míseros dólares. ¿No lo entiendes? Han perdido sus raíces. Sufren porque añoran a su país, porque echan de menos a su familia, incluso a su iglesia. Puedes convertirte en su padre espiritual y sustituir a esas instituciones religiosas que han perdido. Podrás lograrlo si juegas bien tus bazas, al igual que hizo el doctor Gordon con su *Plan Infinito*.

—¿Qué quieres decir con eso de ser su padre espiritual?

—Lo que he dicho, que puedes convertirte en el centro de su universo y ocupar el lugar reservado a todos sus santos.

—Lo más cerca que he estado de sentirme tan poderoso fue cuando era niño y me uní a la circo durante un par de veranos. Hacía las veces de pregonero. Me plantaba en la entrada de la caseta de las atracciones y convencía a la gente de que entrara a ver a todos esos bichos raros.

—Entonces, me sorprende aún más que seas tan aburrido. Si abres las compuertas de tu ingenio, mucha gente desesperada te seguirá. Pero tienes que ofrecerles esperanza. Tienes que demostrarles que tú también has sufrido. Y el hecho de ser un enano te ayudará mucho en ese aspecto. Ni siquiera vas a tener que fingir que has sufrido, de eso estoy segura. Hazles saber que comprendes su dolor. Si eres incapaz de hacerlo o, simplemente, no lo haces, estás jodido. La Iglesia Universal de la Sanación Espiritual no durará ni un mes más.

—No me imagino al señor Leiva soltando ese tipo de discursos —aseveró Dusty.

—Porque no le hace falta, ya que cuenta con el poder de la Iglesia Católica. Con eso, tiene ya mucho ganado. Le basta con añadir un poco más de dominio de la oratoria y un poco de música. Tú, sin embargo, lo tienes mucho más complicado. La gente que buscas es aquella que duda entre si debería o no abandonar el confortable seno de la Iglesia Católica para irse contigo en busca de pastos más verdes. Si logras convencerlos, te garantizo que recibirás una recompensa aún mayor.

Esas palabras levantaron el ánimo de Dusty.

—¿Te refieres a una recompensa económica?

—Por supuesto. Te entregarán el dinero que necesitan incluso para pagar el alquiler y comprar comida si alivias un poco su dolor y consigues que crean que puedes ofrecerles una solución a su miseria.

—Me has dado mucho en qué pensar —afirmó Dusty—. Pero no sé cómo voy a llevar a la práctica tus consejos.

—Eso no será un problema. Porque te voy a ayudar. Mira, estas son mis recomendaciones: primero, léete el libro del doctor Gordon; luego, cómprate ropa nueva. ¿Qué solías llevar cuando trabajabas de pregonero en el circo?

—Una capa y una chistera.

—Bien. Cómprate una capa. Pero lo de la chistera me lo tendré que pensar. No obstante, cómprate también un esmoquin, para que cuando te presentes en público tan bien vestido parezcas un tipo muy importante.

—¿Por qué crees que todo eso va a funcionar?

—Confía en mí. Dame un plazo de tres semanas. Si ves que nada cambia, me iré con viento fresco a otra parte.

Dusty se rió mientras pensaba: si he confiado en ella como para dejar que me diera de hostias, debería confiar en ella para que me dé algunos consejos para relanzar mi carrera de predicador que ahora pende de un hilo.

—Aún no he acabado —dijo la dominatriz.

Se levantó, se acercó al armario y sacó de este un lienzo que desenrolló en el suelo. Se trataba de un cuadro que medía alrededor de tres metros de anchura y unos dos metros de altura. A continuación, le explicó el significado de esa pintura y le contó cómo podría utilizarla en sus sermones.

—¿Crees que montando todo este circo conseguiré bastante dinero como para mantenerme a flote? Ahora mismo, si no les ofreciera comida, creo que no aparecería nadie por mi iglesia.

—Casi te puedo asegurar que la comida que les des va a ser solo la guinda del pastel. Te prometo que acabarán derribando a golpes las puertas de tu iglesia para poder entrar. Y algunos de esos feligreses serán jóvenes atractivas que necesitarán tu guía.

Dusty se animó aún más en cuanto escuchó que algunas mujeres jóvenes lo seguirían si seguía sus recomendaciones. Hasta entonces, no había visto a ninguna muy guapa por su iglesia.

—Sí, esa podría ser una buena recompensa —musitó, a la vez que intentaba no mostrarse muy emocionado. Entonces se despertó en él una sospecha—. ¿Qué quieres tú a cambio de ofrecerme tu ayuda?

—Me gustaría poder poner en práctica mis dotes como sanadora. Puedo obtener clientes de entre todos tus seguidores como hacía con el doctor Gordon y tal vez, solo tal vez, ya no tenga que volver a restallar mi látigo en la otra zona de este apartamento.

Acordaron volver a verse para hablar del asunto en los próximos días. Esa noche Dusty se marchó de ahí exhausto y dolorido, aunque también aliviado y esperanzado. Llevaba un lienzo enrollado bajo el brazo y un libro escrito por un autor del que nunca había oído hablar. Se fue a casa y clavó el lienzo con unas chinchetas en la pared de su sala de estar y se dispuso a leer *El Plan Infinito*. Lo llevó varios días llegar a entender qué era lo que quería decir ese doctor en teología, pero, tras acabar de leer el libro, tuvo que reconocer que quizá Dominique y el doctor Gordon iban a ser sus verdaderos maestros y que tal vez lo había hecho todo mal hasta entonces. De todos modos, merecía la pena intentarlo, pues no tenía nada que perder.

5

MELBA AL RESCATE

En cuanto pasaron varios días sin que tuviera noticias de Rosa María, Samuel se dirigió, a primera hora de la tarde, a pedir ayuda al Camelot, donde Melba y Excalibur se encontraban en sus sitios habituales junto a la Tabla Redonda.

—El hijo pródigo regresa —lo saludó Melba, mientras apoyaba sobre la mesa su cerveza y dejaba escapar una nube de humo por la comisura de los labios.

—He estado muy liado —replicó el reportero, dándole una palmadita al sobreexcitado perro en la parte superior de la cabeza, al mismo tiempo que le daba su chuchería habitual—. Pero me he topado con ciertos problemas en el barrio de Mission y necesito tu ayuda.

—Ese sitio es una zona de guerra para tipos como tú. Estoy segura de que no hiciste nada de provecho.

—Eso no es del todo cierto —afirmó Samuel un tanto a la defensiva, aunque, acto seguido, le contó todo lo que había descubierto en el mercado Mi Rancho—. Pero ahora no logro que responda a mis llamadas —se quejó.

—¿Te refieres a Rosa María Rodríguez? —preguntó Melba.

—Sí, a ella. ¿La conoces? ¿Podrías ayudarme a obtener información a través de ella?

—Sí, la conozco muy bien. Aunque no sé si voy a poder convencerla de que te ayude. ¿Qué es lo que quieres?

—¿De qué la conoces?

—Ya te lo contaré luego, déjate de chorradas y dime qué es lo que quieres sonsacarle. *

—Quiero la lista de sus clientes. Esa en la que aparecen todos los nombres de los que le han comprando un saco de alubias pintas durante los dos últimos años.

—No parece que quieras pedirle gran cosa. Voy a llamarla.

Melba se levantó y se subió sus horteras pantalones blancos salpicados con lunares negros que llevaba puestos en combinación con una blusa de color rojo intenso.

—¿Adónde vas así vestida? —la interrogó Samuel riéndose.

—Eso no es asunto tuyo, joder. ¿Quién eres tú para opinar sobre moda? —replicó con una sonrisita de suficiencia, y desapareció por la puerta que había detrás de la barra con forma de herradura, que daba a su despacho. Varios minutos después volvió con una sonrisa de oreja a oreja—. Todo solucionado.

—¿Qué quieres decir? —inquirió Samuel.

—Me ha dicho que hablará contigo. Nos ha invitado a cenar a su casa mañana por la noche. Quería que Blanche viniera también, pero le he explicado que no podrá ser porque sigue en Tahoe.

Samuel se sintió muy sorprendido y contento.

—¿Cómo lo has conseguido? —preguntó.

—Luego te lo explicaré todo —contestó Melba tímidamente—. Estate aquí mañana a las seis y media de la tarde. Te llevaré en coche.

—Habla con Blanche —le sugirió, pues creía que habría más posibilidades de que esta viniera a la cena si era su madre quien le decía que estaba invitada. Por último, añadió quejoso—. Por cierto, ¿no sería mejor que fuéramos en taxi?

Desde el principio, Samuel se arrepintió de subirse al Ford sedán de dos puertas de 1949 de Melba. Con un cigarrillo en todo momento en los labios, Melba viró brusca y erráticamente por la calle California hasta llegar a Gough, donde giró en dirección sur, para dirigirse a la calle Valencia. Una vez ahí, giró a la derecha hasta Dolores y viró bruscamente a la izquierda al pasar por la iglesia Misión Dolores, el edificio más antiguo de San Francisco. Tras ascender dos colinas más, llegaron a la calle Liberty, desde donde podía contemplarse esa gran extensión verde que era el parque Dolores y el instituto Mission, así como los campanarios de la basílica. Si uno miraba hacia el este desde ese lugar, podía ver los edificios del centro de San Francisco totalmente iluminados y la silueta del puente de la Bahía detrás de ellos. Justo cuando Samuel creía que iba a acabar saludando de nuevo a su almuerzo, Melba ascendió una última colina y aparcó, golpeando el bordillo, delante de la casa de Rosa María. Sorprendentemente, la ceniza de su cigarrillo, que en ese momento tenía cinco centímetros de largo, seguía intacta. Bajó la ventanilla y tiró el pitillo, mientras exhalaba el humo sobre el aire nocturno.

Agotado, Samuel dejó escapar un hondo suspiro de alivio.

—¿No deberías ponerte las gafas cuando conduces, Melba? —la interrogó en cuanto recuperó la compostura.

—Sí, pero se me han olvidado. Además, ¿de qué coño te quejas? Has llegado de una pieza, ¿no? Y no te ha costado nada.

Se encontraban en el arco de entrada que llevaba hasta la puerta de la casa de los Rodríguez. Melba iba mucho mejor vestida que el día anterior. Llevaba un vestido verde con un patrón floral, que le confería un aspecto más fresco que una rosa, y su pelo muy bien arreglado.

Justo cuando Melba estaba a punto de tocar el timbre por segunda vez, un crío de unos siete años abrió la puerta con una enorme sonrisa con hoyuelos. Iba elegantemente vestido con una camisa blanca almidonada y una corbata demasiado larga, cuya punta llevaba metida en los pantalones. Samuel pensó que tenía pinta de estar un tanto delgado.

—Hola, soy Marco. Bienvenidos a nuestra casa.

—Ya me conoces, niño, soy Melba. Este es Samuel, un amigo mío.

El muchacho le ofreció la mano.

—Encantado de conocerte, Samuel. Por favor, sube a la planta de arriba. Mi mamá te está esperando.

Rosa María se encontraba en la parte superior de la escalera ataviada con un vestido de satén rojo y un delantal blanco. Una niña, tres o cuatro años más joven que Marco, trataba de observarlo todo desde detrás del delantal de Rosa María. Llevaba unas trenzas bastante largas y un vestido azul de terciopelo bajo algo que parecía ser una chaquetilla bordada.

—Esta es Ina —dijo la anfitriona—. A veces es un poco tímida con la gente que no conoce.

La niña intentó ocultarse tras el delantal, pero Rosa María la cogió de la mano y la sacó de su escondite.

—Saluda a nuestros invitados.

Samuel y Melba le tendieron la mano a la cría, que se las estrechó por turnos, totalmente ruborizada y sin apartar la mirada de sus propios zapatos.

—Bienvenido a nuestro hogar, señor Hamilton. Mi marido Alfonso llegará en breve. Espero que le guste la comida mexicana. Sé que a Melba le encanta porque ha estado aquí muchas veces.

—¿De veras? —replicó Samuel—. No tenía ni idea de que fueran tan amigas.

Le habría gustado ahondar más en ese tema, pero se vio arrastrado al porche trasero donde se encontró con varios platos de aperitivos recién hechos, colocados sobre una mesa de madera desde la que se podía disfrutar de una espectacular vista del centro de San Francisco y la bahía. Unos platos de frijoles refritos y guacamole, así como de salsas picantes y normales, rodeaban un gran cuenco de nachos muy fritos. Samuel no estaba acostumbrado a degustar comida de gourmet, pero, por lo que podía ver, Rosa María seguro que sabía lo que hacía.

—Debería escribir libros de cocina —afirmó Samuel, mascando unos crujientes nachos que había untado al máximo con guacamole.

—¿Quieres tomar algo, Melba? —preguntó Rosa María.

—Una cerveza —contestó con una sonrisa.

—¿Y usted qué quiere, señor Hamilton?

—Tomaré un whisky con hielo.

—Oh, vamos, señor Hamilton, arriesgue un poco. Pruebe algo del sur de la frontera.

—¿Cómo qué? —preguntó Samuel.

—Como un chupito de tequila acompañado de un poco de lima.

—¿Por qué no? —replicó Samuel, aceptando su sugerencia.

—Marchando —dijo alguien desde la cocina. Se trataba de un mexicano de la altura de Samuel que, acto seguido, apareció en la puerta. Era Alfonso Rodríguez, el marido de Rosa María. Llevaba bigote y tenía una sonrisa agradable. Samuel dedujo, simplemente por cómo se movía, que trabajaba en el sector servicios. Alfonso desapareció en la cocina y, al rato, regresó con una botella de tequila, dos vasos de chupito, una lima cortada en cuatro trozos y un botellín de cerveza—. Te traigo una cerveza mexicana, Melba. Hace poco que la vendemos en el mercado. Dime si te gusta.

Samuel echó un vistazo a la etiqueta, donde podía leerse la palabra «Corona» en azul con una tipografía que recordaba a la antigua caligrafía inglesa.

Melba se sirvió parte de la cerveza en el vaso, estrujó el trozo de lima que le habían dado, echó el jugo a la cerveza y le dio un trago. Luego se limpió la espuma de los labios y asintió, dando así su aprobación.

Samuel no estaba seguro de qué tenía que hacer.

—Debe lamerse el dorso de la mano, luego échese un poco de sal ahí y vuélvaselo a lamer —le explicó Alfonso, al mismo tiempo que le mostraba cómo hacerlo—. Después, tómese el chupito. —Una vez más, Alfonso le demostró cuál era la técnica que debía seguir—. Luego, chupe la lima.

Samuel le hizo caso y puso cara de pocos amigos, pero enseguida le pilló el tranquillo y, en breve, ya estaba pidiendo otro chupito.

—Ahora sí que te vas a alegrar de que sea yo la que conduzca, majo —comentó Melba entre risas—. En cuanto te metas dos chupitos más de esos, no serás capaz de caminar recto.

—Sabía que había una buena razón por la que había puesto mi vida en tus manos —replicó socarronamente Samuel, mientras se bebía otro chupito.

—¿Cómo está Sofía, Melba? —preguntó Alfonso.

—Oh, le va muy bien —respondió.

—¿Conocen a los García? —inquirió Samuel.

Sofía era la viuda de Rafael García, el antiguo empleado de Melba que había sido asesinado en prisión.

—Por supuesto —contestó Rosa María—. Cuando Rafael García fue a prisión, su familia empezó a comprar en nuestro mercado y Melba era la que pagaba la cuenta. Después de que fuera asesinado, su mujer, Sofía, y su madre pasaron a ser socias de Melba en el bar. También decidieron seguir comprando su comida en Mi Rancho, y Melba pagaría al mes con el porcentaje de los beneficios del negocio que les correspondía a ambas. Y ese es el acuerdo que tenemos.

—Ahora ya sé de qué se conocen las dos —afirmó Samuel.

Mientras, Marco e Ina ofrecían los platos de aperitivos a los invitados para que picaran.

—No comáis demasiado —los advirtió Rosa María—, que vamos a cenar fuerte.

Unos minutos más tarde, los llamó para que acudieran al comedor. A pesar de que había varios juegos de lujosos platos de porcelana en una vitrina, que se hallaba junto a una pared, en la mesa grande y ovalada de estilo francés del comedor habían colocado unos vistosos platos de cerámica mexicana y unos platos soperos que encajaban a la perfección con los manteles individuales y las servilletas.

Alfonso se sentó presidiendo la mesa con su esposa a la derecha, quien se hallaba cerca de la cocina para poder levantarse a comprobar si todo iba bien con la comida y si la sirvienta necesitaba algo. Los invitados y los niños se sentaron a ambos lados de la mesa. El niño, Marco, participó en la conversación con suma facilidad e hizo gala de un gran encanto, pero su hermana se centró en la comida y no dijo esta boca es mía.

En cuanto la sirvienta entró en la sala y llenó los platos soperos, Rosa María les describió en qué consistía lo que estaban comiendo.

—Esto es *sopa de flor de calabaza*. Está hecha con flores de calabacín —les explicó—. ¡Disfrutadla!

Alfonso sirvió un vino blanco de una marca, Wente Brothers Grey Riesling, que Samuel nunca había visto.

—Un vino realmente delicioso —comentó Samuel, tras darle un trago—. No lo conocía.

—Hemos tenido mucha suerte al descubrirlo —replicó Alfonso—. Es un vino local, lo hacen aquí mismo, en Livermore, y hay de sobra.

—Rafael García era un gran amigo mío —dijo de repente Samuel, cambiando totalmente de tema.

—Eso es lo que me han comentado —replicó Rosa María—. He decidido ayudarlo porque aprecio mucho a Melba por todo lo que ha hecho por los García. Además, el hecho de que usted fuera amigo de Rafael tampoco ha venido mal para convencerme.

—Me alegra saberlo —aseveró Samuel.

—Pero eso tendrá que esperar hasta después de la cena. Ahora, ha llegado el momento del plato principal.

—¿Cuál es? —preguntó Melba.

—He preparado unas *enchiladas de camarón*.

La sirvienta colocó delante de los invitados los platos de tortillas de maíz enrolladas con camarón troceado y queso fundido, todo ello coronado por una salsa de crema, y Samuel al fin supo qué eran esos aromas que le habían hecho la boca agua al entrar en la casa. Después llegó el plato de ensalada de lechuga romana, jícama y rodajas de naranja.

—Esta comida es de portada de revista —afirmó Melba.

—Es demasiado buena para limitarse a sacarle una foto —replicó Samuel, que, al instante, pareció olvidarse de toda buena educación, pues se dispuso a clavar su tenedor en las enchiladas sin esperar a los demás. En cuanto acabó con todo lo que tenía en el plato, pidió que le sirvieran más. Cuando todavía seguía paladeando el sabor del vino y del delicioso plato que acababa de comer, alzó su copa de cristal—. Por la cocinera —brindó—. Nunca, en toda mi vida, había comido tan bien.

Incluso los niños se sumaron al brindis, riéndose tontamente al imitar a los adultos.

—Espero que haya reservado un hueco para el postre —señaló Rosa María.

Samuel adoptó una expresión de consternación, pero no dijo nada.

En cuanto despejaron la mesa, la sirvienta trajo un flan de vainilla con fresas troceadas en su parte superior y vasos de *agua fresca de mandarina*. Samuel jugueteó con el flan, pero apenas le quedaba ya un hueco libre en el estómago, salvo para darle un mordisquito al flan y un sorbito al zumo.

—¿Podría apuntarme la receta? —preguntó Samuel—. Me gustaría intentar preparar ese plato algún día.

—¿Estás de broma? —replicó burlonamente Melba—. Pero si ni siquiera sabes cómo se hierve el agua.

Todo el mundo estalló en carcajadas salvo Samuel, que se ruborizó.

En cuanto acabó la cena, Rosa María se excusó y pidió a los niños que se fueran con ella. Durante su ausencia, Samuel y Alfonso bebían un poco de Kahlúa en unas copitas de brandy, y Melba se tomó otra cerveza mexicana.

—¿Ha visto alguna película buena últimamente, señor Rodríguez? —preguntó Samuel.

—Francamente, todavía seguimos celebrando los Premios de la Academia de hace dos años cuando los latinos ganaron todos los Oscars —contestó Alfonso.

—Lo dice porque le dieron el premio a la mejor película a *West Side Story* y el de mejor actriz de reparto a Rita Moreno, ¿verdad? —inquirió Samuel.

—Sí, señor —dijo Alfonso

—Sí, fue realmente impresionante —repicó Samuel.

—Y Sofía Loren ganó el de mejor actriz —los interrumpió Melba—. Qué mujer.

—La peli por la que se lo dieron, *Dos mujeres*, tampoco estaba nada mal —comentó Samuel.

Al instante, todos alzaron sus copas y brindaron por Hollywood, entre carcajadas.

—A veces, aciertan y todo —apostilló Alfonso.

Al cabo de veinte minutos, Rosa María regresó con dos hojas en las manos.

—Lo siento, es que he tenido que leerles un cuento a los críos para que se durmieran.

»Alfonso y yo hemos confeccionado una lista de todas las empresas a las que vendemos sacos de alubias pintas en San Francisco, señor Hamilton —le explicó, mientras le daba una de las hojas—. Nos hemos sorprendido al ver que son muchas. No creíamos que el negocio fuera tan bien. Aquí tiene sus nombres, direcciones y números de teléfono, así como la cantidad de sacos que les entregamos a cada una de ellas en junio del año pasado. Buena suerte y, si necesita algo más, háganoslo saber.

Acto seguido, Rosa María le entregó la segunda hoja, y se rió.

—Y aquí tiene la receta de las enchiladas de camarón. Espero que se las prepare a Blanche.

A pesar de que Samuel se sentía realmente lleno, se puso a leer la receta mientras Melba la leía por encima de su hombro.

ENCHILADAS DE CAMARÓN

Ingredientes

1 kilo de camarones pelados y desvenados
2 cucharadas soperas de aceite de maíz
6 cebollas verdes, cortadas en taquitos
4 dientes de ajo medianos, picados muy finitos
1 pimiento serrano pequeño, troceado muy fino
2 cucharadas de cilantro troceado
1 cucharadita de pimentón
1 cucharada de mantequilla
1 jarra de ¾ de litro «crema agria mexicana»
1 ½ taza de caldo de pollo
¼ de cucharadita de sal de ajo
¼ de cucharadita de pimienta
Sal al gusto de cada cual
1 queso fresco mexicano
1 queso añejo mexicano
¼ de taza de queso parmesano
1 docena de tortillas de maíz

PREPARACIÓN

El camarón:

En una sartén se calienta el aceite de maíz hasta que empiece a humear, entonces se añade el camarón, las cebollas verdes, el ajo, el pimiento serrano, la sal de ajo, la sal normal y la pimienta. Hay que remover continuamente el camarón con una espátula durante tres minutos o hasta que adquieran un color rosáceo. Después se aparta del fuego y se añade cilantro. Luego se coloca todo en un cuenco. Se deja enfriar y se trocea el camarón en trozos de tamaño medio.

La salsa:

Se pone un tercio del camarón en una batidora con el caldo de pollo y la crema. Se bate hasta que quede todo blando.

En la sartén donde se ha frito el camarón, se echa la mezcla de mantequilla, camarón y crema, y se calienta a muy baja temperatura hasta que engorde. (Hay que mantener siempre el fuego bajo y remover la mezcla con una cuchara para que no se cuaje.) Se sazona con sal y se saca del fuego.

El toque final:

Esparza mantequilla en la fuente para hornear, en la que se colocará una docena de enchiladas. Ralle los quesos y mézclelos. Caliente las tortillas hasta que se reblandezcan y añada un poco de la salsa al fondo de la fuente para hornear. Luego sumerja cada tortilla en la salsa, rellénela después con camarón troceado en taquitos a tal efecto y el queso, y luego enróllelo todo. Repita el mismo proceso con todas las tortillas que queden hasta que la fuente para hornear se llene. Esparza con una cuchara el resto de la salsa por encima de las enchiladas. Añada queso de manera uniforme por encima y métalo en el horno cuando este esté a doscientos grados de doce a quince minutos.

Sírvalo con cebollas verdes troceadas de guarnición.

Se puede acompañar este plato con una ensalada de lechuga romana, con jícama, pepino y rodajas de naranja.

6

AGITANDO EL ÁRBOL DE LA FRUTA DE LA PASIÓN

La mezcla de aromas del festín de Rosa María todavía impregnaba las fosas nasales de Samuel, a la mañana siguiente, cuando fue al despacho del forense con la lista de direcciones que esta le había dado. Cara Tortuga lo saludó con su leve sonrisa habitual, y le indicó con una seña que podía sentarse en la silla que se encontraba al otro lado de ese escritorio abarrotado de cosas.

—Tengo una lista de todas las empresas a las que el mercado Mi Rancho les vendió alubias pintas el año pasado —lo informó Samuel.

—Estoy seguro de que a los de homicidios les alegrará saberlo —replicó el forense con impaciencia.

—¿Estás insinuando que pasas del caso? —inquirió Samuel, con cara de perplejidad.

—Ni paso, ni dejo de pasar. Mi trabajo consiste en hacer el examen forense. El de homicidios, en resolver los asesinatos.

—¿Hay alguien en particular en ese departamento con quien debería contactar? —preguntó el reportero, decepcionado por haber perdido su contacto dentro de la investigación oficial.

—Sí, el chico nuevo, Bernardi. Bruno Bernardi.

—¡Me tomas el pelo! —exclamó Samuel levantando la voz sorprendido.

—¿Por qué iba a tomarte el pelo? Acaba de entrar en homicidios. Trabajó durante años en Richmond. De hecho, lo he ayudado en varios casos. Sustituye al viejo ese que ahora no me acuerdo cómo se llamaba, uno que estiró la pata..., que sufrió un ataque al corazón fulminante. Como necesitaban a alguien que pudiera incorporarse de inmediato y Bernardi estaba disponible, lo han fichado. Eso es todo lo que sé al respecto.

—Lo conozco bien. Trabajé en un caso con él.

—Es un tipo franco y honesto, lo cual no se puede decir de algunos de esos impresentables de mierda que pululan por ahí —afirmó el forense.

—¿Dónde puedo contactar con él?

—Pero ¿qué acabo de decir? —rezongó Cara Tortuga—. ¡Trabaja en homicidios, por el amor de Dios!

El forense se levantó con celeridad, como si hubiera decidido que ya había perdido bastante el tiempo, y acompañó al periodista hasta la puerta, ansioso por volver a centrarse en su trabajo.

Samuel recorrió caminando la corta distancia que lo separaba del 850 de la calle Bryant. Allí era donde se encontraba el nuevo edificio del Juzgado de lo Penal, el cual además albergaba el despacho del fiscal del distrito y la oficina principal del Departamento de Policía de San Francisco. El edificio era gris y rectangular, y carecía del encanto de la antigua sede del departamento en la calle Kearny, que contaba con unas ventanas arqueadas desde las que podía contemplarse la bahía. En esos momentos, lo único que podía verse desde algunos de los pisos superiores del departamento era la autopista 101.

Samuel cogió al ascensor para subir a homicidios.

—¿Podría hablar con Bernardi, por favor? —le preguntó a la recepcionista.

—Lo siento, señor. No volverá hasta las dos de la tarde.

—¿Está segura?

—Mire, señor, solo soy la recepcionista. Los tipos importantes hacen aquí lo que les da la gana. Yo me limito a tomar nota de lo que me dicen.

Samuel alzó ambas manos, con las palmas vueltas hacia ella.

—Vale, vale. Solo quería perder el menor tiempo posible.

—Entonces, vuelva a las dos —replicó la recepcionista, entornando los ojos.

—¿Podría decirle, al menos, que Samuel Hamilton ha venido a verlo?

Sin ni siquiera alzar la mirada, esa mujer anotó algo en un bloc de notas que tenía delante.

Samuel captó la indirecta y se marchó. Se fue a la cafetería del semisótano y repasó la lista que Rosa María le había dado; dividió las empresas en grupos según la parte del área de la bahía en la que estuvieran situadas: en East Bay, San José y, por último, el barrio de Mission, donde quería centrar sus esfuerzos.

A las dos de la tarde volvió a coger el ascensor para subir a la planta de homicidios. En cuanto la puerta se abrió, vio a Bruno Bernardi junto al mostrador de recepción. Estaba igual que siempre: seguía manteniendo su complexión robusta, su metro setenta y cinco de altura, su pelo castaño moteado de canas y su nariz ligeramente aplastada, que le confería un aspecto tosco y duro, a pesar de que transmitía la sensación de ser justo lo contrario.

Bernardi clavó su mirada en Samuel.

—En cuanto me enteré de que me estabas buscando y que andarías por aquí a la dos, decidí que sería mejor que te esperara aquí.

—Sigues llevando trajes marrones, a pesar de estar en San Francisco. —Samuel le tendió la mano, esbozando una sonrisa de oreja a oreja—. Menuda sorpresa me he llevado al saber que estás en la sección de homicidios.

—Bueno, había llegado el momento de cambiar un poco de aires después del divorcio y demás. En cuanto se produjo la vacante, me presenté. Me pareció que era lo mejor que podía hacer.

—¿Tuvo Marisol algo que ver con que tomaras la decisión de cambiar de aires?

Bernardi se ruborizó.

—Ven a mi despacho, Samuel.

Rodeó los hombros del reportero con su brazo y charlaron por el pasillo hasta que llegaron al cuchitril que hacía las veces de despacho del teniente.

Samuel se dio cuenta de que en la pared estaban colgadas las mismas fotografías que había visto cuando había visitado al detective en Richmond; se acordaba, sobre todo, de esa donde aparecía su numerosa familia reunida en un picnic para celebrar el cumpleaños centenario de su abuelo.

Bernardi se quitó la chaqueta y la pistolera que llevaba en el hombro. Luego colgó ambas en el perchero situado en una esquina detrás de su escritorio. Se sentó en mangas de camisa, dejando a la vista sus tirantes, y clavó la mirada en la ventana de su despacho. En la calle, los coches circulaban a gran velocidad por la autopista 101, que se extendía de este a oeste, junto al Palacio de Justicia, tras el cual, en la lejanía, uno podía ver los edificios de oficinas del Distrito Financiero.

—¿Se trata de una visita de cortesía? —inquirió Bernardi—. He visto que aparecía tu nombre en uno de los nuevos casos que me han asignado.

—Por eso estoy aquí. Tengo cierta información que podría llevarnos a obtener algunas pruebas.

A continuación, Samuel le explicó cómo había conseguido una lista con los nombres y las direcciones de las empresas que habían comprado esas alubias en San Francisco el año anterior.

—¿Has descubierto de dónde provenía ese saco? —preguntó Bernardi.

—He descubierto de dónde salió en un principio, pero eso ha sido bastante fácil, lo difícil viene después.

—¿Ese saco fue confeccionado el año pasado? —le interpeló Bernardi.

—No creo que lleguemos a saber nunca cuándo fue confeccionado —contestó Samuel—. La cuestión es si vamos a ser capaces o no de descubrir si ese saco llegó directamente a manos de la persona que cometió el crimen, a través de una de las empresas que aparecen en esta lista.

Samuel sacó dos folios: el que le había dado Rosa María con los nombres y direcciones, y otro en el que había dividido esas empresas según la zona geográfica para facilitar la investigación.

—Como el muerto procedía del sur de la frontera, he deducido que es más probable que ese saco haya salido de alguna de las empresas del barrio de Mission —aseveró Samuel.

—¿Eso quiere decir que me vas a ayudar en este caso?

—Esa es la idea —contestó el periodista—. No lo hicimos nada mal en Contra Costa, ¿verdad?

—No puedo quejarme —replicó Bernardi—. Pero ahora estoy muy liado. Me acaban de entregar cincuenta expedientes. Así que necesito a alguien de confianza que pueda cubrirme las espaldas con alguna de estas cosas. Además, por ahora, no tengo mucha información sobre este caso. Así que cuéntame todos los detalles.

Samuel y él se pasaron la hora siguiente repasando las evidencias que aparecían en el expediente, así como las que Samuel había conocido a título personal, desde que Melba lo había llamado por teléfono tras hallar aquel saco en el cubo.

—Pongamos que descubres de dónde ha salido ese saco. Eso no resolvería el caso, ¿verdad? —preguntó Bernardi.

—No, qué va —respondió Samuel—. Pero sería un primer paso.

—Vale, en eso estoy de acuerdo. ¿Qué te parece si tú te encargas de las empresas del barrio de Mission y yo me encargo de que alguien investigue las del resto de la ciudad? Si descubres algo interesante, avísame e iremos juntos a echar un vistazo. Mantenme informado y no publiques nada en el periódico sin hablar conmigo primero. ¿Trato hecho? —inquirió Bernardi.

—Trato hecho —contestó Samuel, con una sonrisa.

Bernardi empujó el expediente hacia un lado del escritorio, estiró sus tirantes y se echó hacia atrás en su silla giratoria de cuero marrón.

—Tampoco me vendría mal que me pusieras sobre aviso de qué me voy a encontrar en este departamento y de con quién debo andarme con cuidado. Por cierto, ¿quién es Melba?

—Me acabas de hacer varias preguntas —respondió Samuel—. Aunque la más fácil de contestar es la de Melba. Algún día, después de trabajar, te llevaré al Camelot y te la presentaré. Pero tus otras dos preguntas son bastante más complicadas. Hay mucho impresentable en el Departamento de Homicidios de San Francisco y algunos de ellos son muy peligrosos. Voy a tener que pensármelo un poco, porque antes de poder responder a esa cuestión tendré que preguntar por ahí.

Al día siguiente Samuel volvió a patear las calles del barrio de Mission. Casi todos los lugares donde hizo pesquisas eran o bien restaurantes, o bien colegios católicos donde daban de almorzar a sus estudiantes. El último lugar que visitó fue una iglesia donde también servían comidas a los feligreses.

Esta, sin embargo, no era como las demás. Se trataba de un local que daba a la calle con ventanas de cristales laminados tapadas con cortinas negras. El rótulo que había sobre la puerta de entrada medía aproximadamente un metro veinte de ancho por dos de alto, en él podían leerse unas letras púrpuras silueteadas en negro sobre un fondo blanco. Decía así: «Iglesia Universal de la Sanación Espiritual». Debajo, había escritas algunas palabras en español que Samuel no entendió. En la puerta, cerca del pomo, había también un pequeño letrero en inglés donde ponía: «Entreguen los repartos por la puerta de atrás». Y seguidamente, había un segundo cartel en español, que supuso que decía lo mismo.

Dio la vuelta y se metió en el callejón trasero, en busca de la entrada de repartos, y se encontró con una puerta sobre la cual también estaba escrito el nombre. Dicha puerta llevaba a una cocina muy pequeña, donde había cinco personas trabajando. Un latino regordete se aproximó a él.

—*Aquí nadie habla inglés, señor. Si quiere hablar con el pastor, regrese a las cinco y media.*

Samuel no entendió nada, salvo la palabra «cinco». Ese era también el número de empleados que, según había contado, estaban en esa cocina. Entonces extendió los cinco dedos de la mano y repitió en español:

—¿*Cinco?*

—*Sí, señor, esta tarde a las cinco y media.*

—¿Esta tarde a las cinco? —preguntó, esta vez, en inglés.

—*No. A las cinco y media.*

—«*Y media*»... Vale, ya le he entendido —afirmó Samuel, quien asintió con la cabeza mientras se marchaba.

A Samuel no le apetecía seguir deambulando de aquí para allá, ni llamar a más puertas, así que regresó a su despacho y llamó a Marisol Leiva. Esta se encontraba sentada a su escritorio en el despacho de abogados de su amigo Janak Marachak, donde trabajaba como secretaria, clasificando el correo diario. En cuanto sonó el teléfono, una ráfaga de viento entró por una ventana abierta e hizo que se le cayera una carta de la mesa.

—Hola, Samuel, hacía mucho que no sabía nada de ti.

—Cierto. Se puede decir que he estado hibernando. Pero ahora tengo un nuevo problema con el que voy a molestarte. Quiero hacer una visita a una iglesia del barrio de Mission, pero la gente ahí solo habla en español, por lo que he podido ver. Así que me gustaría saber si serías tan amable de acompañarme hasta ahí esta tarde y hacer de intérprete. Tengo que hablar con los cocineros y el pastor.

—¿De qué iglesia estás hablando? —le preguntó.

—De una que está en un local de la calle Mission, llamada Iglesia Universal de la Sanación Espiritual.

—Tengo información sobre ella. Deja que consulte un momento mi agenda.

Marisol dejó el teléfono sobre la mesa, echó una ojeada a su agenda y, acto seguido, volvió a cogerlo.

—Será todo un placer para mí acompañarte. Además, me gustaría ver qué están haciendo ahí. —Se levantó y rodeó el escritorio para recoger el papel que el viento había tirado al suelo—. ¿Por qué estás tan interesado en esa iglesia? Tú no eres muy religioso. Aún recuerdo cómo el año pasado te revolvías durante los sermones de mi padre en esa iglesia de Stockton.

—No recuerdo mucho de esos sermones, solo recuerdo que Bernardi no te quitaba los ojos de encima. Pero esto no tiene nada que ver con la religión, simplemente, intento descubrir si un saco de alubias pintas salió de ahí o no.

—¿Qué?

—Eso da igual. Ya te lo explicaré cuando nos veamos. ¿Podemos quedar delante de esa iglesia después del trabajo?

—¿Cuál es la dirección?

Samuel le dio el número del portal y acordaron verse ahí poco después de las cinco de la tarde, en cuanto ella pudiera llegar desde el centro de la ciudad.

Marisol se encontró con Samuel, que no paraba de andar de un lado para otro, delante de aquel edificio. Las cortinas negras estaban descorridas y el periodista había podido echar un vistazo al interior de aquel misterioso lugar. Ahí dentro había varias hileras de sillas plegables, con un pasillo abierto en medio de ellas que se encontraba directamente frente a la puerta. Al final de ese pasillo, había una plataforma elevada con un podio. En el techo, justo encima de la plataforma, había diversos focos. Cada uno iluminaba una zona distinta. Una cortina negra recogida delante de los focos se elevaba hasta el techo, confiriendo a esa plataforma el aspecto de un escenario de teatro.

Samuel saludó a Marisol dándole un abrazo.

—Por lo que he visto, Bernardi se siente ya como en casa en el Departamento de Policía de San Francisco —comentó Samuel de manera burlona.

—Sé que habéis estado hablando a cuenta de algún caso —replicó ella, intentando no revelar demasiada información.

—Eso no tiene mucho misterio —afirmó Samuel—. Está claro que estáis juntos y me alegro de haber sido el que os presentó. Me debes una muy gorda por eso, Marisol.

—No te precipites, amigo mío. Su divorcio aún no es definitivo y ya conoces la regla de que no hay que salir con gente que no lleve divorciada al menos seis meses.

—No creo que esta regla se aplique en este caso, confía en mí. ¿Qué te ha contado sobre el caso en el que estamos trabajando?

—Nada. Solo ha mencionado que se había encontrado contigo.

Samuel intentó hacerle un resumen sobre todo lo que sabía al respecto, para que ella pudiera entender las razones que lo habían llevado a arrastrarla hasta ahí, habiéndola avisado con tan poco tiempo.

—Entonces, ¿por qué estamos aquí? —preguntó Marisol.

—Porque, según Rosa María Rodríguez, es uno de los sitios que han comprado alubias pintas Mi Rancho en el mercado.

—Conozco al hombre que dirige esta iglesia —le contó Marisol—. Estuvo en uno de los sermones de mi padre hace un par de años. Y, desde entonces, he sabido alguna que otra cosa sobre él.

—¿Ah, sí? ¿Y de qué te has enterado?

—Será mejor que lo compruebes por ti mismo. Por lo que tengo entendido, monta un espectáculo tremendo.

—Vale, pero primero ven conmigo a la cocina. Ahí es donde voy a necesitar tu ayuda.

Samuel la cogió del brazo, apartaron una cortina negra colocada en el espacio trasero situado junto al escenario y entraron en la abarrotada cocina. Apenas había sitio ahí para las cinco personas que estaban trabajando, y mucho menos para Samuel y Marisol.

—*Mi amigo, que no habla español, tiene algunas preguntas que hacerles* —les explicó Marisol.

El hombre regordete le contestó en español.

—*Su amigo vino antes y ya le dije que volviera cuando el pastor estuviera aquí.*

Marisol replicó sagazmente en español una vez más.

—*Ahora mismo, no creo que necesitemos al pastor. Esta pregunta es para ustedes. ¿Qué suelen hacer con los sacos vacíos de alubias pintas?*

—*¿Eso es todo lo que quiere saber?* —inquirió el hombre a Marisol en español—. *Vengan, se lo mostraré.*

Acto seguido, los llevó al callejón por donde Samuel había entrado antes a la cocina. Junto a la puerta de esta, había otra de doble de acero que formaba un ángulo de cuarenta y cinco grados con la acera y que estaba cerrada con una barra y un candado. El latino quitó el candado de la barra bajada, abrió los portones de acero y los enganchó en unas anillas de hierro, lo cual dejó a la vista una escalera que bajaba hasta una puerta situada al fondo.

El hombre regordete descendió por ella, abrió la puerta del sótano y, tras encender la luz, los invitó a seguirlo. Dentro, desde el suelo hasta el techo, había unas estanterías repletas de latas de comida en conserva. Esa estancia era el doble de grande que la cocina y, en su parte central, contaba con una luz que pendía de un solo cordel. En una esquina, había diez sacos de alubias pintas. En las de encima podía verse la marca

Mi Rancho impresa. Junto a esos sacos llenos, se encontraba un pequeño montón de sacos vacíos.

—¿Aquí es donde suelen dejar todos los sacos vacíos? —preguntó Samuel.

Aquel hombre asintió en cuanto Marisol le repitió esa pregunta en español.

—¿Quién tiene acceso a este almacén?

—El personal de la cocina si les abro la puerta —tradujo Marisol.

—¿Alguien más?

—No, que yo sepa —volvió a contestar a través de ella—. Como ha podido ver al bajar aquí, la llave está atada a este largo trozo de madera, que suele estar colgado de un gancho en la cocina.

—Pregúntale si se ha percatado de que faltase algún saco en esa pila —le pidió Samuel.

—Dice que no —respondió Marisol.

—¿Qué suele hacer con ellos?

—Los devolvemos a Mi Rancho cuando vienen a traernos más alubias —contestó Marisol.

—¿Podría volver más adelante para hacer una fotografía de este sitio? —inquirió Samuel.

—Eso tendrá que preguntárselo al jefe —tradujo Marisol—. Con casi toda seguridad, ya debe de estar aquí.

A continuación, todos subieron por la escalera del sótano, atravesaron la cocina y entraron en el local. Aquel sitio ya se estaba llenando. Había unos cuantos latinos sentados en grupos, en los que muchas de las mujeres vestían con los intensos colores propios de su país de origen. Las dos hileras delanteras se encontraban ya repletas de ruidosas adolescentes.

Samuel y Marisol vieron a un enano vestido con unos pantalones tejanos azules y botas vaqueras hablando con una mujer que parecía gigantesca comparada con él.

—¿Quién es esa? —preguntó Samuel.

Marisol se echó a reír.

—Esa es Dominique la Dominatriz. Está muy vinculada a esta iglesia. Por lo que tengo entendido, está de pluriempleada.

Samuel no sabía si seguir haciendo preguntas sobre esa extraña mujer o si centrarse en el enano.

—Ese tipo bajito es Dusty Schwartz, el predicador y el dueño de la iglesia. La dominatriz es su consejera espiritual.

Samuel se rió.

—Me tomas el pelo.

—No, no lo hago, pero habla en voz baja, que no te oigan.

Dusty se encontraba de espaldas a ellos, inmerso en su conversación con la dominatriz, quien los vio aproximarse y alertó al enano de su inminente llegada. A Samuel le inquietaba que esa mujer pudiera haber visto cómo se reían de ellos, pero ya era demasiado tarde como para evitar el encuentro.

Dusty se volvió lentamente y sonrió en cuanto vio a Marisol.

—*Hola, amiga* —le dijo en español, mientras Dominique se retiraba.

—Hola, señor Schwartz. Me gustaría presentarle a Samuel Hamilton, que trabaja para un diario matutino. Ha oído hablar mucho sobre usted y le gustaría publicar un artículo sobre su iglesia.

Dusty dio un «¡Oh, caramba!» por respuesta, pero sus ojos azules se clavaron en Samuel, examinándolo detenidamente. El enano quería saber contra quién se enfrentaba.

—Estaré encantado de hablar con usted, señor —afirmó sonriente—. Pero eso tendrá que ser después del sermón. Estamos a punto de empezar.

—Por supuesto —replicó Samuel—. Estoy ansioso por ver el espectáculo.

Tanto él como Marisol se miraron mutuamente, pero ninguno de ellos dijo nada. El reportero observó cómo el enano de piernas arqueadas subía la escalera del escenario y desaparecía tras una de las cortinas laterales.

En cuanto el predicador desapareció de su vista, Samuel se volvió y observó cómo Dominique se dirigía a otra cortina negra, situada en la esquina más alejada de aquella estancia, lejos de la cocina. Delante de la cortina había cinco sillas, ocupadas por tres jóvenes, que parecían tener menos de veinte años, y dos mujeres, que probablemente tenían cuarenta y tantos años. Todos ellos permanecerían sentados ahí, incluso durante la ceremonia, con el fin de asegurarse de que no iban a perder su sitio en la cola para ser atendidos por Dominique, en caso de que no fueran recibidos antes de que comenzara el sermón.

En cuanto se acomodó detrás de la cortina, Dominique la abrió ligeramente e indicó con un dedo a la persona sentada en la primera silla que se acercase.

—¿De qué va todo esto? —preguntó Samuel.

—Mi padre dice que es una bruja. Vende conjuros y pociones a los pobres.

—¿Estás segura de eso?

—Sí, lo estoy. Mucha gente cree en toda clase de magia y se supone que ella es toda una maestra a la hora de realizar hechizos.

—¿Estás insinuando que practica magia negra?

—Sí, así es como se la suele llamar.

—¿No es eso ilegal?

—Solo si la pillan —respondió Marisol.

—¿Por qué no la denuncias?

—Porque cuando lo haga, otro la reemplazará rápidamente. Además, tampoco hace ningún daño, la verdad. Cuando uno intenta acabar con esas viejas supersticiones, la gente no le hace ni caso.

—¿Qué le pasa en la cara? —inquirió Samuel.

—Tengo entendido que se quemó —contestó Marisol.

En aquel momento, ya no quedaba ningún asiento vacío, y Samuel pudo oler el aroma a alubias y tortillas recién hechas. Hizo un gesto de negación con la cabeza; estaban pasando demasiadas cosas a la vez y se estaba distrayendo, así que intentó centrarse en una sola cosa.

—El aroma de toda esa comida está haciendo que me entre hambre.

—Eso forma parte de su estrategia —aseveró Marisol—. El olor de comida hace que la gente se quede hasta que termine el sermón y se haya recogido la colecta, ya que, después de eso, les dan algo de comer.

—¿Dónde?

—Aquí mismo. ¿Ves esas mesas apoyadas contra las paredes? Justo después de que Schwartz haya acabado de soltar el sermón, las preparan para servir en ellas la comida.

—Muy inteligente. ¿No crees que eso compensa el hecho de que el predicador sea un enano?

—Espera a escucharlo —respondió Marisol—. Entonces dejarás de pensar que es tan raro.

En ese instante, un grupo de seis músicos vestidos de mariachis (con toda la parafernalia habitual, grandes sombreros incluidos) apareció en el escenario y se pusieron a tocar rancheras mexicanas. La multitud ahí congregada enseguida se dejó llevar por el entusiasmo.

Samuel reflexionó sobre lo distinto que era aquello de los dos intérpretes de música góspel a los que había escuchado, cuando había acudido a esa misa del señor Leiva, el padre de Marisol, en esa iglesia católica de las afueras de Stockton el año anterior. Lo que estaba viendo se parecía más a un carnaval escandaloso que a una ceremonia religiosa. En cuanto los músicos dejaron de tocar, se oyeron aplausos, silbidos y peticiones de bis, pero, en ese momento, Schwartz salió de detrás de una cortina lateral negra.

Todos los focos convergieron en el enano, que iba vestido con un esmoquin, una capa negra con un forro de terciopelo rojo y una chistera. Unos vítores demenciales atronaron cuando este se aproximó al podio. Las adolescentes de las dos primeras filas gritaron como si se hallaran ante un ídolo del cine. Por un instante, el enano desapareció de la vista de todos, hasta que se subió a un par de cajas de Coca Cola y la parte superior de su diminuto cuerpo apareció por encima del podio. Agitó la chistera en el aire de manera solemne y el brillante forro de su capa refulgió bajo la luz de los focos. Su pelo moreno y rizado relucía debido a la brillantina, y sus ojos azules centelleaban por la emoción que lo embargaba al ostentar tanto poder. Samuel tuvo que admitir que el enano tenía un aspecto majestuoso.

En cuanto Schwartz comenzó a hablar con un tono de voz grave en un español culto y cadencioso, la multitud calló. El predicador sabía medir los tiempos como un actor; hacía largas pausas y hablaba serena y lentamente, mientras dejaba clavadas a esas personas en su sitio con su hipnótica mirada. Samuel, que se hallaba en trance, ignoró los codazos que le propinó Marisol para intentar que volviera a la realidad. El reportero era incapaz de captar el sentido de las palabras de Schwartz, pero, al igual que casi todo el mundo, enseguida se rindió ante la cadencia y teatralidad del discurso del predicador. Schwartz siguió con su discurso, iba alzando la voz y hablaba cada vez más rápido y a un mayor volumen, aunque el significado de su sermón cada vez resultaba más incomprensible. Gracias a la traducción de Marisol, Samuel reconoció vagamente algunos de los temas que mencionaba, ya que los recordaba de los sermones del señor Leiva, pero le dio la impresión de que aquel hombrecillo se arrogaba a sí mismo un papel mucho mayor, en el plan divino, en el gran esquema de las cosas, de que lo jamás había hecho Leiva. No, se corrigió a sí mismo Samuel, el enano no lo llamaba el plan divino sino el plan infinito.

Schwartz decía a la congregación que tenía muchas lecciones que enseñarles, y que aquellos que lo siguieran experimentarían milagros en sus propias carnes. Afirmó que su misión consistía en salvaguardar el bienestar de todas y cada una de las personas que se encontraban en esa habitación, pues eran sus amados corderos que formaban parte de su rebaño, a los que guiaría a través de la oscuridad. Sí, el bosque era oscuro y profundo, y estaba repleto de peligros, pero él conocía el camino. Había sido elegido para ser su guía..., era el nuevo apóstol de Dios. El plan infinito no podía ser entendido, pues, como todo lo que posee naturaleza celestial, era incomprensible, pero él había sido instruido por la divinidad, él había estudiado la fuente original. Él era distinto. ¿Acaso no eran capaces de ver que Dios lo había hecho distinto a los demás? Únicamente él sabía en qué consistía el plan infinito y únicamente él tenía la clave que permitiría al resto desentrañar ese enigma.

Acto seguido, Schwartz soltó una perorata (o esa impresión le dio a Samuel) sobre la mente, Dios, el mundo físico, su papel como apóstol y algo llamado «el rayo posesivo», que el reportero no alcanzó a entender del todo. Al parecer, lo que el predicador realmente intentaba perfeccionar era el uso de algo descrito en el plan infinito como el rayo posesivo. Al principio, había querido utilizarlo para controlar a todo el mundo, pero, tal y como Marisol le explicó a Samuel más tarde, se desvió de su meta original y acabó usándolo para intentar conquistar a mujeres y controlarlas. El predicador prosiguió hablando sin desfallecer, pero Samuel dejó de intentar seguir su discurso. Se sentía mareado y confuso, y era consciente de que no era el único: el ambiente en ese local estaba impregnado de una tremenda y peligrosa carga emocional que iba *in crescendo* y que había alcanzado una intensidad prácticamente insoportable. No obstante, también se dio cuenta de que Marisol era la única persona en toda esa congregación inmune a la palabrería de Schwartz. Samuel concluyó que, seguramente, tras haber escuchado tantos sermones de su padre, estaba curada de espantos. Sin embargo, no era solo por eso, como Samuel descubrió más adelante, sino porque ella sabía lo enfermo que estaba ese hombre.

Schwartz tiró de un cordel y un lienzo, a sus espaldas, se descolgó del techo, por delante de los músicos. Se trataba de una pintura renacentista de al menos tres metros de ancho por dos de alto. Todos los focos estaban centrados en ella, salvo uno que lo enfocaba a él. A continuación, Schwartz extendió sus cortos brazos para envolver a todo el mundo en una suerte de abrazo metafísico y les explicó quiénes eran las dos figuras centrales de ese cuadro; uno era Cristo, el principal profeta de Dios en la Tierra desde tiempos bíblicos, y el otro, su futuro apóstol, que aparecía sentado junto a un cambista. La multitud pudo apreciar que el pintor había centrado la luz del cuadro en ese misterioso elegido.

El reverendo había alcanzado ya el momento culminante de su sermón; gritaba, golpeaba el podio y agitaba los brazos alocadamente en el aire.

—¡Contemplad cómo Cristo logra que su futuro apóstol se aleje del cambista! ¡Lo está llamando para que pase a servir a Dios! ¿Qué significa todo esto? El cambista representa la codicia, el egoísmo y la apatía. Cristo os está diciendo que tenéis que olvidaros de las cosas mundanas y seguir el plan infinito. Y eso, ¿cómo lo vais a hacer? Confiando en mí, pues yo os guiaré. ¡Seguidme!

Para entonces, toda la congregación se hallaba ya en pie (sobre todo las adolescentes) aplaudiendo y gritando: «¡Salvador! ¡Salvador!». Los músicos salieron de detrás del cuadro y tocaron a todo volumen un himno religioso llamativo y extravagante. Samuel creyó que le iba a estallar la cabeza por culpa de tanto estruendo.

De repente, una anciana que se encontraba cerca de Samuel se desmayó. Antes de que este pudiera hacer ademán alguno de ayudarla, Marisol lo agarró de la manga.

—¡Ni se te ocurra! —le gritó por encima de todo aquel ruido.

En la siguiente hilera, un hombre se tambaleó hacia el centro del pasillo y, tras dar un grito de éxtasis, cayó al suelo, sufriendo convulsiones y echando espumarajos por la boca. De inmediato, otra mujer lo imitó y, al cabo de unos segundos, había varias personas retorciéndose por el suelo y agitando sus extremidades en todas direcciones. El periodista se dejó caer en su silla, sin poder creerse lo que estaba viendo, y Marisol le dio unas palmaditas en el hombro mientras le sonreía con cierta complicidad.

Las cestas de las limosnas volaron por los pasillos acompañadas por los brámidos de la trompeta y de los continuos cánticos de «¡*Salvador! ¡Salvador!*». Las cestas se llenaron rápidamente hasta rebosar. Samuel calculó que Schwartz estaba reuniendo un buen botín para tratarse de un grupo de gente tan pobre.

El servicio acabó con los músicos tocando una fanfarria. El enano descendió de las cajas en que se hallaba subido, se puso su chistera y, tras girar su capa, desapareció tras una cortina lateral. El estado de ánimo de la multitud cambió súbitamente. Los feligreses, que hasta hacía solo unos instantes estaban histéricos, volvieron a ponerse en pie con suma calma, los músicos pasaron a tocar rancheras populares, y la gente se apartó con el fin de dejar espacio para que pudieran plegar las sillas y colocar las mesas, y que el festín pudiera comenzar.

Sin embargo, no todo el mundo se dirigió a las mesas. Samuel se fijó en que tres chicas adolescentes de la primera fila subían raudas y veloces la escalera que llevaba a la plataforma y seguían al enano.

Las cinco sillas que se hallaban delante de la cortina de Dominique seguían ocupadas y, cuando una persona se levantaba para entrar en sus dominios, las demás pasaban a ocupar la siguiente silla de la fila y otro cliente se sentaba rápidamente en el asiento que quedaba vacío.

Marisol y Samuel se quedaron de pie en medio de esa estancia, observando cómo movían esas mesas y sillas a su alrededor.

73

—Si no lo veo, no lo creo —afirmó el reportero—. Cuesta imaginar que haya gente capaz de seguir a este tipo.

—Es muy carismático, sí. Mi padre podría aprender un par de cosas de él.

—Me pregunto de dónde habrá sacado esa pintura —caviló Samuel—. Obviamente, es una obra europea y bastante antigua. Aunque parece un poco fuera de lugar en este entorno.

—Creo que es un truco muy inteligente —comentó Marisol—. Gracias a ese cuadro, da la impresión de que forma parte de la Iglesia Católica y logra que se lo relacione con la Biblia, ambas cosas son muy importantes para su labor de evangelización. En cualquier caso, como vas a verlo en breve, se lo puedes preguntar.

Samuel asintió y tiró a Marisol de la manga.

—¿Quién es ese tipo que lleva un traje de color azul eléctrico, ese del pelo aplastado?

—Ese es Michael Harmony, un abogado. Ha venido aquí para repartir tarjetas de su despacho entre los feligreses de esta iglesia. Intentó hacer lo mismo con mi padre, pero lo mandamos a paseo.

—¿Eso es legal?

—¡¿Me tomas el pelo?! Claro que no. Intuyo que el pastor le ha dado permiso para hacer esto. Seguro que el enano se lleva una comisión.

—¿Y eso cómo lo has deducido? —inquirió Samuel.

—Cuando le conté a Janak que el señor Harmony había intentado sondear a mi padre, me dijo que muchos abogados merodean por instituciones como esta para captar clientes con los que plantear demandas de lesiones y demás; normalmente, el líder espiritual les permite rapiñar entre los feligreses a cambio de una compensación.

»Seguro que si te presentas a él y le dices que eres de un periódico matutino, se marchará en vez de quedarse a hablar contigo.

Mientras la muchedumbre devoraba la comida y la banda de mariachis sonaba de fondo, el predicador apareció de detrás de una cortina negra lateral. Se había puesto otra vez sus pantalones tejanos azules y su botas vaqueras. Desde la plataforma, buscó a alguien con la mirada y, al final, en cuanto su mirada se cruzó con la de Samuel, le hizo un gesto para indicarle que se acercara.

Samuel subió la escalera y bajó la vista para contemplar a aquel hombre al que le estaba dando la mano.

—Gracias por concederme su tiempo. ¿Cómo quiere que le llame? ¿Reverendo?

Dusty se rió. Eran unas carcajadas genuinas y henchidas de autocomplacencia.

—No hace falta. Llámeme Dusty. Pero si va a publicar algo sobre mí, entonces tendrá que nombrarme con el título adecuado. No obstante, los honores y elogios serán cosa suya.

Aunque Samuel pensó que esa respuesta era un tanto rebuscada, procuró no esbozar una sonrisilla. Era consciente de que tenía que dar la impresión de que lo tomaba en serio si quería sonsacarle información.

—¿Dónde podríamos hablar, reverendo?

—Será mejor que vayamos a mi despacho, que también hace las veces de camerino. Es el único sitio donde puedo tener algo de privacidad por aquí.

Samuel lo siguió hasta una robusta puerta de madera blindada con triple cierre de seguridad. Dusty sacó un llavero, abrió las tres cerraduras y, con un gesto de su mano, le indicó al reportero que entrara. Dentro, había una mesa abatible medio abierta colocada junto a la pared. Junto a esta, había un tocadiscos rodeado de varios montones de discos de larga duración. En la otra pared, había una cama individual que parecía haber sido usada recientemente, o eso dedujo Samuel, tras haber visto cómo se perdían esas adolescentes entre bambalinas. La manta estaba retirada y, encima de la almohada, había una muñeca de trapo cuyo pelo negro estaba confeccionado con hilos de lana. En la mesilla de noche, Samuel vio la punta de un paquete de condones que sobresalía por debajo de un periódico. Las cestas de las limosnas se encontraban apiladas en una esquina, rebosantes todavía con las recientes donaciones, que esperaban a ser contadas. La habitación olía de un modo extraño.

—Disculpe el desorden —dijo Dusty—. Normalmente, esperamos a que la gente se marche y luego contamos el dinero, tras esta puerta cerrada a cal y canto. Después lo depositamos en el buzón nocturno del banco antes de que uno de nosotros se vaya a casa.

—¿Nosotros? —preguntó Samuel.

—Sí, yo y Dominique, la sanadora. Es mi ayudante.

—¿Ah, sí? ¿Y qué es lo que hace?

—Ya se lo he dicho, es mi ayudante. Es la que lleva las cuentas.

—¿Esa mujer tiene su propia iglesia instalada aquí? —lo interrogó Samuel.

—No, no. Tiene su propia clientela que acude a ella en busca de consejo. Probablemente, los habrá visto aguardando sentados frente a su consultorio.

—¿Sobre qué le consulta la gente?

—Sobre asuntos espirituales, señor Hamilton. Si quiere detalles más concretos, tendrá que hablar con ella.

—Pues sí. Bueno, ahora, hablemos un poco de usted. Pero, primero, ¿a qué huele aquí?

—Oh, seguramente será uno de esos inciensos purificadores de Dominique —respondió Dusty de manera vaga.

—¿Cómo ha logrado levantar esta organización y mantenerla en marcha? Y de un modo tan eficiente y provechoso si me permite añadir.

Dusty le explicó largamente cómo había fundado su iglesia, enfatizando sus propios logros y olvidándose por completo de mencionar el papel que había jugado Dominique en su evolución. Le explicó que su vocación siempre había sido ser predicador y que, por fin, había logrado su sueño.

—Ser un hombre tan pequeño me viene bien, ya que, en cuanto convenzo a la gente de que Dios también obra a través incluso de alguien como yo, se rinden ante la evidencia, pues son conscientes de que no son tan deformes como yo, por lo que Dios también puede obrar a través de ellos, sin lugar a dudas.

—Entonces, ¿por qué acude esta gente a usted?

—Porque la vida comporta dolor, señor Hamilton. La mayoría solo buscan consuelo, alguien que entienda y comparta su sufrimiento.

—¿Y eso cómo lo hace?

—Asumo su dolor en mi fuero interno e intento no derramar ninguna de las lágrimas que se acumulan en mi alma, lo cual me produce un hondo dolor. Luego los abrazo y les digo que pueden ir en paz.

—¿Qué hace cuando descubre que el mal anida en una persona?

—Esa es una buena pregunta muy difícil de contestar. Suele pasar más a menudo de lo que cree. En esos casos, he de dar con la manera de exorcizar ese mal, así que recurro a Dominique para que me ayude a desterrar la maldad de esa persona. No obstante, a veces, esa oscuridad es tan intensa que tengo que bañarme en un aura de luz para que después Dominique me purifique.

—¿Y eso cómo lo hace?

—Oh, ese es su secreto. Tendrá que hacerle a ella esa pregunta.

Samuel estaba tomando notas lo más rápido que podía, mientras intentaba dar con la manera de sacar a colación el tema de los sacos de las alubias pintas, pero no había manera.

—Durante el sermón, he visto que había un grupo bastante importante de muchachas jóvenes un tanto sobreexcitadas en la primera fila; en cuanto acabó su homilía, tres de ellas se perdieron entre bastidores.

—Sí, vinieron a recibir mis consejos. Pasé unos minutos con ellas y les expliqué cómo deberían seguir mis enseñanzas espirituales. Luego les pedí que vinieran a visitarme a menudo para que pueda evaluar sus avances.

—Ya veo —dijo Samuel, echando un vistazo a la cama revuelta y a la extraña muñeca que había sobre la almohada—. ¿Las vio a las tres a la vez o de una en una?

—A la vez —contestó Dusty, profiriendo un suspiro—. Como no tenía tiempo para resolver sus problemas espirituales individuales, las escuché a todas a la vez. Luego les dije que se fueran a casa y rezaran, y que volvieran a verme el domingo.

Seguro que sí, pensó Samuel, que sabía perfectamente de qué quería hablar a continuación: del saco de alubias pintas; no obstante, también sabía que si sacaba el tema de improviso y el enano tenía algo que ocultar, este se cerraría en banda.

—¿Le importaría que entrevistara a su ayudante con el fin de poder reunir más datos sobre usted para mi artículo?

—Por mí, no hay ningún problema; pero tendrá que preguntárselo a ella, si es que sigue aquí —respondió el enano al tiempo que se levantaba del taburete colocado delante de su mesa de maquillaje. Samuel pudo ver el reflejo de Dusty en ese espejo rodeado de bombillitas que tanto recordaba a los que hay en los camerinos de los teatros.

—¿De dónde ha sacado esa pintura? Es muy antigua y hermosa, parece italiana.

—Esa es otra pregunta que debería hacerle a Dominique. Es ella quien me la ha prestado.

—Gracias por concederme su tiempo, reverendo —dijo Samuel, mencionando una vez más, con toda la intención del mundo, el título que el enano se había arrogado—. Me aseguraré de que el artículo se publique el domingo y le enviaré un ejemplar.

—Como quiera... Aunque ¿podría decirme su nombre otra vez? —le pidió Dusty, dándole a entender que no le estaba prestando demasiada atención, aunque no fuera verdad.

—Samuel. Samuel Hamilton. Tenga mi tarjeta, por si acaso le viene a la cabeza algo más que quiera añadir.

Samuel regresó al escenario y a la entonces casi vacía estancia, donde Marisol hablaba, sentada en una de las sillas plegables, con un gordo calvo que vestía una americana de cuadros. En cuanto el reportero se aproximó, Marisol se puso de pie y se volvió hacia él.

—Este es Art McFadden —dijo, señalándolo—. Es un investigador privado que trabaja para el señor Harmony.

—Soy Samuel Hamilton —replicó el periodista, tendiéndole la mano, que aquel gordo sepultó en su manaza húmeda y fría.

—Encantado de conocerle —afirmó solícitamente—. Los amigos de Marisol son mis amigos.

—¿Trabaja para el señor Harmony?

—Claro. Entre otras cosas.

—¿Qué hace exactamente para él?

—Cosas de relaciones públicas, más que nada.

—Y eso, ¿qué quiere decir?

—Me aseguro de que siempre tenga clientes. Y los atiendo como es debido. —Entonces, el gordo titubeó—. Mire, me gustaría pasar más tiempo con usted, pero tengo que hablar con el predicador.

Acto seguido se dirigió al camerino del reverendo.

—Y este tío, ¿de qué va? —preguntó Samuel, mientras observaba cómo aquel gordo hacía un gran esfuerzo para subir la escalera que llevaba a la plataforma.

—Es la mano derecha de Michael Harmony —contestó Marisol—. Es el que hace que el negocio funcione y el que mantiene a los proveedores contentos. Ahora mismo, no me cabe duda de que va al camerino del enano a hacer un pago. Yo que tú procuraría pasar un rato con él. Ese gordinflón siempre está dispuesto a vender lo que sea, así podrás descubrir casi todo lo que ocurre aquí.

Dominique salió de detrás de la cortina negra. Ella también iba vestida de negro y llevaba puestas sus botas con tacones de aguja, con las que medía casi metro ochenta de altura. Llevaba alrededor del cuello un gran colgante de oro. Era una mujer imponente, a pesar de la cicatriz que le cubría un lado de la cara.

—Una noche muy atareada, ¿eh? —inquirió Samuel.

—Sí. Ellos tienen tantos problemas y nosotros, tan poco tiempo. Por cierto, ¿quién es usted si me permite la pregunta?

—Me llamo Samuel Hamilton. Trabajo para un periódico matutino. Acabo de entrevistar al reverendo Schwartz para un artículo que estoy preparando sobre su iglesia. Me ha contado que usted es su ayudante. ¿Podría hacerle algunas preguntas?

—Me gustaría poder satisfacer sus deseos, señor Hamilton, pero, en este mismo instante, estoy bastante cansada y todavía tengo mucho que hacer por aquí. Aquí tiene mi tarjeta. Llámeme esta misma semana y charlaremos un rato.

—De acuerdo, señorita... —Samuel leyó la tarjeta— Dominique. Pero espero que sea lo antes posible. No puedo acabar el artículo sin sus aportaciones.

—Llámeme mañana.

Habían dado ya las diez en punto cuando Samuel y Marisol salieron de la Iglesia Universal de la Sanación Espiritual. En cuanto doblaron la esquina, Samuel hizo un gesto de negación con la cabeza.

—Me ha sorprendido mucho lo abiertamente que se trapichea ahí con ciertas cosas. Ese predicador vive en su mundo. Si está intentando proteger su imperio, por llamarlo de alguna manera, no lo está haciendo muy bien. Está siendo muy descuidado al permitir que todo el mundo sepa que se está acostando con menores. Se puede meter en un buen lío.

—Ya, pero, para eso, alguien se tendría que quejar —aseveró Marisol—. Ya viste cómo gritaban esas chicas de la primera fila. Están obnubiladas con él, y los representantes sindicales no se van a quejar mientras reciban su dinero.

—Pero no siempre podrá tenerlos contentos. Surgirán envidias. Tarde o temprano, se meterá en un buen jaleo.

—Tal vez, pero eso será en el futuro. Ahora, hablemos sobre la razón por la que fuimos a ese lugar en un principio. ¿Has descubierto algo sobre ese saco?

—No he tenido oportunidad. En realidad, me daba miedo preguntarle algo al respecto. Tendré que dar con otra manera de enfocar el asunto. A lo mejor intento sonsacarle información a ese gordo, tal y como me has sugerido.

Unas horas más tarde, después de haber contado el dinero y de que Dominique se hubiera marchado con este para depositarlo en el buzón nocturno del banco, Dusty se sentó en su desordenado camerino que hacía las veces de despacho y encendió el tocadiscos. Al instante, escuchó la voz de Victoria de los Ángeles, que, con su timbre operístico, desgranó un popurrí de canciones en ese disco de larga duración. Cuando interpretó «La Paloma», Dusty se tiró encima de esas sábanas manchadas aún de fluidos sexuales, enterró su cabeza bajo una de las almohadas y rompió a llorar.

7

¿QUÉ CAMINO ESCOGEMOS?

Bernardi estaba sentado a la Tabla Redonda de roble, bebiendo un vaso de vino tinto, mientras observaba a esa mujer de mediana edad con el pelo gris azulado que estaba sentada frente a él y saludaba a los clientes que entraban en el Camelot. Melba dio un sorbo al vaso de cerveza y, tras apagar el cigarrillo en un cenicero lleno de colillas, encendió inmediatamente otro. Agitaba el pitillo en el aire, y de vez en cuando sonreía o asentía al reconocer a algún cliente. El chucho sarnoso que estaba a sus pies no se movía, pero observaba con atención cualquier movimiento que se produjera cerca de él. Bernardi se imaginó que tanto ella como su perro conocían a casi todos los que entraban.

Eran ya más de las seis en punto y el parque del otro lado de la calle estaba casi vacío. Al este, el sol se reflejaba en los edificios de la zona centro de la ciudad, y los barcos iban y venían bajo el puente de la Bahía que se encontraba más allá.

Samuel llegaba tarde. Cuando entró, el perro saltó y meneó su trasero sin cola. El reportero se acercó raudo y veloz a Bernardi y le dio una palmadita en la espalda.

—Lo siento. Me he retrasado.

Después se fue hacia el perro, que se puso de pie sobre sus patas traseras y le lamió las manos. El periodista rebuscó rápidamente algo en el bolsillo, pero se dio cuenta de que no tenía nada que ofrecerle, y le lanzó a Melba una mirada un tanto triste, ante la cual ella se limitó a encogerse de hombros. Como Excalibur no comprendió que no había nada para él, continuó toqueteando con las patas la pernera del pantalón de Samuel.

Este se apartó por fin del chucho y le indicó con una seña al teniente que se aproximara. Luego lo agarró de la manga de su chaqueta de un color marrón apagado y extendió la otra mano en dirección hacia Melba.

—Melba, este es Bruno Bernardi. El nuevo detective de homicidios del que te he hablado.

—Ya había deducido quién era. Los polis siempre parecen polis por mucho que lo intenten disimular. No he querido decir nada porque no quería que se sintiera observado. —Al instante, estalló en carcajadas.

—Melba es la persona a la que tienes que acudir cuando quieras saber qué se está cociendo en San Francisco —le explicó Samuel.

—Me alegro de conocerla por fin, Melba. Aunque tengo la sensación de que ya la conozco.

—No esté tan seguro de eso, señor detective. Se dicen tantas gilipolleces sobre mí en esta ciudad que la mayoría de la gente ya no sabe a qué atenerse. Y me gusta que eso sea así.

Bernardi sonrió.

—Yo solo he oído cosas buenas sobre usted, Melba, solo cosas buenas.

—Ya, claro. Los aduladores sois todos iguales. Samuel ha debido de enseñarle a comportarse así —replicó, riéndose otra vez. Acto seguido, encendió otro Lucky Strike y le dio un sorbo a su cerveza.

—Gracias por venir, Bruno —dijo Samuel—. Quería que os conocierais. Además, necesito que me hagas un favor, Melba. Bruno quería saber con quién debería tener cuidado en el Departamento de Policía de San Francisco y he pensado que la persona más adecuada para responder a esa pregunta eres tú.

Melba recorrió con la mirada todo el bar, que estaba moderadamente lleno, expulsó el humo de su cigarrillo por la nariz y, a continuación, lo apagó. Después indicó a ambos hombres que se acercaran más. Ambos se sentaron, cada uno a un lado de ella. Samuel se agachó y le rascó a Excalibur la cabeza, justo en el lado en el que le faltaba una oreja.

—Usted está aquí hoy porque Charlie MacAteer ha muerto, señor Bernardi. Era uno de los mejores policías de homicidios y todo un encanto como persona. Mucha gente lo envidiaba. —En ese instante, le echó una ojeada de arriba abajo al teniente, como si quisiera cerciorarse de que lo había evaluado correctamente. Y, acto seguido, se aseguró de que la estuviera mirando a los ojos—. Corre el rumor por las calles de que usted es todavía mejor que él. Unos cuantos «quiero y no puedo» del departamento se pelearon por ocupar su puesto, porque querían llegar a ser uno de los mandamases, pero los jefazos sabían perfectamente lo que hacían al escogerlo a usted. Aunque usted supone un gran problema para algunos de esos burócratas cabrones. Así que mantenga los ojos y los oídos bien abiertos. Los mejores siempre triunfan sobre los mediocres. Además, sabrá intuitivamente en quién puede o no puede confiar en homicidios.

»Manténgase alerta. En cuanto haya resuelto un par de casos gordos, se relajarán y lo dejarán en paz. Solo necesita tiempo. Pásese por todos los bares cercanos a las comisarías, para que los bármanes y los dueños sepan quién es. En cuanto confíen en usted, obtendrá un montón de información que le facilitará mucho el trabajo. Pasado un tiempo, reconocerán sus méritos por haber resuelto crímenes que ni siquiera sabían que se habían cometido.

Entonces encendió otro cigarrillo y se bebió lo que quedaba en su cerveza, a la vez que le indicaba al barman que le pusiera otra.

—¿No hay nadie en particular con quien debería andarse

con cuidado? —le imploró Samuel, al tiempo que se retorcía las manos.

Melba ladeó la cabeza, como si con ese gesto quisiera desestimar la pregunta.

—Sé que estás pensando en Maurice Sandovich, Samuel, porque te has visto obligado a tratar con él en algunas ocasiones.

»Aunque para tu información, Bruno (permíteme que te tutee) está en antivicio y se ocupa de Chinatown. Ha tenido sus altibajos, pero, como ya le he dicho a Samuel, es un don nadie; además, por unos pavos, te conseguirá toda o casi toda la información que necesites de Chinatown. Pero, hasta donde yo sé, estáis intentando investigar algo que todos creemos que ocurrió en el barrio de Mission.

Apagó su cigarrillo y dejó sobre la mesa su vaso vacío, a la espera de otra cerveza que todavía no había llegado. Entonces prosiguió hablando:

—El poli más importante de Mission es el capitán Doyle O'Shaughnessy, un irlandés muy cabrón y muy duro que sabe lo que se hace. Dirige el barrio con mano de hierro y no acepta gilipolleces de nadie. Ya sabe quién eres, y lo sabe todo sobre el caso que llevas. Normalmente, te mandaría a tomar por culo porque eres nuevo en el cuerpo, pero también sabe que, casi con total seguridad, ese crimen ocurrió en Mission en su turno, y eso no le hace ninguna gracia; así que se mostrará dispuesto a prestarte toda la ayuda que pueda. En general, siempre que no se trate de un asesinato, en cuanto descubre al responsable del delito, lo expulsa de Mission para que su territorio quede limpio. Debes hacerle una visita a O'Shaughnessy cuanto antes. Ya sabes dónde encontrarlo, ¿verdad?

—En la comisaría, ¿no?

—Y una mierda. Ve al restaurante Bruno's de Mission, cualquier día entre el mediodía y las tres de la tarde. Ahí es donde suele estar con sus colegas, los jefes de los sindicatos. Tiene gracia, teniente, con ese nombre que tienes, puedes contarle a la gente que tu familia es la dueña de ese restaurante —afirmó, volviéndose a reír.

—Ahí es donde Art McFadden me dijo que podría encontrarlo —apostilló Samuel.

—¿Art quién? —preguntó Bernardi.

—Luego te hablaré sobre él —respondió Samuel.

—Ese gordo chanchullero vive prácticamente en Bruno's. ¿Sabes por qué? —inquirió Melba con una sonrisilla de suficiencia.

—Porque ahí va gente muy influyente de esta ciudad —contestó Samuel—. Me has comentado otras veces que incluso los jefazos de la poli se pasan por ahí.

—Eso es, amigo. En ese restaurante es donde se cuece todo lo que ocurre en Mission. Si vas por ahí, saluda a ese gordo cabrón de mi parte y pregúntale cuándo piensa pagarme por haberlo ayudado a solucionar el caso Ragland.

—Por Dios, Melba, sí que tienes buenos contactos. ¿Qué sabes acerca de ese predicador enano, de Dusty Schwartz?

—No mucho, por ahora. Aún no es cliente mío. Pero, después de que tú y el detective Bernardi acabéis de hablar, más te vale que me pongas al día sobre él —exigió Melba.

—Vale, lo haré —replicó Samuel, quien cogió su bebida y le indicó a Bernardi que lo siguiera.

Fueron a una mesa situada en el fondo del bar, junto a la cabina telefónica de caoba y frente a la barra con forma de herradura; se sentaron, Samuel con su whisky con hielo y Bernardi con su vaso de vino tinto.

Samuel le explicó que había logrado averiguar que una de las instituciones a las que se habían vendido los sacos de alubias era la Iglesia Universal de la Sanación Espiritual. Le habló de ese enano predicador, y describió con todo lujo de detalles cómo era su actuación y el local donde tenía su iglesia. También le explicó lo de Dominique, la espiritualista, y que Marisol creía que era una bruja. Le habló sobre Michael Harmony y su mano derecha, Art McFadden. Y, por último, le comentó cuáles eran los apetitos sexuales del enano.

—Si no hay más remedio, si no podemos demostrar nada más, tendremos que ir a por él aprovechándonos de sus debilidades sexuales —comentó Bernardi—. Pero, en general, yo diría que has hecho un trabajo redondo.

—Sí, aunque la cabeza todavía me da vueltas. Bueno, ahora, afrontemos el problema.

—¿Qué problema? —preguntó Bernardi, mientras daba un sorbo al Chianti barato que el barman de Melba le había servido.

—¿Qué camino escogemos?

Bernardi meditó un instante al respecto.

—Entiendo lo que quieres decir. Tenemos tres posibles vías de investigación y todas ellas llevan a sitios distintos. Además, tengo cierta información confidencial que lo va a complicar todo.

Los fatigados ojos de Samuel se iluminaron.

—¿A qué te refieres? —lo interrogó, relamiéndose sus resecos labios.

—Han encontrado otro trozo de cuerpo en la bahía. Se trata de un trozo de brazo, cuyo dueño debió de sufrir una fractura terrible a la altura del codo que le repararon quirúrgicamente hace tiempo.

—¿Cuándo lo han descubierto? —inquirió Samuel mientras sacaba el cuaderno que llevaba en el bolsillo de su chaqueta para tomar notas.

Bernardi extendió la mano con la palma hacia abajo.

—Espera, amigo mío. Te he dicho que esto es confidencial.

—¿Por cuánto tiempo? —preguntó Samuel, al mismo tiempo que volvía a mostrarse alicaído y entornaba sus ojos fatigados.

—Esa es una buena pregunta. Como queremos que el autor del crimen siga dejándonos trozos del cadáver, necesitamos que se sepa que los estamos recibiendo. Aunque, al mismo tiempo, no queremos asustarlo o asustarla. Debemos filtrar la noticia de la manera más aséptica posible.

Samuel comprendió perfectamente cuáles eran las condiciones que Bernardi le estaba imponiendo, pero decidió ignorarlas por el momento, pues sabía que el detective lo necesitaba para capturar a quienquiera que hubiera cometido el delito.

—¿Crees que una mujer ha podido hacer esto? —le interpeló Samuel.

—Podría tratarse de un hombre o una mujer, o de varios hombres o mujeres, ¿no?

—Bueno, ¿por cuánto tiempo voy a tener que guardar en secreto los aspectos más específicos del caso?

—Pongamos que en tres días no vamos a revelar demasiados detalles. Mañana me veré con el forense, sabré más detalles al respecto después de esa reunión.

—¿Puedo ir contigo?

—Sí, pero te ruego discreción, ¿vale?

—Solo publicaré lo que queráis que publique.

—Vale, mañana a las diez de la mañana nos vemos en su despacho. Ahora volvamos a centrarnos en tu dilema.

Samuel le dio un último trago a su whisky y se levantó a pedir otra consumición.

—¿Quieres otra copa, teniente?

Bernardi vaciló.

—Claro, aún es pronto, me puedo tomar otra copa más antes de cenar.

El teniente se sentía ya totalmente relajado.

Samuel regresó al cabo de un rato con las bebidas, se sentó y revolvió la suya con el dedo.

—No estuve centrado en esa iglesia. No cuento con ninguna evidencia sólida que demuestre que el saco que contenía ese trozo de cuerpo salió de ahí. Simplemente, me dejé llevar por una corazonada. Sin embargo, creo que hay muchas cosas que investigar sobre todo lo que está pasando en ese sitio. —Las enumeró con los dedos—. Hay que investigar al enano, a la espiritualista y a ese chanchullero que trabaja para el abogado de pelo aplastado, para Michael Harmony. Tenemos que investigarlos más y descubrir de qué modo están relacionados unos con otros.

»Deja que yo investigue al gordo y a la espiritualista. Si te acercas a ellos como poli, les entrará el pánico. Como Schwartz trabaja o trabajaba para el Departamento de Policía de San Francisco, podrás obtener mucha más información sobre él que yo. Quizá, incluso a través de Maurice Sandovich... si ese mequetrefe ya no lo ha traicionado por un puñado de pavos. Como se supone que O'Shaughnessy te apoyará en este caso, intenta descubrir todo lo que puedas a través de él. Por lo que ha comentado Melba, se alegrará de verte, sobre todo si cree que pretendes arreglar un estropicio y que él se va a llevar todo el mérito.

—Vale —dijo Bernardi—, pero procura no pisarle ningún callo a O'Shaughnessy cuando pases por Bruno's. Sin lugar a dudas, tiene ciertos contactos ahí que no le gustaría que salieran a la luz pública y, si revuelves demasiado las cosas, no dirán esta boca es mía, quizá incluso por orden directa suya.

—¿Estás insinuando que el capitán es un corrupto?

—No, qué va. Lo que estoy diciendo es que, en cuestión de trabajo policial, la gente que suele obrar milagros extiende sus redes por todas partes. Y me da la impresión de que él encaja en ese perfil, por lo que es muy probable que tenga muchos contactos muy poco recomendables.

—En otras palabras —añadió Samuel—, que no hable con McFadden sobre si obtiene casos para su jefe a través del Departamento de Policía de San Francisco.

—Sí, y no le hables de ninguna otra cosa que intuyas que podría hacer que dejara de darte información relevante para nuestra investigación. Además, ahora mismo, no nos importa quién está pagando a quién por hacerse con esos casos. Ahora solo queremos saber de dónde salió ese saco.

»Pero creo que tienes razón en que debes ser tú quien interrogue a la espiritualista, ya que la víctima era latina…, y esa iglesia está repleta de latinos y ella también lo es.

—Genial —replicó Samuel y, acto seguido, entrechocaron sus vasos.

—Chin, chin —brindó Bernardi.

Ambos apuraron sus bebidas. Samuel se fue al baño y, cuando volvió, Bernardi ya se había ido.

Cuando se dirigía a la puerta, Melba lo agarró.

—Me cae bien este nuevo detective y me gusta su traje marrón raído. Dentro de un año, será toda una sensación en San Francisco porque es listo y tiene don de gentes.

—Sí, eso creo —dijo Samuel—. ¿Anda Blanche por aquí?

Melba sonrió y le dio un sorbo a su cerveza.

—Ya te lo he dicho, está en Tahoe. No volverá hasta la próxima semana. Podrás esperar hasta entonces, ¿no?

Samuel asintió tímidamente y clavó la mirada en el suelo mientras le rascaba la espalda al perro.

—Y ahora, dime, ¿de qué habéis estado hablando ahí atrás? —le preguntó Melba con un tono exigente.

Samuel y Bernardi se vieron al día siguiente en el despacho del forense. Cara Tortuga, que iba vestido con su habitual bata blanca, estaba de mal humor como siempre; no obstante, la miríada de canciones que brotaban del disco de larga duración, que daba vueltas serenamente en el fonógrafo, atemperaban en cierto modo su mal genio. Samuel sabía que era mejor no hojear nada que estuviera encima del escritorio del forense, pues Cara Tortuga tenía una vista de lince y se percataba de hasta el menor cambio de posición; además, en otra ocasión, el reportero ya había recibido una buena reprimenda por haber cogido algo y haberlo vuelto a dejar en una posición ligeramente distinta.

—Caballeros, por lo que veo, se han hecho amigos muy rápido —señaló de manera perspicaz.

—Barney, este es Bruno Bernardi —replicó Samuel—. Creo que ya te había comentado que trabajamos juntos en otro caso hace tiempo.

—Ah, sí. Hola, detective Bernardi. Seguro que recordará que ayudé a uno de sus hombres, a MacDonald, en un par de casos complicados hace unos años.

—Claro que sí, señor McLeod. Yo nunca olvido un favor, y lo que es aún más importante, sé apreciar a la gente competente. Los análisis de las pruebas que hizo para nosotros fueron tan concluyentes que logramos una sentencia condenatoria en ambos casos.

Si bien un gesto de satisfacción estuvo a punto de dibujarse en el estoico semblante del forense, este logró recuperar la compostura rápidamente.

—Bueno, han venido para hablar de ese trozo de brazo que ha sido encontrado flotando en la bahía, ¿verdad? Normalmente, me mostraría reticente a mantener esta conversación con el señor Hamilton delante, pero, como está involucrado en este caso desde el principio y ha mantenido su palabra, a pesar de su condición de reportero, me siento inclinado a dejar que se quede. Siempre que ambos estén de acuerdo en que todo lo que se diga hoy aquí no podrá hacerse público.

—El señor Hamilton también ha cumplido siempre su palabra conmigo y creo que es de confianza —afirmó Bernardi.

Cara Tortuga inclinó la cabeza hacia delante.

—¿Todos de acuerdo?

El reportero y el detective asintieron al mismo tiempo.

—Vale, vayamos al grano —dijo el forense—. Síganme.

Cara Tortuga cogió un sobre bastante grande de una bandeja situada detrás de su mesa y, a continuación, los tres recorrieron el pasillo que llevaba a la zona de la morgue, donde el forense abrió la puerta de un congelador, del que sacó una bolsa de plástico etiquetada como «sin identificar» y un número. La bolsa contenía dos partes de un cuerpo: el muslo que ya habían visto y un trozo de la zona superior de un brazo que llegaba hasta el codo.

—A lo mejor tenemos suerte con esta nueva prueba —afirmó Cara Tortuga mientras sacaba una radiografía del sobre que había cogido de su despacho. En la mesa había un negatoscopio en el que colocó la radiografía—. Este trozo forma parte del mismo cuerpo al que pertenece el muslo que encontramos en China Basin. Del cuerpo de un joven latino. Pero miren esto. ¿Ven esta grieta por encima del codo? Eso significa que sufrió una fractura muy grave que fue curada mediante cirugía, y la operación no se realizó en Estados Unidos, sino en México. Lo sabemos por la técnica empleada. Así que podemos concluir que quienquiera que fuese este joven, se rompió el brazo en México, o al menos se lo curaron ahí.

—Y eso, ¿cómo puedes saberlo? —preguntó Samuel.

—Por la manera en que le curaron la fractura.

—¿Y eso qué quiere decir? —insistió Samuel.

—Los médicos mexicanos hacen las cosas de un modo distinto a como las hacemos aquí.

—¿Hay alguna forma de saber cuánto tiempo lleva muerto? —inquirió Bernardi.

—No, no hay manera de saberlo. Aunque hemos tenido suerte de que acabara enredado en el anzuelo de un tipo que estaba pescando en un embarcadero situado al sur de Market. En ese momento, seguía parcialmente congelado.

—¿Eso está cerca de China Basin? —lo interrogó Samuel.

—Está más cerca de China Basin que del Golden Gate. Aunque ignoramos en qué lugar de la bahía lo tiró exactamente. Supongo que la corriente lo arrastró al sur, pero no muy lejos, como cabe deducir por el estado en que se hallaba cuando el pescador lo sacó del agua.

Cara Tortuga apartó la radiografía del negatoscopio y la metió de nuevo en el sobre.

—Y eso es todo lo que sabemos —concluyó.

—¿Podrías decirnos si usaron la misma sierra para cortar ese brazo? —preguntó Samuel.

—Oh, se me había olvidado ese detalle. Sí, lo cortaron con el mismo instrumento. Tenía, en ambos extremos, las mismas marcas aserradas que el hueso del muslo.

—Ahora nos toca descubrir quién era esta persona desaparecida —aseveró Bernardi.

—Si pudiéramos poner cara a este joven, todo sería mucho más fácil —aseguró Cara Tortuga—. Pero quienquiera que esté haciendo esto es demasiado listo como para darnos una huella o la cabeza del cadáver. Bueno, ya pueden despedirse de estas pruebas por hoy.

—O como diría Melba —apostilló Samuel—, es lo menos que podemos hacer.

—¿Qué? —le espetó Cara Tortuga.

—Que lo menos que podemos hacer es darle un rostro a la víctima de este crimen —contestó Samuel.

—Eso es cosa vuestra, chicos —replicó el forense.

El restaurante Bruno's se encontraba en el número 2300 de la calle Mission. Era ahí donde aquellos que ostentaban algún puesto de poder en el seno de la clase obrera hacían negocios y contactos, en una ciudad cuyo centro estaba repleto de bares demasiado esnobs y pretenciosos donde no eran bienvenidos y adonde nunca habrían ido de todos modos. Poco después de ser inaugurado en 1940, Bruno's adquirió mucha fama. Su reputación como un lugar importante que frecuentaba la clase obrera fue consecuencia de la cada vez mayor influencia del movimiento sindical, después de la triunfal huelga de los estibadores en la década de los treinta; el restaurante cobró aún más importancia a medida que los trabajadores fueron acumulando más poder durante la Segunda Guerra Mundial. No obstante, en 1963, el restaurante ya había dejado atrás sus momentos de mayor esplendor en el plano físico. Sin embargo, el aspecto un tanto cochambroso que exhibía encajaba muy bien con su fama de lugar en el que se reunían aquellos que representaban los intereses de los desamparados asalariados de San Francisco.

Samuel había intentado hacer una reserva para almorzar con Art McFadden al día siguiente, pero no había sitio. Cuando lo llamó por teléfono para comentarle lo que ocurría, este le dijo que no se preocupase, que podrían presentarse ahí cuando quisieran y que los atenderían, sin importar el día. Samuel le tomó la palabra.

Al día siguiente se subió al tranvía eléctrico de la calle Mission y se bajó en la confluencia de la calle Veintitrés. En la media manzana que caminó hasta llegar a Bruno's, pasó frente a una zapatería mexicana y una clínica en cuyo escaparate podía verse la foto de un médico sosteniendo un estetoscopio, y los precios de varios tipos de exámenes descritos en español. Vio también un par de tiendas que vendían vestidos de primera comunión de niñas, celebración muy importante en la comunidad latina, y un mercado donde se vendía fruta fresca y verduras, en unos tenderetes montados en la acera que rebosaban de género. Al reportero le dio la impresión de que aquel vecindario era muy próspero y pujante.

Cuando Samuel entró en ese establecimiento venido a menos un poco antes de la una de la tarde, el restaurante estaba a reventar. Los miembros más destacados de casi todas las organizaciones obreras de San Francisco se encontraban aplastados contra la barra, donde se mezclaban con políticos y agentes de policía de paisano, aunque también había unos cuantos oficiales de alta graduación de uniforme. Una densa nube de humo cubría todo el bar, de modo que lo único que tuvo que hacer Samuel para satisfacer esa necesidad real o imaginaria de fumarse un pitillo, que todavía dominaba su psique, fue respirar hondo.

Divisó a Art McFadden, con la misma americana de cuadros que había llevado en la iglesia unas cuantas noches antes, en el fondo del bar. Estaba fumándose un puro y hablaba con un hombre al que el reportero no reconoció. Para poder llegar hasta él, Samuel tuvo que abrirse paso a empujones entre la multitud.

En cuanto McFadden vio a Samuel, se apartó el puro de la boca, se bebió de un trago el Bourbon con hielo que estaba tomando y le dio una palmadita en la espalda, todo ello de una sola vez. Después, le presentó a la persona con la que había estado hablando, que resultó ser el presidente de la Unión de Trabajadores. Había tanto ruido y humo en ese bar que era imposible oír del todo bien cualquier conversación, y mucho menos reconocer a nadie.

—Llegas justo a tiempo —dijo McFadden, riéndose entre dientes.

Samuel se imaginó la razón de ese comentario.

—Como has podido ver, atravesar esta multitud no me ha resultado nada fácil.

McFadden le dio disimuladamente un par de dólares al *maître* y, a continuación, este guió a ambos hasta una mesa lo bastante lejos de aquel barullo como para que pudieran escucharse perfectamente. Antes de que se sentaran, McFadden le indicó al *maître* que le pidiera al camarero otro Bourbon con hielo.

—¿A ti qué te apetece tomar, Samuel?

—Un whisky con hielo —gritó el reportero, sin darse cuenta de que ya no le hacía falta chillar.

Acto seguido se sentaron. Ese fornido irlandés era un tipo sociable con el que resultaba muy fácil hablar; además, por lo que había visto Samuel hasta entonces, tenía muy buenos contactos en el mundo sindical.

—No te he visto mucho por aquí —afirmó McFadden—. ¿Eres nuevo en el periódico?

—Soy reportero desde hace un año y medio, más o menos

—le explicó Samuel—. Antes de eso, no solía pasar mucho por aquí. ¿Y tú qué?

McFadden se rió.

—En esta ciudad, un irlandés siempre puede encontrar un hogar. Y, como puedes ver, hay muchos irlandeses por aquí.

Samuel no quería perder más el tiempo, pero tampoco quería adentrarse en un terreno peligroso, así que decidió que iba a esperar a que llegara el momento adecuado para poder hacer preguntas comprometidas. Mientras tanto, McFadden se dedicó a hablar por los codos, ahorrándole así mucho trabajo.

—Bueno, tomémonos unos cuantos tragos y conozcámonos un poco mejor —dijo McFadden—. Me gusta saber siempre con quién estoy tratando.

—Me parece bien. A mí también me gustaría saber más cosas de ti.

Se tomaron las bebidas que acababan de pedir y pidieron otras dos, mientras degustaban un *petrale sole sautéed* con mantequilla y guarnición de patatas gratinadas. Durante la comida, algunos amigos y conocidos de McFadden se acercaron a su mesa para saludarlo o para pedirle que hablara con ellos un minuto después de que acabara de almorzar.

—Me parece que conoces a todo el mundo en este antro —observó Samuel, al darse cuenta de que el irlandés había bajado bastante la guardia después de que ambos hubieran tomado ya un par de copas.

—Este es uno de los sitios donde hago mis negocios. Aquí es donde cierro casi todos mis tratos.

—¿Qué relación tienes con la Iglesia Universal de la Sanación Espiritual? —se atrevió por fin a preguntar Samuel, que observaba cómo una cucaracha gigantesca ascendía pesadamente por la pared situada junto a su mesa. No se molestó en aplastarla, pues supuso que habría muchas más dispuestas a ocupar su lugar.

—Es un coto de caza para mi jefe, Michael Harmony —respondió McFadden—. Uno de los mejores letrados de San Francisco.

—El reverendo recomienda a sus feligreses el bufete de tu jefe.

—Claro que sí, a muchos.

—¿Y cuál es el *quid pro quo* del asunto? —lo interrogó Samuel.

—Sabía que me lo ibas a preguntar, pero no puedo contártelo —contestó McFadden.

—Te prometo que no publicaré nada de lo que me cuentes. Solo explícamelo para que pueda situarme, para que pueda entender cómo funciona esa iglesia.

—Eres periodista, ¿verdad?

—Claro que sí.

—Sabes que es ilegal pagar a alguien para que te facilite casos para pleitear, ¿no?

—Eso tengo entendido —replicó Samuel con una sonrisa.

—¿Qué crees que haría el fiscal del distrito si descubre que hay personas en esta ciudad que están sobornando a gente en Mission para que les pasen casos? —preguntó McFadden.

—Con casi toda seguridad, nada, si todo queda entre irlandeses —respondió Samuel y ambos se echaron a reír—. En esta ciudad pasan cosas mucho peores que ayudar a que la gente cuente con representación legal.

McFadden dejó escapar una carcajada aún más estruendosa, que llamó la atención de los clientes de algunas de las otras mesas que tenían a su alrededor.

—Eres muy bueno, Samuel. Me voy a apuntar esa respuesta. Pero, en serio, ¿qué crees que pasaría si una información así circulara por ahí?

—Lo que pasaría, obviamente, es que muchos abogados que no están sacando tajada señalarían con el dedo a los chanchulleros —contestó Samuel—. Pero no me interesa esa información como noticia para publicar. Me interesa lo que pasa en esa iglesia, nada más.

—Vale, vale. Te contaré cómo funciona el tinglado si esto no sale de aquí. Pero tienes que prometérmelo.

—Lo prometo —dijo Samuel, dejando un billete de veinte dólares sobre la mesa, que McFadden recogió al instante con su carnosa mano para metérselo en el bolsillo de la solapa de su chaqueta.

—El reverendo me pasa los casos de los feligreses que han sufrido lesiones. Les dice que Dios quiere que acudan a mí en busca de ayuda.

—Y él, ¿qué saca a cambio?

—Chochetes —respondió McFadden impertérrito, aunque, acto seguido, se desternilló de risa—. Al enano le gusta follarse chochitos jóvenes, así que yo voy por ahí en plan chulo puta, en busca de jovencitas dispuestas a acudir a sus misas. El resto es fácil. Sabe cómo camelarse a las chavalillas. Pero no hay dinero de por medio. Es un trato perfecto.

—¿Cómo logras convencerlas de que hagan eso?

—Eso da igual —contestó McFadden, riéndose entre dientes—. Lo logro y punto.

—¿Ninguna de esas chicas se te ha quejado jamás? —inquirió Samuel.

—¿De qué? ¿De que no le ha satisfecho el enano? —replicó McFadden entre sonoras carcajadas, mientras daba golpetazos a la mesa—. No, señor. Ni una en los seis meses que llevamos trabajando juntos.

—¿Me puedes contar algo sobre el enano que pueda contar en mi artículo?

—Joder, eso es fácil. Es un tipo que va de cara, un hombre de palabra. También es un individuo astuto, que sabe lo que vale realmente la pasta, lo cual viene muy bien cuando uno dirige una organización que es básicamente benéfica.

—¿Crees que está intentando aprovecharse de la organización? O sea, para ganar pasta.

—Sí, pero a él lo que le gusta de verdad es el poder, porque lo hace sentirse como un tío importante. Pero sabe cómo ganar dinero; y por la pinta del espectáculo que monta, me da que está ganando mucho. Por no hablar de las chicas, con las que sé que le pago realmente bien.

—Pero no puedo hablar de esa parte de sus chanchullos en mi artículo para demostrar lo bien que se le da amasar pasta.

—No, pero sí puedes decir que es un buen hombre de negocios.

—¿En base a qué?

—A que su iglesia siempre está a rebosar y recauda mucho dinero en las colectas.

—Ya que estamos compartiendo secretos, ¿puedo preguntarte algo en confianza? —inquirió Samuel, al mismo tiempo que se preguntaba si estaba haciendo lo correcto al sacar a colación el tema del saco de alubias pintas.

—Adelante, joven —replicó el irlandés, que lo miraba atentamente, anticipando la posibilidad de poder venderle más información confidencial.

Samuel consideró que aquel hombre se mostraba demasiado impaciente y pensó que sería mejor plantear la pregunta que pretendía hacer en un principio.

—¿Por qué usa esa bella pintura del Renacimiento como atrezo?

—Yo también le hice esa misma pregunta. Me dijo que se la dio Dominique. Eso es todo cuanto sé.

—¿Y qué pasa con Dominique? ¿Qué opinas sobre ella?

—La conocí a través de su otro negocio, tú ya me entiendes.

—Sí. Tengo entendido que hay tipos que le pagan para que les dé de hostias.

Samuel se echó a reír y McFadden estalló en carcajadas.

—¿Te imaginas comprando un remedio mágico a esa tía, pensando en todo momento que lo que ella realmente quiere es meterte algo por el culo? —comentó McFadden—. Aunque la verdad es que he de reconocer que también es una mujer de negocios muy espabilada. Fue ella quien me puso en contacto con el enano. Quien me contó que con unos chochitos podría sacar mucho provecho de él, y tenía razón.

Al instante, volvió a carcajear.

Samuel supuso que ya había obtenido toda la información que podía sonsacarle a ese irlandés sin revelarle cuáles eran sus verdaderas intenciones.

—Me ha sido de gran ayuda, señor McFadden —dijo, mientras pedía la cuenta al camarero.

McFadden hizo un gesto con la mano para indicarle que no pagara.

—Llámame Art, Samuel. La comida la paga el señor Harmony. Le diré que ha hecho un buen amigo que trabaja en un diario matutino.

—Dale las gracias de mi parte. Y dile que siempre es bueno tener amigos en las altas esferas.

Volvieron a reírse y se estrecharon la mano.

Para volver desde Mission a su apartamento, Samuel cogió el autobús en la confluencia de las calles Quinta y Market, y luego tomó el tranvía de la calle Hyde para llegar hasta Powell. Durante el trayecto, pensó en las jovencitas que había visto gritar en la primera fila en la misa y se preguntó si tendrían algo que ver con el crimen que estaba investigando. Pero no era el momento adecuado para meditar al respecto, había bebido demasiado como para poder encontrarle un sentido a aquello. Esperaba acordarse de todo por la mañana.

8

OCTAVIO Y RAMIRO

Dos días después de almorzar con McFadden en Bruno's, Samuel estaba más que dispuesto a acudir a su cita con Dominique. Se había dejado caer por el Camelot la noche anterior para contarle a Melba las últimas noticias y cotillear con Blanche, que ya había vuelto por fin a la ciudad y estaba atendiendo la barra que tenía forma de herradura. Preguntó por Excalibur, pero Melba le respondió que el chucho estaba disfrutando de un baño antipulgas y de un «adecentado» general, por lo que centró toda su atención en Blanche.

—Mi amigo Bernardi, el detective de homicidios, quiere invitarnos a un restaurante italiano de North Beach para que puedas conocer a su novia Marisol.

—Parece un plan divertido —replicó Blanche—. ¿Podríamos quedar el martes por la noche? Es que es el único día libre que estoy en la ciudad.

—Me aseguraré de que sea el martes.

Samuel pensó en esos momentos que Blanche estaba radiante, sobre todo ahora que había aceptado esa nueva oportunidad que le había dado de explorar San Francisco con él. Admiró su pelo rubio, que llevaba recogido en una coleta con una goma negra, y se perdió en la inmensidad de sus ojos tremendamente azules. Sin embargo, al observarla tan detenidamente, se percató de que no tenía un aspecto tan lozano como siempre.

—Hoy tienes la cara tremendamente sonrojada. ¿Estás bien?

—Claro —contestó con una sonrisa—. Es que he venido corriendo desde casa y mi pulso aún no ha recuperado la normalidad; me suele costar veinticuatro minutos exactamente. —Sonrió de nuevo y le guiñó un ojo—. Ahora que no fumas, ¿por qué no vienes a correr conmigo algún día?

—Lo intenté una vez en el parque del Golden Gate, ¿recuerdas?

—Sí, e hiciste trampa, cogiste el autobús.

—¿Y eso cómo lo sabes?

Volvió a guiñarle un ojo.

—Fue muy fácil. En cuanto entraste en la cafetería Betty's, después de correr supuestamente, no tenías ni un solo pelo alborotado y tu cara no tenía un color rojo intenso, sino el mismo color gris amarillento de siempre, como ahora mismo.

Mientras Samuel preparaba mentalmente una rápida réplica, Melba gritó desde la parte delantera del bar, junto a la Tabla Redonda.

—Tienes una llamada, Samuel. Es Rosa María.

Blanche sacó de detrás de la barra un teléfono supletorio, que le entregó al periodista.

—Hola, señora Rodríguez, soy Samuel. ¿Cómo está?

El periodista frunció el ceño, desconcertado. En realidad, no la conocía demasiado bien, su relación se limitaba a haber cenado en su casa con Melba, la noche en la que le había dado esa lista con los compradores de los sacos de alubias pintas.

—Los niños tienen una noticia que darle, señor Hamilton. ¿Podría pasarse por la tienda?

—¿Cuándo? —preguntó.

—Suelen llegar de la escuela alrededor de las tres en punto. Así que, ¿por qué no quedamos mañana a las cuatro? Es por un tema relacionado con un amigo suyo. Pero prefiero que se lo cuenten ellos, para que yo no me acabe liando y contándolo todo mal.

—Vale. Ahí estaré. El mercado estaba entre la calle Veinte y la calle Shotwell, ¿no?

—Correcto. Hasta mañana.

Samuel pidió otro whisky y repasó su cuaderno durante un par de minutos. Le preguntó a Blanche si podía prestarle otra vez el teléfono. A continuación, marcó un par de números y, al final, logró hablar con Dominique.

—Debo posponer mi entrevista con usted para otro día —le explicó. Concertaron una nueva fecha y colgó.

—¿Mucho lío? —preguntó Blanche.

—Sí, parece que pasan demasiadas cosas a la vez y todo se me acumula. No obstante, la señora Rodríguez afirma que sus críos tienen algo importante que contarme.

—¿Por qué no la llamas Rosa María?

—Porque no tengo tanta confianza.

—Sé que parece muy formal y estirada, pero tiene los pies en la tierra.

—Estuve en su casa con tu madre. También te había invitado a ti, pero como no estabas en la ciudad...

—Eso tengo entendido. Por cierto, ¿quién es Dominique? —inquirió Blanche, apartando la mirada mientras procuraba que su interés al respecto no fuera muy obvio.

Samuel sintió renacer sus esperanzas. Se preguntó si tendría celos de que hubiera hablado con otra mujer que ella no conocía. Observó su rostro a la espera de detectar alguna reacción especial, mientras le explicaba quién era Dominique y qué relación tenía con el predicador enano. Por último, añadió que la gente decía que era en realidad una bruja.

—¿Qué quieres decir con que es una bruja? ¿Acaso prepara pociones mágicas y esas cosas?

—Dicen que hace magia negra.

—¿Esos abracadabras no son ilegales?

—Eso tengo entendido. Pero esos «abracadabras», como tú los llamas, que hace no me preocupan, lo único que me importa es la información que pueda proporcionarme.

—¿Qué tipo de información? No estarás buscando una pócima del amor, ¿eh? —preguntó, riendo tontamente.

Samuel se ruborizó porque, en verdad, se le había pasado por la cabeza la posibilidad de pedirle a Dominique que le confeccionara algo así.

—¿Serviría para algo? —replicó inquisitivamente.

—No seas tonto. Te estoy tomando el pelo.

—Me lo imaginaba —concluyó, mientras limpiaba con un dedo las gotas de agua que se habían condensado en su vaso, antes de apurar su consumición.

Al día siguiente, los dos niños, que venían del colegio, llegaron al mercado Mi Rancho justo cuando Samuel se encontraba charlando con Rosa María. Parecieron alegrarse al verlo y lo saludaron educadamente. Marco le estrechó la mano a la vez que Ina, que seguía mostrándose tímida con él, buscaba refugio tras Rosa María. Los críos tomaron un tentempié y un vaso de leche en una pequeña zona que había tras el mostrador, fuera de la vista del público, que solía utilizarse a modo de oficina. Rosa María le ofreció a Samuel un refresco o un café, pero el periodista declinó la invitación.

—Contadle al señor Hamilton lo que me contasteis ayer —les ordenó su madre después de que hubieran acabado el tentempié y se hubieran relajado y acomodado. Rosa María había dejado la puerta entreabierta por si tenía que atender a algún cliente.

—Solemos ayudar a nuestros padres en la tienda después del colegio y los fines de semana —le explicó Marco.

—Nos hemos hecho amigos de algunos clientes —interrumpió Ina.

—Nos caen especialmente bien Octavio y su primo Ramiro —dijo Marco—. Suelen venir juntos a la tienda a comprar comida para toda la semana; los sábados, normalmente.

—¿De dónde son? —preguntó Samuel.

—Los dos son de México —contestó Ina—. No hablan inglés, al menos no con nosotros.

—Hace unos seis meses, dejaron de venir. Creímos que habían vuelto a México —siguió contando Marco—. Pero, el sábado pasado, Ramiro vino solo. Como parecía realmente triste, le pregunté dónde estaba su primo.

Ina lo interrumpió, porque no quería verse relegada a un segundo plano.

—Dijo que su primo había desaparecido.

Samuel, que estaba muy atareado tomando notas, alzó la vista y posó la mirada primero sobre Rosa María y luego sobre los dos niños.

—¿Cómo que ha desaparecido?

—Eso es lo que dijo Ramiro —contestaron ambos críos a la vez.

—¿Qué edad tiene Octavio? —inquirió Samuel.

Ambos niños lo contemplaron con una mirada vacía.

—Yo diría que veintitantos años —respondió Rosa María.

—¿Qué aspecto tiene? —preguntó el reportero.

—Es bajito y delgado, como la mayoría de los inmigrantes que llegan ahora de México. Es muy guapo, pero también muy duro, ya me entiende.

—Pues no —replicó Samuel, mientras intentaba hacerse una imagen mental de Octavio.

—Tiene pinta de muy avispado, de que sabe cuidar de sí mismo. Por eso dudaba de si debía llamarlo o no, pero los críos me convencieron de que ese chico no ha podido largarse sin más.

—¿Cómo podría contactar con Ramiro?

—Tengo una dirección y un número teléfono suyo —contestó Rosa María, quien al instante le entregó un papel—. Recuerde que no habla inglés, así que necesitará un traductor. Pero, primero, tendrá que convencerlo de que no lo va a denunciar a Inmigración, pues es un ilegal, claro está. Pero, si quiere, puedo ayudarlo con eso. Lo llamaré y le contaré quién es usted y que quizá podría ayudarlo a dar con su primo. Por desgracia, no podré acompañarlo si acaban concertando una cita, porque debo atender a los niños y la tienda.

—Puedo conseguir un traductor —le aseguró Samuel—. ¿Cuándo podría hablar con él?

—Esta misma noche intentaré hablar con Ramiro y luego lo avisaré. Probablemente, querrá quedar después del trabajo o el fin de semana. ¿Cómo contacto con usted? ¿A través de Melba?

—No. Aquí tiene mi número del trabajo y el de casa. Dígale que me viene mejor quedar el fin de semana. En cuanto sepa algo me avisará, ¿no?

—Sí —respondió.

Samuel sonrió agradecido.

—Gracias por la ayuda, niños. Lo que me habéis contado podría ser muy importante. Si al final realmente lo es, mencionaré vuestros nombres en el periódico.

La emoción embargó a ambos niños.

—¿Junto a las tiras cómicas? —preguntó Marco.

Samuel no quiso desilusionarlo.

—Claro, Marco, junto a las tiras cómicas.

Samuel llamó a Marisol acto seguido y le contó lo que había descubierto. Logró convencerla para que lo acompañara y le hiciera de intérprete. Después, Rosa María telefoneó al reportero y le dijo que Ramiro deseaba encontrarse con él; además, le dio el nombre de un restaurante mexicano donde el joven se sentiría bastante a gusto y le aseguró a Samuel que Ramiro se presentaría.

Era casi el mediodía del sábado cuando un joven mexicano se acercó al escaparate de un apartado restaurante mexicano situado en la calle Veintiséis, cerca de la calle Valencia. Tras observar quién había dentro, se dirigió a la entrada, donde se detuvo titubeante. Era un chico tímido que no parecía tener más de veinte años. Medía un metro sesenta y cinco, como mucho, y era muy delgado. Tenía un rostro anguloso, la piel de color canela y unos ojos marrones en los que se reflejaba tanto el miedo como la tristeza.

Samuel estaba comiendo unos tacos, mientras disfrutaba del olor de los frijoles refritos de su plato y del frescor de su cerveza mexicana. Marisol alzó la vista de la ensalada e hizo una seña al joven para que se acercara. Este tardó en reaccionar a su indicación. Miró a su alrededor furtivamente, para cerciorarse de que no le habían tendido una trampa y de que no había nadie a sus espaldas. Samuel no movió ni un músculo. Observó al joven y fue tomando notas mentalmente para poder identificarlo, en caso de que Ramiro decidiera largarse sin hablar con ellos. Ramiro por fin aceptó la invitación de Marisol, entró en el restaurante y se aproximó a la mesa. Se presentó y se sentó.

Marisol habló con él varios minutos en español hasta que se relajó, y aunque esta lo animó a que pidiera algo de comer, el joven rechazó la invitación. Samuel apartó a un lado su plato y su botellín de cerveza vacíos, y le pidió a Marisol que le preguntara al joven por qué estaba tan nervioso.

—Dice que tiene mucho miedo desde que su primo desapareció hace seis meses. Al principio creyó que los de Inmigración lo habían capturado, pero, hasta la semana pasada al menos, nadie en su aldea, que se encuentra en las afueras de Mazatlán, había visto a su primo ni había sabido nada de él, así que no lo han deportado. Dice que el hecho de que alguien al que estás acostumbrado a ver todos los días desaparezca sin decir nada a nadie es algo que da mucho miedo.

Samuel quería saber cuándo se había ido él de su país y por qué su primo y él habían venido a esta ciudad. Una vez más, Marisol y Ramiro hablaron en español.

—Dice que se marcharon de su país hace dos años. Vinieron aquí por las mismas razones que todos los hombres de su aldea..., para trabajar y poder ahorrar un dinero con el que comprar tierras donde levantar un rancho y construir una casa.

Cuando le pidió que describiera físicamente a su primo Octavio, Ramiro le hizo la misma descripción que Rosa María le había dado. Aunque, cuando habló de su personalidad, no afirmó que fuera un tipo avispado ni duro como había comentado Rosa María. Samuel quiso indagar más.

—¿Estaba metido en líos de drogas o de bandas?

—No. Trabajaba muy duro. Quería ahorrar dinero para poder casarse con su novia y llevársela a casa, pero ella cambió de opinión: ya no quería casarse con él ni tampoco deseaba abandonar San Francisco —tradujo Marisol.

—¿Por qué? —preguntó Samuel.

—Porque estaba muy metida en una iglesia a la que iban ambos. Le gustaba mucho el predicador. Octavio tenía celos y quería que ella se fuera de San Francisco. Incluso fue a ver al pastor y le dijo que se alejara de su novia —respondió Marisol tras preguntar a Ramiro.

Samuel y Marisol se miraron mutuamente, presas de la incredulidad.

—¿Se refiere a la Iglesia Universal de la Sanación Espiritual? —le preguntó Marisol a Ramiro.

—Sí. Como Sara Obregón, la novia de Octavio, iba a esa iglesia dos o tres veces por semana, él también empezó a ir. Fue ahí donde empezó a sospechar que ella tenía un lío con el predicador. Además, en un momento dado, los guardaespaldas del pastor le impidieron entrar en la iglesia, lo cual lo enfureció aún más.

—¿Y Sara qué opinaba al respecto? —le interrogó Samuel.

—Para entonces, estaba bastante enferma y débil, así que fue a ver a una bruja que solía estar en la iglesia. Después, Octavio y Sara tuvieron una fuerte pelea por culpa del predicador, y él le pidió que se olvidara del pastor y regresara a México con él.

Samuel negó con la cabeza.

—¿He entendido bien lo que acaba de decir? ¿Que se pelearon por culpa del predicador?

—Sí —respondió Marisol, quien siguió traduciendo—.

Ella le aseguró que ya no estaba interesada en el pastor, pero que tenía que arreglar ciertas cosas con él antes de marcharse. Entonces Octavio desapareció y, luego, Sara también.

—¿Sara también ha desaparecido? —inquirió Samuel, mientras sacudía la cabeza de lado a lado y entornaba los ojos—. Dile que se explaye un poco más al respecto.

—Después de que Octavio se esfumara, Ramiro le preguntó a Sara si sabía dónde se había metido su novio. Le dio la impresión de que estaba muy enfadada por algún motivo, ya que le respondió que no sabía dónde estaba y que le daba igual, que ella tenía sus propios problemas.

—Pregúntale qué clase de problemas eran esos.

—Dice que no se lo explicó; de todos modos, tampoco tenía tanta confianza con ella. Poco después, Sara también desapareció.

—¿Cuándo desapareció? ¿Mucho después que Octavio? —preguntó Samuel, a la vez que recordaba fugazmente a esas jóvenes gritando en la primera fila de la iglesia. Una vez más, se preguntó si estaban relacionadas de algún modo con el crimen que estaba investigando.

Ramiro se rascó la cabeza y miró por la ventana. Samuel se dio cuenta de que el hecho de haber tenido que revivir el trauma de la desaparición de su primo le estaba pasando factura. El muchacho apretó los puños con fuerza y dio un golpetazo a la mesa. Luego, en cuanto se calmó, preguntó:

—*¿Me puede dar un vaso de agua?*

—Por supuesto —respondió Marisol, que llamó al camarero para pedirle que trajera agua—. Samuel, ¿quieres algo?

El reportero pasó una página de su cuaderno e hizo un gesto de negación con la cabeza. El camarero trajo el agua y Ramiro bebió un poco antes de seguir hablando.

—Yo diría que desapareció una semana después de que Octavio se esfumara —respondió Marisol.

—¿Ha hablado Ramiro con el predicador o con Dominique sobre la desaparición de su primo? —preguntó Samuel.

Ramiro se secó una furtiva lágrima del ojo y clavó la mirada en la mesa.

—Sí, dice que sí, pero ninguno de los dos admitió que supiera algo al respecto. Ramiro se enfadó y le dijo a Dominique que sabía que le había dado algo a Sara, aunque no sabía de qué se trataba. Dominique se cabreó y dijo que eso no era verdad. Luego añadió que no podía hablar sobre sus clientes y ni siquiera admitió que Sara hubiera ido a verla. Sin embargo, Ramiro sabía que eso no era verdad porque la había visto entrar en el despacho de la bruja en la iglesia. Después, cuando Ramiro intentó acercarse al predicador para hablar, sus guardaespaldas se lo impidieron. Entonces tiró la toalla. Dejó de ir a la iglesia y decidió que se limitaría a esperar, a albergar la esperanza de que Octavio acabara regresando.

—¿Sabe qué fue lo que Dominique le dio a Sara? —inquirió Samuel.

—No, pero creo que fue algo que la hizo enfermar.

—Qué horror —afirmó Samuel—. ¿Y qué sabe de la familia de esa chica? ¿Ha contactado con ellos?

—Sí —tradujo Marisol—. Ellos provienen de una parte distinta de México, de Guaymas, que se encuentra más arriba de Mazatlán si uno sigue la costa. Creí que tal vez se hubieran largado juntos, pero su familia habló con algunos parientes suyos que todavía viven ahí y estos tampoco sabían nada sobre Sara.

—¿Pregúntale si él o alguien de la familia de Sara han denunciado la desaparición de ambos a la policía? —preguntó Samuel.

—¿Me tomas el pelo? Todos ellos son inmigrantes ilegales. Además, ninguno de los nuestros confía en la policía.

—¿Me puedes contar algo más que creas que sea importante en relación a su desaparición?

—Fui con la familia de Sara a visitar la iglesia de Saint Dominic's de la calle Bush y rezamos en la capilla a San Judas —fue la respuesta de Ramiro traducida por Marisol.

—¿Y eso por qué es relevante? —inquirió Samuel.

—San Judas es el defensor de las causas perdidas —contestó Marisol—. Solo hay una iglesia en San Francisco con una estatua de ese santo. Todos los católicos saben que hay una ahí. Así que cuando todo lo demás falla, van a esa iglesia a rezarle para que los ayude a encontrar a un ser amado o a solucionar un problema irresoluble. Si han recurrido a eso, es porque deben de estar bastante desesperados.

—¿Tú irías a ver a San Judas o a Dominique? —le preguntó Samuel a Marisol.

Ella puso los ojos en blanco.

Samuel les pidió que le permitieran tomar un breve descanso y aprovechó para tomarse otra cerveza, mientras Ramiro daba buena cuenta de una soda y Marisol daba sorbos a un café. Después siguieron hablando un rato más. Para cuando acabaron, Samuel tenía mucha información que darle a Bernardi. Pero, en esos instantes, la cabeza le daba vueltas tras haber recopilado demasiados detalles que todavía era incapaz de ordenar en un todo coherente. Necesitaba tiempo para pensar y comprobar ciertas cosas.

9

GIROS SORPRENDENTES

Samuel tenía que hacer una cosa más antes de reunirse con Bernardi. Dio por sentado que, en esos momentos, Marisol le estaría contando al detective todo lo que les había dicho Ramiro. Mientras tanto, él intentaría descubrir qué sabía esa bruja sobre el saco de alubias pintas, que había aparecido con un trozo de cuerpo en su interior, y si ese saco había salido de esa iglesia o no. Tenía que decidir cómo iba a utilizar, ante Dominique, la información que le había dado Ramiro sobre Sara, las visitas a su consulta y la supuesta poción mágica que le había dado. Tenía que dar con la manera de sacar a colación esos temas sin que la bruja se cerrara en banda. Su mayor problema estribaba en que estaba haciendo dos cosas a la vez: estaba investigando un asesinato al mismo tiempo que preparaba un artículo para el periódico.

Había utilizado como pretexto su artículo sobre el predicador para poder seguir investigando más y, dado que había cambiado la fecha y la hora de su cita con Dominique, la bruja lo iba a recibir en su apartamento. Según ella, no recibía ahí a ningún cliente con peticiones de índole espiritual, ya que podía atenderlos en la iglesia. Reservaba el apartamento para prestar sus otros servicios. A Samuel le habían llegado algunos rumores sobre esas actividades, pero no estaba interesado en esa parte de su vida; solo necesitaba información sobre lo que estaba investigando.

La parte exterior del edificio de Dominique, que estaba situado entre la calle Diecisiete y la calle Folsom, necesitaba una buena capa de pintura; además, había basura esparcida por toda la acera. Mientras llamaba al timbre del apartamento, se imaginó que debía de vivir en un estercolero. Sin embargo, cambió de opinión en cuanto la puerta se abrió lentamente y se adentró en esa escalera tenuemente iluminada, pero muy bien decorada. Cuando llegó a la parte superior de la misma, se sintió aún más impresionado. Dominique lo recibió vestida con unos elegantes pantalones y una blusa de seda. Después lo guió hasta la sala de estar, donde, de inmediato, el periodista se fijó en las vitrinas muy bien iluminadas que estaban empotradas en las paredes, en cuyo interior había unos objetos que se asemejaban mucho a unas cabezas reducidas.

—Tiene un gusto de lo más peculiar —comentó Samuel.

—Me gusta coleccionar objetos étnicos de todo el mundo. Espero que, al verlos, la gente se detenga a pensar un momento en otras culturas.

—Nunca había visto nada parecido.

—Reunir todo esto me ha llevado toda una vida —aseveró con cierta complacencia y muy segura de sí misma—. Pase, por favor. Siéntese.

Samuel se sentó y procuró no mirar descaradamente a esas cabezas reducidas, aunque no pudo evitar que, de vez en cuando, se le fuera la vista hacia ellas.

—Cuesta un poco acostumbrarse a su presencia. ¿Prefiere que vayamos a mi estudio?

—Sí, a lo mejor así me distraigo menos.

La bruja se levantó, abrió con llave la puerta que tenía a sus espaldas y encendió varios interruptores. En cuanto Samuel entró en esa estancia, se encontró bajo una guirnalda conformada por diversas hierbas que pendían del techo. Abrumado por ese aroma, hizo todo cuanto pudo por no estornudar. Entonces se percató de que en esa habitación había diversas estatuas, que parecían representar a unos dioses paganos y estaban iluminadas por unos focos situados en el techo.

—Esta habitación es aún más espectacular que la otra —afirmó.

—¿Reconoce a alguna de estas diosas? —lo interrogó Dominique—. Esta es Xochiquetzal, la diosa azteca de las flores y el amor.

Samuel observó esa compleja figura de barro, que llevaba un gran tocado de plumas y un atuendo con muchos ornamentos.

—Es una figura muy positiva en la sociedad mexicana, sobre todo entre los pobres. La del otro lado es la diosa azteca del nacimiento, Tlacolteutl.

Samuel se fijó en una figura que estaba en cuclillas y de entre cuyas piernas separadas salía la cabeza de un bebé.

—Este es mi refugio. Aquí es donde solía recibir antes a la mayoría de los clientes que deseaban obtener ayuda espiritual, hasta que empecé a atender ese tipo de peticiones en la iglesia.

—¿Y qué hay de la otra parte de su apartamento?

—Esa parte estaba dedicada a proporcionar otros servicios de los que seguro ya ha oído hablar, señor Hamilton —contestó, esbozando una sonrisa maliciosa—. Pero, francamente, no he tenido ni tiempo ni ganas de volver a dedicarme a esa rama de mis negocios desde que tanta gente acude a mí en la iglesia del reverendo Schwartz. Me he dado cuenta de que soy una sanadora, de que esa es mi verdadera vocación.

—He de admitir que sí sé en qué consiste su otro negocio, pero no he venido aquí para hablar sobre eso. Estoy redactando una noticia sobre el reverendo. Cuénteme cómo se conocieron. Explíqueme cómo funciona la iglesia. Me da la impresión de que usted tiene mucho que decir sobre lo que sucede ahí.

A Dominique no le hizo mucha gracia que insinuara que

estaba ayudando a dirigir esa iglesia. Samuel se percató de su enfado por el agudo tono de voz con el que la bruja respondió y por la forma en que se frotaba las palmas de las manos en el pantalón, como si quisiera limpiarse el sudor que las perlaba por culpa de los nervios. Pero no dijo nada al respecto, sino que procedió a explicarle con todo lujo de detalles que había sido la ayudante del William L. Gordon, un «doctor en teología», y cómo había ayudado al reverendo Schwartz a adaptar las enseñanzas de Gordon a su propia iglesia.

Tras explayarse durante unos diez minutos, Dominique le lanzó de repente una mirada muy penetrante y cambió abruptamente de tema.

—He visto que también ha escrito en su periódico sobre un trozo de cuerpo que han encontrado en un cubo de basura. Por lo que dice su artículo, continúa investigando ese caso. ¿O acaso lo estoy confundiendo con algún otro periodista? —preguntó, lanzándole una mirada inquisitiva.

—Sí, así es. Estoy investigando ese incidente. Pero —mintió— no he venido aquí a hablar sobre eso.

—¿Seguro que no cree que yo he tenido algo que ver con eso? —le cuestionó con cierta suspicacia, mientras se reacomodaba en su silla.

—Sí, seguro —volvió a mentir.

Dominique se inclinó hacia delante y se acercó al borde de su propia silla.

—Hábleme más de esa noticia. Es algo tan horrendo. Por lo que ha escrito, la víctima es un joven latino. Tengo curiosidad por el tema, ya que vivo en Mission; además, vemos a muchos jóvenes latinos en nuestro barrio y en nuestra iglesia.

Samuel, que sabía que Octavio había sido uno de sus clientes, se aprovechó de que la bruja había sacado el tema a colación para hacer la pregunta.

—No habrá echado a alguien en falta en la iglesia, ¿verdad?

—Señor Hamilton —contestó—, debe entender que nosotros tratamos con una población fundamentalmente inmigrante. Esa gente viene y va. Un día, estamos aconsejando a cualquiera de ellos y, al día siguiente, él o ella se han esfumado.

—Así que me está diciendo que no se ha percatado de que haya desaparecido nadie, ¿no?

En ese momento, un gato persa blanco entró en la habitación, se acercó a Dominique y se frotó con una de sus piernas.

—Esta es Puma —comentó Dominique, ignorando así su pregunta—. Mi compañera.

La gata miró fijamente a Samuel y, acto seguido, se fue corriendo hacia una cesta situada en una esquina a cuyo interior saltó. El periodista se percató de que esa cesta estaba forrada con arpillera y de que, además, podían adivinarse unas letras rojas, casi borradas, impresas en el extremo que sobresalía. Estuvo a punto de volver a lanzar otra andanada de preguntas, pero se lo pensó mejor. Primero, tenía que consultar con Bernardi. Además, Samuel era consciente de que no podía levantarse e irse sin más, debía largarse de ahí de manera cortés, así que dedicó los siguientes minutos a indagar qué era exactamente lo que Dominique hacía para el reverendo Schwartz.

—El reverendo me comentó que cuando el mal lo sobrepasaba, acudía a usted para purificarse. Le pregunté que cómo se hacía eso y él me respondió que eso se lo tendría que preguntar a usted.

—Lo siento, señor Hamilton, no puedo hablar con usted sobre los tratamientos que dispenso a mis clientes. Solo le puedo confirmar que el reverendo Schwartz es mi cliente y que lo atiendo profesionalmente siempre que pide mi consejo y guía.

—Pero él me dio permiso para preguntárselo —replicó Samuel, a la vez que se preguntaba qué clase de purificación podía proporcionar una dominatriz a un predicador. No obstante, se dio cuenta de que no iba a sonsacarle más información al respecto—. Bueno, tengo otra pregunta más, es acerca del lienzo que el reverendo utiliza en sus sermones. Me dijo que usted se lo prestó.

—Sí, es mío.

—¿De dónde lo ha sacado? Da la impresión de que lo pintó un maestro de la Antigüedad.

—Esa es una larga historia que no voy a explicarle ahora. No obstante, se puede decir que el reverendo le ha sacado mucho provecho.

Samuel le hizo unas cuantas preguntas superficiales más y, por fin, se excusó. Mientras salía del apartamento, procuró no dar la impresión de tener prisa.

Se detuvo ante una cabina de teléfonos y llamó a Bernardi. Como el detective no estaba en su despacho, concertó una cita con la recepcionista para pasar a verlo al día siguiente a las ocho de la mañana.

Samuel llegó media hora tarde al despacho de Bernardi en el Palacio de Justicia. Tenía la cara colorada y parecía sentirse muy frustrado. Bernardi, no obstante, no se molestó porque Samuel llegara tarde, pues tenía montañas enteras de expedientes (algunos sobre la mesa, otros sobre el suelo) que requerían su atención y estaban aguardando a ser abordados.

—Has debido de pasar muy mala noche —comentó el detective mientras daba un sorbo a un café, que se le había quedado frío, y engullía, como cada día, el último trozo de una rosquilla recubierta de azúcar. Después se frotó la manos para eliminar cualquier grano de azúcar que aún tuviera pegado en la punta de los dedos.

Samuel se sentó en una de las dos sillas que se hallaban frente al escritorio de Bernardi.

—Esta mañana, me he levantado con el pie izquierdo. Tengo tantas cosas en la cabeza que me he dejado la cartera y la calderilla en casa.

—¿Qué problema te aflige, amigo mío? Marisol me ha informado de todo lo que os contó Ramiro. Y la recepcionista me dijo que tenías algo realmente importante que decirme. Espero que lo que hayas descubierto sea algo mucho más importante que lo que averiguaste sobre Octavio y su novia desaparecida a través de Ramiro.

—He descubierto algo más y, por el momento, creo que será mejor posponer la búsqueda de ambos —replicó Samuel.

—¿De veras? —replicó Bernardi, quien se apoyó sobre su escritorio presa de la impaciencia—. Explícate.

—Dominique, la bruja, tiene un gato blanco.

Bernardi clavó su mirada en él.

—¿Y qué?

—¿No recuerdas que, cuando se encontró el primer trozo de cuerpo, había unos pelos blancos de animal en el saco?

Bernardi se puso en pie, como activado por un resorte, y se golpeó con la mano en la frente, como si se hubiera acabado de despertar de un sueño.

—Mierda, Samuel, tienes razón.

—Y eso no es todo. Ese gato blanco duerme en una cesta colocada en un rincón de su apartamento que está forrado con adivina qué.

—Ni idea —respondió Bernardi.

—Un saco de arpillera con unas letras rojas impresas, como el que envolvía el primer pedazo de cuerpo.

Bernardi entornó los ojos.

—¿Estás seguro?

—No quise acercarme a la cesta para coger el saco y examinarlo, porque no quería que Dominique supiera cuánto sé al respecto, pero estoy seguro: era el mismo tipo de saco. ¿Y ahora qué hacemos?

Bernardi se sentó, se reclinó en su silla y caviló por un momento.

—Vayamos al despacho del forense a echar otro vistazo a ese saco, a esos pelos blancos y a ese trozo de brazo roto.

En cuanto vuelva a ver esas evidencias y añada las nuevas piezas que has descubierto a este rompecabezas, sabré qué hay que hacer.

Tras revisar las pruebas una vez más, Bernardi se rascó la cabeza y se mordió el labio inferior.

—Seguro que esa bruja ignora que viste algo relevante en su apartamento. Las únicas personas que saben que había pelo de animal en el saco somos tú, yo y el forense. Además, si Dominique creyera que ese gato podría proporcionarnos una pista que resolviera este caso, no te habría invitado a su casa para que la entrevistases.

—No te sigo —afirmó Samuel—. ¿Acaso no estábamos buscando una evidencia que relacionara a alguien con el saco? ¿No hemos logrado eso precisamente gracias a ese pelo de gato?

—Sí, y te aseguro que quiero entrar en el apartamento de Dominique para hacerme con esa evidencia, pero, antes de que hagamos eso, me gustaría saber más cosas sobre Sara. Hablemos primero con su familia. Ramiro te contó que vivía con ellos.

—¿Por qué quieres hablar con la familia de Sara? —inquirió Samuel.

—Si queda algo de esa poción que Dominique le dio a Sara y podemos averiguar de qué sustancias químicas está compuesta, entonces podremos añadir esos ingredientes a la lista de la orden de registro.

—¿Estás insinuando que ha habido otro asesinato más y que la víctima ha sido Sara?

—No estoy insinuando nada; solo intento tener una base sólida en la que fundamentar el caso. Y la forma en que yo suelo hacer estas cosas es reuniendo todas las evidencias posibles antes de señalar a nadie.

»Primero, les tomaremos una declaración jurada a todos

los miembros de su familia, podemos hacerlo, ya que Sara es una persona desaparecida.

Cuando Marisol intentó concertar una cita con los padres de Sara, se topó con un muro de silencio. A pesar de que la familia la había estado buscando desesperadamente, desde que había desaparecido, y aguardaba impaciente cualquier tipo de ayuda, no querían la de la policía, ya que esta tenía una relación muy tirante con la comunidad latina. Se negaban a cooperar con ella incluso cuando se dirigía a ellos en español. En un último y desesperado intento, Marisol y su padre, el predicador Leiva, fueron a visitarlos personalmente a su casa, pero no dieron su brazo a torcer. Al final, gracias a la información que Samuel y Marisol habían obtenido de Ramiro, Bernardi pudo pedir una orden de registro, argumentando que cabía la posibilidad de que hubiera pruebas en esa casa que pudieran relacionar a un sospechoso con un posible homicidio.

Los Obregón vivían en la calle Army, en el barrio de Mission, a muy poca distancia de la iglesia católica donde el señor Leiva solía dar sus sermones. Se trataba de una casa pequeña y destartalada situada detrás de otra más grande que también estaba bastante desvencijada. Ambas tenían desconchones en sus fachadas y parecían hallarse en bastante mal estado. Samuel sospechaba que el propietario se limitaba a cobrar la renta de la casa más pequeña, con la esperanza de que el inmueble entero se revalorizara algún día. Eso era más barato que arreglar todo el inmueble y luego tener que tasarlo por un precio fuera del alcance del tipo de inquilinos que actualmente era capaz de atraer esa casa.

Bernardi, Samuel y un intérprete jurado se presentaron, acompañados de un taquígrafo judicial y del sheriff, quien mostró a la familia la orden de registro. Mientras se hallaba en aquel porche desvencijado, Samuel observó cómo una mujer de cuarenta y pocos años abría la puerta y aceptaba las explicaciones que el intérprete le daba acerca de que su casa iba a ser registrada por la policía en busca de evidencias. Quizá hubiera sido muy guapa en su juventud, pero había ganado mucho peso con el paso de los años, su pelo descuidado carecía de brillo y su rostro parecía hinchado. Llevaba puesto un delantal blanco confeccionado con tela vaquera con remiendos rojos y verdes, cosidos con hilo de los mismos colores. El aroma a comida (a comino, a chile chipotle y orégano) que procedía de la cocina, situada en la parte posterior de la casa, se escapó por la puerta abierta, mientras que, de fondo, podía escucharse una radio en la que sonaban unas rancheras.

En cuanto concluyeron las presentaciones —el intérprete tuvo el detalle de omitir que Bernardi trabajaba en la sección de homicidios para no asustar a esa mujer más de lo que ya estaba—, todos entraron en la casa. Mientras la madre de Sara llamaba a gritos a su marido para que se reuniera con ellos, un chaval de unos diez años echó un vistazo furtivo por la cortina que separaba la sala de estar del resto de la casa. Un momento después, una chica adolescente apartó al chico a un lado al mismo tiempo que atravesaba esa cortina. Un mexicano de aspecto frágil, con bolsas en los ojos y un semblante triste seguía a esa muchacha; este clavó la mirada en el suelo, evitando así establecer un contacto visual con los cinco hombres que se habían presentado en su casa. Acto seguido, la señora Obregón presentó a regañadientes a ese trío compuesto por su marido Carlos, su hija y su hijo. Les explicó que su esposo estaba sufriendo mucho por la desaparición de Sara, ya que era la mayor y su ojito derecho. Se lo estaba tomando tan mal, le comentó la esposa al intérprete, que no había vuelto a trabajar desde la desaparición hacía ya seis meses.

Bernardi les explicó que la ley le permitía tomarles declaración a todos ellos en todo lo relacionado con Sara. Les pidió una fotografía de su hija desaparecida y la madre señaló un gran marco que se encontraba sobre la repisa de la chimenea. Al ver la fotografía, Samuel y Bernardi se quedaron muy sorprendidos, pues esa jovencita era tan guapa como una estrella de cine.

—¡Mi Sara era tan bonita! —exclamó la mujer, sonriendo con tristeza—. Cuando yo tenía su edad era igual que ella. Pero ¡mírenme ahora! Esta foto la sacamos cuando se graduó en el instituto Mission. Fue la primera persona de todas nuestras respectivas familias que se graduó. Teníamos tantas esperanzas puestas en ella.

Samuel pudo comprobar que la mujer se iba relajando poco a poco gracias a la amabilidad con la que el detective la trataba.

—Lamento que tengamos que hacerle estas preguntas, señora —se disculpó Bernardi con sumo tacto, a través del intérprete—. ¿Qué edad tiene su hija?

—Diecinueve.

—¿Trabajaba?

—Iba al City College. La verdad es que le iba muý bien en la facultad y estaba muy contenta, hasta que empezó a salir con Octavio y se metieron en esa horrible iglesia.

—Hablaremos de eso en un minuto —le aseguró Bernardi—. Así que no le gustaba Octavio, es eso lo que quiere decir, ¿verdad?

—Al principio me cayó bien, pero luego empezaron a ir a esa iglesia de la calle Mission y se pasaban todo el día peleando.

—¿Le contó Sara por qué se peleaban?

—Era por algo relacionado con la iglesia, pero no me lo explicó.

La otra hija, que no se parecía en nada a la otra hermana que aparecía en la fotografía, soltó, de repente, en inglés:

—Octavio estaba celoso, eso es todo lo que sé, pero mi hermana no me explicó por qué.

Samuel, que estaba muy atareado tomando notas, procuraba no intervenir en la conversación para que su nombre no acabara apareciendo en ninguna grabación o documento oficial. En ese momento, sin embargo, se inclinó sobre Bernardi y le susurró algo al oído.

—¿Alguna vez pegó Octavio a su hija? —inquirió el detective.

Toda la familia negó con la cabeza.

—¡Si hubiera hecho algo así, ella lo habría noqueado de un puñetazo! —exclamó la hermana menor—. Además, ¡me lo habría contado!

—¿Alguna vez mencionó a una mujer llamada Dominique que pertenece a esa iglesia?

—Lo siento —dijo el intérprete—. ¿Puede repetir esa pregunta?

Bernardi la repitió.

—Sí —respondió la hermana—. Habló sobre ella e incluso fue a verla.

—¿Para qué? —preguntó el teniente.

—Dominique es una curandera, una sanadora. Le dio una medicina porque Sara vomitaba y se encontraba mal.

—¿Qué cree que le ocurría?

—No lo sé, pero me alegré de que fuera a ver a la sanadora.

Samuel volvió a susurrarle algo a Bernardi, que sacudió la cabeza de lado a lado.

—¿Aún les queda algo de esa medicina en casa? —les interrogó.

—Tendré que buscarla en su habitación —respondió la madre, dirigiéndose al intérprete.

—¿Le importa que la acompañe? —preguntó el detective.

—No, venga por aquí —contestó la mujer, que ya se había rendido del todo ante el don de gentes y el encanto de Bernardi—. Compartía habitación con su hermana.

La señora Obregón atravesó la cortina y todos la siguieron por el pasillo. El suelo de madera estaba pintado de un color marrón oscuro y las paredes de beige. La madre abrió una puerta situada a un lado del pasillo, que daba a una habitación muy ordenada con dos cómodas y unas camas gemelas, ambas perfectamente hechas.

—Esta es la habitación de las chicas —les explicó.

—¿Es este el baño de su hija? —preguntó el detective, al ver que se podía acceder al baño por el dormitorio.

—Es el único baño que tenemos.

—¿Le importa que le eche un vistazo? —le pidió Bernardi.

—Adelante —respondió la madre.

Bernardi abrió el armarito que había encima del lavabo, donde solo halló cepillos de dientes y pasta dentífrica. Ahí no había ninguna medicina de ningún tipo. En el armario situado bajo el lavabo halló una caja de compresas a medias y papel higiénico.

—¿Esto es de Sara?

La hermana se ruborizó.

—Ambas las usamos cuando nos viene la regla.

Bernardi regresó al dormitorio y clavó la mirada en ambas cómodas.

—¿Cuál es la de Sara? —inquirió.

La hermana señaló cuál era. El teniente abrió el cajón superior y revolvió en su interior, donde halló un montón de prendas femeninas: pantis, sujetadores y medias, todo lo cual estaba muy bien doblado y separado en montoncitos. En los demás cajones, había varios pantalones tejanos y suéteres, así como unas cuantas camisetas dobladas. No obstante, mientras revisaba estas últimas, Bernardi atisbó un pequeño sobre de papel manila. Al instante, llamó a la madre.

—¿Sabe qué es esto?

—No tengo ni idea.

—¿Usted o su hija tienen unas pinzas para depilarse las cejas? —preguntó.

La muchacha abrió el cajón superior del otro tocador y sacó unas pinzas. Bernardi cogió el sobre de papel manila con ellas y le dio un golpecito para poder abrirlo con la bolsa de plástico que sostenía en la otra mano. No había nada dentro del sobre, pero conservaba un olor muy raro.

—¿Reconoce el olor, señora Obregón?

La madre frunció el ceño y meditó unos segundos.

—No, aunque huele como a medicina.

Samuel había dejado de tomar notas y estaba observando lo que sucedía con gran interés. Se inclinó sobre el sobre y lo olió.

—A mí este olor tampoco no me recuerda a nada —le susurró a Bernardi.

Bernardi metió el sobre en la bolsa de plástico y la cerró, asegurando el cierre con una goma que venía incorporada en la misma.

—¿Podría llevarme esto?

—¿De verdad es necesario?

—Sí, es una prueba de un caso policial —le explicó. Y a continuación, señaló al armario—. ¿La mitad de la ropa de ese armario es de Sara?

—Más de la mitad —señaló su hermana, encogiéndose de hombros.

No encontraron nada de interés durante el resto del registro. La madre encontró una foto de Sara y se la entregó al detective, para que no se tuviera que llevar la que se encontraba sobre la repisa de la chimenea y a la que tanto cariño tenían.

—¿Qué opinas? —le preguntó Samuel a Bernardi cuando ya estaban fuera de la casa.

—Habrá que ver si queda algún rastro de algo en ese sobre. Tengo ciertas sospechas al respecto —contestó el detective—, que, probablemente, coinciden con las tuyas.

El capitán Doyle O'Shaughnessy salió de la parte blindada de la comisaría de policía del barrio de Mission para saludar al detective de homicidios Bruno Bernardi, que se encontraba junto al mostrador de recepción. El capitán iba vestido totalmente de uniforme, aunque sin el gorro reglamentario, y estaba fumándose un Chesterfield. O'Shaughnessy medía alrededor de un metro ochenta y ocho, por lo cual le sacaba quince centímetros a Bernardi y, además, pesaba más de noventa kilos. Era pelirrojo y tenía el pelo rizado, la cara pecosa y los ojos azules, y, si había alguna duda acerca de que tenía ascendencia irlandesa, el fuerte acento propio de la vieja madre patria la disipaba inmediatamente. Tendió su enorme mano pecosa para estrechar la de Bernardi, que era mucho más pequeña; aun así, ambos se dieron la mano con la misma firmeza.

—Ya era hora de que nos viéramos, teniente —dijo O'Shaughnessy, al mismo tiempo que exhalaba humo por la nariz—. He oído hablar muy bien de usted.

—Yo también he oído hablar muy bien de usted.

—¿Ha venido a verme solo para presentarse o quiere tratar algún tema concreto conmigo? —preguntó el capitán, quien lanzó el cigarrillo al suelo y lo pisó.

—Para ambas cosas. Tenía intención de haber venido antes, pero, como tengo tantos expedientes sobre la mesa, no había tenido oportunidad de hacerlo hasta ahora.

—El bueno de Charlie MacAteer era un tipo estupendo —afirmó el capitán, recordándole así que aún no era uno de los suyos—. Todos lamentamos que ya no esté entre nosotros.

—Sí, sé que estar a su altura va a ser muy difícil —reconoció Bernardi, con cierto tono de humildad en su voz. Melba ya le había advertido de que no lo iba a tener nada fácil en esa parte de la ciudad—. Mire, tenemos un problema aquí, justo en mitad de su jurisdicción, y necesitamos su ayuda.

O'Shaughnessy entornó los ojos. No le gustaba enterarse de que había problemas en su territorio y menos de boca de gente que era de fuera de Mission.

—¿Cómo cuál? —inquirió.

—Un asesinato, quizá un doble asesinato.

—Y dice que todo eso ha ocurrido en Mission, ¿eh? Entonces, ¿cómo es posible que me esté enterando de ello ahora mismo? —mintió.

Bernardi sabía que O'Shaughnessy estaba mintiendo, pues le habían advertido de que el capitán estaba al tanto de todo lo que sucedía en Mission.

—No estamos seguros de cuándo tuvo lugar el primer asesinato y tampoco estamos seguros de si ha ocurrido un segundo. Simplemente, nos preparamos para lo peor. Permítame que le cuente lo que sé al respecto.

Bernardi procedió a explicarle con sumo detalle todo lo que habían descubierto, desde el momento en que descubrieron un trozo de muslo en un cubo de basura hasta que Samuel se había dado cuenta de que el gato de Dominique tenía una cesta forrada con arpillera donde solía acurrucarse; sin embargo, en ningún momento, mencionó el nombre del reportero ni que este estaba involucrado en la investigación.

—Desde el mismo instante en que abrió esa iglesia cutre, ya andaba yo con la mosca detrás de la oreja con ese puñetero enano —comentó el capitán—. Sé que esa puta dominatriz trabaja con él. Por alguna razón, a muchos polis les gusta que esa zorra les dé de hostias, así que se hacen los suecos. Bueno, al menos, el hecho de que se encuentren bajo un mismo techo hace que sea más fácil tenerlos vigilados. Pero no olvide que ese enano cabrón trabaja para la Policía de San Francisco. No crea que no me lo recuerdan todos los días. He mirado para otro lado porque solo está timando y jodiendo a los indios. Y eso es algo con lo que podemos vivir, ¿no cree? —añadió O'Shaughnessy, guiñándole un ojo a Bernardi de manera cómplice.

Bernardi mantuvo firme la mirada y no dijo ni una palabra, a pesar de que se sentía insultado porque el capitán había utilizado la palabra «indios» y Marisol era latina.

—Sé lo que pasa con el canijo y esas chicas, pero, si he de ser sincero con usted, no hemos recibido ninguna queja de nadie al respecto. Quizá lo que me ha contado sobre esa chica desaparecida sea lo que necesitamos para cerrarle el chiringuito de una vez por todas a ese capullo. [1]

Ambos seguían de pie junto al mostrador de recepción, porque el capitán no había invitado a Bernardi a entrar en su despacho. A pesar de que el detective era consciente de que el capitán mostraba cierta hostilidad hacia él, intentaba ser lo más diplomático posible para poder llevar a cabo su trabajo.

—Con todo respeto, capitán, si le cierra el chiringuito, quizá perdamos el rastro que estamos siguiendo.

—¿Y qué me sugiere, entonces? —inquirió el capitán, irritado porque se atreviera a llevarle la contraria.

—No estoy seguro. Creo que necesitamos evidencias más concretas antes de poder acusar a nadie. Si mostramos nuestras cartas ahora a esta gente, nuestras pistas quedarán en agua de borrajas. [*]

—Me está diciendo que ahora mismo no quiere pedir una orden judicial para registrar el apartamento de esa mujer, a pesar de que así podríamos obtener esa arpillera repleta de pelos de gato, ¿no?

—Sí quiero obtener esa orden, pero ahora no. Tengo a alguien trabajando en el caso que podría aconsejarnos sobre qué deberíamos hacer a continuación.

—¿De quién se trata? —preguntó el capitán con impaciencia.

—Ahora mismo, no puedo decírselo.

—Vale, maldita sea. —O'Shaughnessy se enderezó todo cuanto pudo y bajó la mirada para clavarla en Bernardi, con el rostro rojo de ira—. Cuando esté dispuesto a compartir información con un compañero de la policía, volveremos a tener esta conversación.

Se volvió súbitamente y atravesó la puerta blindada que se encontraba a sus espaldas.

Bernardi asintió, se despidió con la mano, esperó a que la puerta se cerrara de golpe y, acto seguido, salió lentamente de ahí. No confiaba lo suficiente en el capitán como para contarle hasta qué punto estaba involucrado el reportero en el caso. Al final, Samuel y él tendrían que decidir qué iban a hacer a continuación sin su ayuda. Melba tenía razón. Acababa de toparse con unos obstáculos levantados por sus propios compañeros de la policía.

10

A DONDE LAS PISTAS LO LLEVEN

El ayudante del fiscal de Estados Unidos, Charles Perkins, abrió la puerta de su despacho y echó un vistazo al recibidor.

—¡Pero si es Samuel Hamilton! No sabía nada de ti desde que te pasé información para esos artículos que escribiste sobre esos maleantes de Chinatown —dijo, mientras se reía sarcásticamente—. Como te conozco muy bien —añadió ese joven cetrino, al que un mechón rubio pajizo le tapaba un ojo—, sé que estás aquí porque quieres algo de mí. —Entonces, lanzó una mirada severa al reportero y le tendió la mano—. ¿Cómo coño estás?

Samuel sabía que a Perkins no le interesaba realmente que le diera una respuesta.

—Pasa —dijo Perkins, mientras se apartaba a un lado sin dejar de agarrar la puerta.

El despacho no había cambiado demasiado; seguía repleto de papeles acumulados en cualquier sitio. Además, había cajas esparcidas por el suelo llenas de expedientes de casos; en algunos el letrado aún estaba trabajando, aunque otros hacía años que estaban listos para ser archivados, pero ahí seguían, incluidos unos cuantos que no se habían movido desde la última vez que Samuel le había hecho una visita.

Charles Perkins tenía unas facciones muy duras y le gustaba transmitir una sensación de gran autoridad a través de su aspecto; no obstante, el reportero sabía que era un patético egoísta, que tenía la mala costumbre de señalar con el dedo a cualquiera con quien estuviera hablando y de pontificar con un condescendiente aire de indiferencia, y que además le encantaba ser el centro de atención. Samuel había ido a la universidad con Perkins, y había convencido al ayudante del fiscal de Estados Unidos de que lo ayudara en su primer caso cuando aún era un mero comercial de publicidad en el periódico matutino.

Perkins tenía razón: Samuel volvía a necesitar su ayuda y esa era la única razón por la que estaba ahí. Y el reportero sabía que Perkins lo iba a ayudar; sin embargo, ignoraba qué precio iba a tener que pagar por ello. Aun así, como podía proporcionarle a ese egocéntrico ayudante del fiscal de Estados Unidos una muy buena campaña de imagen en prensa, a cambio de la información que le iba a proporcionar, Samuel se encontraba en esos momentos en una mejor posición para negociar que en otras ocasiones.

—Vale, ¿y ahora qué tripa se te ha roto? —preguntó Perkins.

—¿No quieres charlar amigablemente un rato? —replicó el reportero—. Hace más de un año que no nos vemos.

—Vamos, Samuel, que estás hablando conmigo —dijo Perkins, esbozando una sonrisita de suficiencia. Aún seguía vistiendo con ese traje barato de tres piezas de la marca Cable Car y esa camisa blanca descolorida en la que llevaba los mismos gemelos chapados en oro de siempre. Perkins se apartó el pelo rubio de los ojos y se sentó a su escritorio, que estaba repleto de montañas de papeles. Acto seguido indicó a Samuel que se sentara en una silla colocada al otro lado.

—Vale. Necesito tu ayuda. Necesito contactar con alguien de la Patrulla Fronteriza de Estados Unidos en Nogales, Arizona. Pero tiene que tratarse de alguien con acceso a los archivos de Inmigración de Estados Unidos, alguien que me pueda permitir acceder a ellos.

—Oh, el pedigüeño quiere imponer sus condiciones, ¿eh? —comentó burlonamente Perkins—. Primero, será mejor que me cuentes de qué va esto.

Al instante, el letrado colocó los pies sobre el escritorio.

Samuel se pasó la dos horas y media siguientes contándole a Perkins lo que sabía sobre el caso, y le explicó por qué necesitaba esa información tan concreta que creía que solo el fiscal de Estados Unidos podría proporcionarle. En cuanto acabó, Perkins se sumió en sus pensamientos y extendió ambas manos sobre el escritorio. Unos instantes después, se acercó a un archivador situado en una esquina de su despacho. Tras abrir el segundo cajón, revolvió un poco entre un montón de papeles que había ahí dentro y extrajo un expediente. Luego lo colocó encima de uno de los muchos montones que tenía encima de su abarrotado escritorio, mientras mascullaba algo de manera incoherente.

—¡Aquí está! —exclamó al fin—. ¡Tienes suerte de que tenga tan buena memoria!

Perkins buscó a toda prisa, entre el increíble caos que reinaba en su despacho, un bloc en el que escribir. Al final, sacó uno de un maletín que había en el suelo, donde garabateó un nombre y unos cuantos números.

—Este es el agente de la Patrulla Fronteriza con el que debes hablar en Nogales, Arizona. Será mejor que te asegures de que sigue destinado ahí. Aquí tienes unos cuantos números de teléfono. Si no te coge él directamente, te responderá alguien que al menos te dirá cómo podrás dar con él. Recuérdale que trabajó conmigo en el caso de Simona y que, cuando todo acabó, me dijo que me debía un favor. ¿Necesitas algo más?

Samuel pensó que quienquiera que fuera ese pobre desgraciado no debía de saber con quién estaba tratando cuando le hizo esa promesa a Perkins.

—¿Eso es todo? —insistió Perkins, que se estaba impacientando.

—Hay una cosa más —respondió Samuel, que estaba decidido a tentar a la suerte un poco más—. En la iglesia de la que te he hablado, hay un hermoso lienzo antiguo. Creo que es italiano. —A continuación, procedió a describírselo a Perkins—. Me parece que es demasiado valioso como para estar en un estercolero como ese. A lo mejor es robado.

—Todo es posible —replicó Perkins—. Tenemos un pequeño grupo de trabajo en Washington D. C., que trata de localizar el paradero de las obras de arte europeas que acabaron en Estados Unidos, durante y después de la guerra. Si quieres que lo investigue, necesitaré una fotografía del lienzo.

—Ahora mismo estoy muy liado intentando identificar quién es ese joven muerto, cuyas partes yacen en una bandeja de la morgue. Pero, en cuanto pueda tener un respiro, te conseguiré esa foto. Gracias por tu ayuda. Seguiremos en contacto.

Samuel estrechó la mano inerte que Perkins tendía hacia él. Aún seguía sorprendido de que Perkins le hubiera dado tanta información sin poner ninguna pega. Se preguntaba si el letrado simplemente había querido asombrarlo, o si realmente había cambiado. Cuando iba de camino hacia la puerta, Samuel sonrió; de repente, era consciente del tremendo poder que tenía como reportero; Perkins también lo sabía, era consciente de lo mucho que la prensa podía influir para bien o para mal en su imagen pública.

Unos cuantos días más tarde, Samuel se encontraba ante el mostrador de recepción de la Patrulla Fronteriza de Estados Unidos en Nogales, Arizona. Preguntó por el agente Duane Cameron, y unos minutos después, un joven de constitución fornida con el rostro bronceado y el pelo rapado salió por una puerta donde podía leerse «Solo para empleados». Iba vestido con el uniforme verde oscuro de la Patrulla Fronteriza y una camisa plisada muy bien planchada en cuyas mangas portaba unos galones de sargento. A Samuel lo sorprendió que aquel hombre tuviera cara de buena persona, ya que había oído hablar muy mal sobre los agentes de la Patrulla Fronteriza de Estados Unidos.

—Gracias por responder a mis llamadas y localizar ese expediente —dijo Samuel—. Le agradezco de veras que me conceda su tiempo.

—Buenos días, señor Hamilton —replicó el agente con una sonrisa—. ¿Ha dormido bien? Seguro que se dio cuenta de que anoche la ciudad estaba vacía cuando llegó, pero que, esta mañana, por comparación, estaba llena de vida.

En ese instante, se dieron la mano.

—Sí, así es. Anoche, cuando venía desde Tucson para acá en avioneta, pude contemplar esta enorme ciudad entera desde el cielo. Las luces se extendían kilómetros y kilómetros. No obstante, cuando llegué al hotel y miré por la ventana, comprobé que las calles estaban vacías.

—Eso se debe a que la mayoría de la gente que trabaja aquí vive en esa otra ciudad mucho más grande que se encuentra en el lado mexicano de la frontera. Solo pueden entrar en Estados Unidos para trabajar y, al caer la noche, tienen que volver a su lado de la frontera. Los gringos no quieren que formen parte de la vida social de esta localidad.

—Ramiro me contó que aquí se trata muy mal a los jóvenes mexicanos que intentan cruzar la frontera —comentó Samuel.

—Sí, por no decir algo mucho peor. Pero, la mayor parte de las veces, las cosas no se salen de madre. Él y su primo tuvieron la mala suerte de acabar en el sitio equivocado, en el momento más inoportuno. Pero ya hablaremos de eso. Ahora pase y tómese un buen café de Arizona.

Samuel siguió al agente a través de la puerta donde se encontraba el cartel de «Solo para empleados». Tras recorrer un largo pasillo, entraron en lo que debía de ser una sala de interrogatorios. En ella, había una mesa redonda bastante desgastada hecha de algún tipo de madera noble y cuatro endebles sillas plegables verdes. Una enorme ventana separaba esa sala del pasillo, pero no contaba con cristal alguno, solo con una malla metálica verde, que permitía que todo lo que ocurriera en la habitación pudiera ser observado desde fuera.

—Recuerdo a esos muchachos —afirmó Cameron—. Me topé con ellos hace tres años. Octavio solo tenía dieciséis años en aquella época y su primo era un poco más joven. Estaban cagados de miedo.

—Algo he oído al respecto —replicó Samuel—. Un tipo los echó de un restaurante y los persiguió con un cuchillo de carnicero.

—Sí, eso no dice mucho a favor de cierto tipo de ciudadanos que tenemos aquí.

—¿Qué ocurrió? —preguntó Samuel.

—Esos dos chicos estaban haciendo autoestop para ir al norte, a Tucson, pero nadie los recogía. Su tío les había contado que podrían comer muy bien en cualquier sitio donde vieran que los camioneros se detenían, así que se metieron en la primera parada de camiones que vieron. Pensaron que los iban a recibir con los brazos abiertos porque habían visto en la puerta de la entrada una señal en la que aparecía un hombre vestido con un sarape y un enorme sombrero en la cabeza, junto al cual había un perro tumbado.

»En cuanto se sentaron al mostrador, la camarera rubia fue corriendo a la cocina. De inmediato, salió de ahí un hombre furioso blandiendo un cuchillo de carnicero y los dos chicos huyeron a toda prisa del restaurante. Entonces el dueño nos llamó y denunció que dos ilegales habían intentado tomar algo en su establecimiento. En cuanto llegué a esa parada de camiones, aquel tipo me indicó que el cartel que había debajo del dibujo del hombre dormido decía: «Prohibida la entrada a perros y mexicanos», o algo así. Después señaló hacia el sur para indicarme por dónde habían huido. —El patrullero negó con la cabeza incapaz aún de creérselo—. Obviamente, esos chicos no sabían leer en inglés.

»Cuando los localicé, estaban corriendo por la autopista en dirección sur y los recogí. Le confisqué una pistola de perdigones a Octavio y los traje a ambos aquí. Les sacamos las fotos de rigor, les tomamos las huellas y, como puede ver en el expediente, dejamos constancia de que Octavio llevaba un tatuaje de la Virgen de Guadalupe en su brazo izquierdo. No había vuelto a saber nada de ellos hasta que recibí su llamada. Dígame, ¿qué les pasó después de que se marcharan de aquí?

—Como pensaban que no era seguro seguir viajando por este lado de la frontera, decidieron coger el autobús a Tijuana —respondió Samuel—. Iniciaron el viaje de noche. Por el camino, el autobús volcó en la Autopista Mexicana 2 cerca de Sonoita. Como, por culpa del accidente, Octavio necesitó recibir atención médica, tuvieron que quedarse ahí más de un mes. Por lo que he visto en el mapa, esa ciudad está cerca de Lukesville, Arizona, justo al otro lado de la frontera. Tengo que ir ahí para hallar alguna prueba de lo que les ocurrió.

—Para cuando llegan a Nogales, casi todos estos chavales llevan muchos kilómetros recorridos y se encuentran normalmente muy débiles —afirmó Cameron—. Algunos de ellos no deberían seguir viajando. Es un milagro que no mueran más. Usted, al menos, ha elegido el momento adecuado del año para ir a Sonoita. Todavía no hace mucho calor y el camino que uno tiene que recorrer para llegar ahí, a través del Monumento Nacional de Organ Pipe Cactus, es muy bonito.

Samuel le explicó a Cameron que la única vez que había sufrido las inclemencias de un tiempo tan caluroso había sido de joven, en las llanuras de Nebraska, donde además había mucha humedad, así que no sabía muy bien cómo iba a reaccionar ante las temperaturas extremadamente calurosas del desierto de Sonora.

—Entonces, tengo suerte de haber hecho mi primer viaje hasta aquí cuando la temperatura todavía es soportable. Aunque tengo que pedirle un par de favores más. ¿Podría darme esa foto de más que tiene de Octavio y una copia del expediente?

El agente se lo pensó un momento.

—Se supone que no debo facilitar la información que contienen estos archivos. Pero como lo envía Charles Perkins, y le debo un favor, lo haré.

Samuel le dio las gracias y, a continuación, sacó un mapa de carreteras de Arizona que desplegó sobre la mesa.

—¿Podría indicarme cómo se va a Sonoita?

El agente le mostró la ruta más rápida y estimó que tardaría en llegar unas cuatro o cinco horas. Luego le dio una copia del expediente al reportero, junto a la foto que le sobraba de Octavio.

Cuando Samuel se dirigía a la puerta, el robusto patrullero le dio una palmadita en la espalda.

—Buena suerte, señor Hamilton. Espero que consiga el resto de información que le hace falta. A esas familias de México les hace mucho bien saber al menos qué ha sido de sus seres queridos.

El periodista asintió y le estrechó la mano al agente, a la vez que se preguntaba cuánto duraría un buen samaritano como Cameron en la Patrulla Fronteriza.

Samuel cruzó la frontera entre Estados Unidos y México en dirección hacia Sonoita cinco horas después de haber salido de Nogales. Después recorrió en coche unas cuantas manzanas hasta llegar al número 16 de la calle Agustín de Iturbide, donde Ramiro le había dicho que se encontraba la clínica en la que habían tratado a Octavio. Pero no encontró ahí lo que esperaba hallar. Solo vio un edificio con una enorme señal en la parte superior que decía «Fábrica de Tortillas Ana María».

El fondo era de un color azul desvaído y sus letras blancas estaban tan descoloridas que podía verse el metal que había debajo. Daba la impresión de que la más tenue ráfaga de viento habría podido conseguir que cayera a la calle.

Aparcó su coche alquilado junto a los restos de algo que había sido un bordillo en su día y se bajó. Ahí no había acera, tan solo la arena roja del desierto. Intentó abrir la puerta de la dirección que le habían dado, pero estaba cerrada con llave y nadie respondía cuando llamaba a golpes. Echó un vistazo a su reloj. Pasaban de las siete de la tarde.

Se dirigió al establecimiento de al lado, un pequeño restaurante que contaba con cinco mesas pintadas de un color brillante y dispuestas al azar sobre un suelo de cemento. Dos de esas mesas se encontraban ocupadas: una por unos hombres ataviados con ropa de trabajo, y la otra por una pareja y sus dos niños. Una vieja regordeta estaba sentada junto a una cortina verde de hule que llevaba a la parte trasera del establecimiento. Por encima de la cabeza de esa señora, había una abertura en la que había una plancha de madera sobre la que reposaban dos platos humeantes; al mirar a través del hueco, Samuel pudo ver a dos personas trabajando en lo que parecía ser una cocina improvisada. También había una pizarra apoyada en una de las paredes en la que habían garabateado el menú del día: «Menudo 5 pesos; chile verde 6,50; tamales de pollo dos por 3 pesos». Samuel tenía hambre. No sabía que era un «menudo», así que señaló al *chile verde* y pidió una cerveza Dos Equis. Incluso pensó en fumarse un cigarrillo, a pesar de que había hecho un tremendo esfuerzo para dejar el vicio un par de años antes, pero se le pasaron rápidamente las ganas al pensar en la comida y, sobre todo, al olerla.

—*¿Se puede pagar con dinero americano?* —preguntó, leyendo directamente del librito con frases en español que tenía en la mano.

La mujer sonrió.

—*Sí, señor, sí se puede. Siéntese* —le respondió la señora en español.

Al instante, le señaló una de las tres mesas que no estaban ocupadas.

Samuel se sentó y se dispuso a beber a sorbos la cerveza que un chico joven le había traído raudo y veloz a la mesa. Pudo oler los *tomatillos* antes incluso de que le colocaran un plato de *chile verde* delante de él. El muchacho también le sirvió una cesta de tortillas de maíz envuelta en algo que parecía ser un trapo de cocina; sin embargo, no había cubiertos por ningún lado. Samuel indicó al muchacho por señas que al menos quería una cuchara. Este se fue hasta la parte de atrás del mostrador y volvió con una cuchara, un cuchillo, un tenedor y un trozo de papel blanco que podría usar como servilleta.

Tras unos minutos comiendo y tras casi haber acabado el *chile verde*, Samuel decidió dirigirse a la anciana.

—¿*Clínica?* —le preguntó, señalando al edificio de al lado.

La mujer asintió.

—¿A qué hora abre? —inquirió, señalando su reloj.

—*A las ocho de la mañana* —contestó la mujer, mostrándole ocho dedos.

Samuel asintió para darle a entender que comprendía lo que le había dicho. Se dio cuenta de que comer deprisa no le iba a servir de nada, pues no tenía a donde ir, así que decidió probar algo del menú que nunca hubiera probado.

—*Menudo, por favor* —pidió.

Cuando el chico joven le sirvió lo que acababa de pedir, Samuel comprobó que se trataba en realidad de un plato de callos, que devoró casi tan rápidamente como había comido el *chile verde*.

—¿*Hotel?* —preguntó a la anciana.

La mujer hizo un gesto y, acto seguido, señaló a la calle.

—*Flamingo.*

A las ocho de la mañana siguiente, Samuel entró por la puerta de la clínica, en cuya sala de espera reinaba un gran ajetreo y todos los asientos estaban ocupados. Samuel se aproximó a una joven vestida con un uniforme blanco que se hallaba sentada tras el mostrador de recepción.

—¿Habla inglés? —preguntó.

—Sí, señor.

Samuel sonrió aliviado.

—¿Podría hablar con la señora Nereyda López Niebles, por favor?

—Ahora mismo no está aquí. —Preguntó, con un inglés sin acento alguno—: ¿En qué puedo ayudarlo?

—Había concertado una cita con ella para esta mañana —respondió Samuel.

—Lo siento, señor, pero no está aquí.

—¿Cuándo podría verla?

—Eso no lo sé, señor. Tendrá que volver mañana.

—Mire, igual puede ayudarme usted con esto. He venido para echar un vistazo al expediente médico de Octavio Huerta.

—Únicamente la señorita López puede darle permiso para ver esos expedientes. Vuelva mañana.

—¡No puede hablar en serio! Vengo desde San Francisco. Tengo concertada una cita con la señora López para esta misma mañana.

—Ya le he dicho que no está aquí. Vuelva mañana.

Samuel estaba tan furioso que cerró la puerta de un portazo al salir. ¿Qué coño voy a hacer ahora?, pensó. He venido hasta aquí para nada. Esa mujer prometió que estaría aquí y que hablaría conmigo.

Regresó al hotel y llamó a Marisol, ya que era ella quien lo había ayudado a concertar la cita. Mientras Marisol intentaba localizar a su contacto, Samuel fue a dar una vuelta por el desierto para disfrutar de las vistas y luego almorzó en el único restaurante de lujo de la ciudad. Por la tarde, volvió a llamar a Marisol. Según le explicó esta, al parecer, había habido una confusión. Esa mujer lo atendería al día siguiente.

A la mañana siguiente, Samuel se levantó pronto otra vez y regresó a clínica; llegó justo cuando abrían.

La misma joven lo saludó.

—Como ve, he seguido su consejo —dijo—. He vuelto para ver si la señora López puede atenderme hoy.

—Voy a ver si está. ¿Me dice su nombre, por favor?

—Dígale que soy Samuel Hamilton de San Francisco y que estoy investigando a un paciente suyo llamado Octavio Huerta.

La chica regresó al cabo de un par de minutos.

—Venga por aquí.

Acto seguido, abrió la puerta de dos hojas que se encontraban tras el escritorio y guió a Samuel por un pasillo hasta una habitación que parecía ser un dormitorio donde había al menos treinta camas, todas ellas estaban ocupadas por hombres vendados con diversos problemas de salud. En medio de esas camas, se hallaba una mujer bastante alta que daba la impresión de tener unos treinta y poco años. Tenía unos pómulos angulosos y la piel de color canela e iba vestida con un uniforme de enfermera, con su correspondiente gorro blanco almidonado y su estetoscopio alrededor del cuello. Estaba atendiendo a un hombre que tenía enyesada una pierna de arriba abajo, la cual mantenía en alto gracias a un alambre que pendía de una viga del techo. Cuando Samuel se aproximó, dejó de hacer lo que estaba haciendo y lo obsequió con una sonrisa afectuosa.

—Hola, soy Nereyda López Niebles. Me han dicho que quiere hablar conmigo, ¿no?

—Sí —contestó, sorprendido porque esa mujer también hablara un inglés perfecto—. Soy Samuel Hamilton y trabajo para un diario matutino de San Francisco, California. Creía que habíamos quedado ayer.

—Surgió un imprevisto y me tuve que ir a Arizona —replicó, como si no acudir a una cita concertada de antemano fuera lo más normal del mundo dentro de su rutina diaria. Ni siquiera intentó disculparse, pero Samuel tampoco quería discutir, ya que era consciente de que no tenía nada que ganar y sí mucho que perder, pues esa mujer tenía acceso a algo que él necesitaba.

—He venido para ver si puede ayudarme a localizar el expediente médico de Octavio Huerta. Fue paciente suyo hace unos tres años.

Lo miró con una cara totalmente inescrutable.

—Atendemos a mucha gente. Deme unos minutos y luego iré a echar un vistazo.

En cuanto acabó de hacer la ronda, entró en una estancia que se hallaba al fondo de aquel dormitorio y que parecía ser un despacho. Volvió unos minutos después, con un expediente en las manos.

—Sí, ya lo recuerdo —afirmó, con un tono mucho más afectuoso, ahora que por fin había puesto rostro a la persona que el periodista buscaba—. Era tan joven. Se había hecho una terrible fractura en el brazo que le reparó quirúrgicamente uno de nuestros médicos voluntarios.

Samuel sonrió. El viaje había merecido la pena.

—¿Podría darme sus radiografías? —inquirió.

Lentamente, se quitó el estetoscopio del cuello con un elegante movimiento de su esbelto brazo y se quedó con él en la mano.

—Aunque en México las normas se aplican de un modo más relajado que en Estados Unidos, uno debe tener una razón válida para poder ver el expediente médico de otra persona, señor Hamilton.

—Se lo explicaré. Como sus archivos probablemente confirmarán, él y su primo viajaban en un autobús mexicano que volcó a unos ochenta kilómetros de aquí cuando iban de camino a Tijuana. Octavio resultó malherido y lo tuvieron que traer aquí en ambulancia. —A continuación, Samuel procedió a detallarle cómo había sido el viaje de esos muchachos después de que dejaran Sonoita y cómo habían acabado en San Francisco—. Ramiro, su primo, me contó que Octavio desapareció hace unos meses. Eso nos ha permitido considerarlo como la posible víctima de un crimen, ya que sabemos que un varón latino, cuya identidad desconocemos y que tenía un brazo operado de una fractura, fue asesinado en San Francisco.

Nereyda palideció.

—¿Está seguro de que ese cadáver que tienen es el suyo?

—Lo siento, no me he explicado con claridad. Supongo que lo he hecho para no conmocionarla. No tenemos un cuerpo, solo una parte de un muslo y otra parte de un brazo con una cicatriz quirúrgica y una placa de metal. Por eso necesitamos esas radiografías.

Nereyda movió la cabeza de lado a lado y se humedeció los labios. Pese a que no dijo nada por un momento, Samuel se percató de que estaba cavilando sobre si debía hacer o no lo que le había pedido.

—Lo ayudaré, señor Hamilton, pero aquí no tenemos esos expedientes. El traumatólogo que operó a Octavio tiene su despacho en otro sitio, cerca del hospital, en la otra punta de la ciudad.

Samuel llevó a Nereyda hasta el despacho de ese doctor y esperó en el coche. Rápidamente, la enfermera regresó con un sobre grande. En cuanto volvieron a la clínica, Nereyda sacó las radiografías del sobre para examinarlas en un improvisado negatoscopio, y le explicó a Samuel lo que estaban viendo.

—En esta, podemos ver la fractura y, en esta otra, podemos ver cómo el doctor se la arregló. Supongo que la que quiere es la última, ¿no?

—Sí. Bueno, he conseguido mucho más de lo que me esperaba. Gracias. Para compensarla por tantas molestias, ¿me permite al menos que la invite a almorzar o a cenar esta noche antes de que me vaya?

Nereyda consideró brevemente su oferta.

—Por supuesto —respondió.

Acordaron verse esa noche en uno de los mejores restaurantes de Sonoita.

Más tarde, cuando ambos se encontraban ya cómodamente sentados a una mesa de un restaurante, desde la que podía contemplarse la plaza principal de esa ciudad, Samuel intentó saber más cosas sobre Nereyda:

—¿Cómo es posible que tengas una formación tan buena y hables un inglés tan excelente?

—La respuesta es muy sencilla. Nací aquí, pero mi familia emigró a Fénix cuando yo tenía solo un año; así que crecí y me formé ahí, aunque solíamos venir muy a menudo de visita. Fui testigo de lo injustamente que trataban a los nuestros en los servicios públicos de Fénix, y también me enteré de que Sonoita es un lugar de paso para muchos fatigados viajeros en su camino hacia el norte. No sé si es por culpa del agotamiento y de la emoción que los embarga al estar tan cerca de alcanzar su meta, o si es por culpa de la codicia de esos que quieren sacar el máximo beneficio llevándolos hasta la frontera de la manera más barata posible y por el camino más sencillo, pero lo cierto es que se han producido muchos accidentes y ha habido muchos malheridos en la autopista en esta parte del país.

»Como nunca había nadie para atenderlos o para pagar su tratamiento, muchos de ellos acababan muriendo. Era un problema que me preocupaba muchísimo, así que decidí fundar una asociación benéfica. Al principio, la dirigía desde Fénix, pero creció demasiado rápido y tuve que venir aquí para poder dirigirla en condiciones. Lo cierto es que cuento con el apoyo de muchos generosos donantes norteamericanos, sobre todo de Arizona e incluso de California. También contamos con médicos profesionales que vienen aquí a ayudar. En cuanto llegaron los doctores gringos, los profesionales locales también empezaron a colaborar con nosotros porque no querían quedarse al margen del proyecto. Así es como Octavio pudo recibir un tratamiento excelente que le permitió curarse de esa lesión tan grave.

—¿Está casada? —le espetó Samuel, al mismo tiempo que se ruborizaba.

—No, por desgracia. En esta parte del mundo, a los hombres no les gustan las mujeres de carácter. Pero una nunca pierde la esperanza —contestó Nereyda con una leve sonrisa y, acto seguido, clavó su mirada en él.

Samuel se sintió muy incómodo. Como tenía las manos frías y húmedas, intentó secárselas frotándoselas con sus pantalones caquis, que carecían ya de pliegue alguno. Le costaba mucho imaginar cómo era posible que una mujer tan hermosa y de tanto talento no tuviera un compañero sentimental. Además, no había pretendido cotillear sobre su vida personal..., simplemente le había venido la idea a la cabeza y la había soltado sin más.

—Todo cuanto me ha contado tiene mucho sentido —dijo, tras recuperar la compostura—. Lo cierto es que no me esperaba que fuera a serme de tanta ayuda.

—¿Cree que esas radiografías confirman que Octavio está muerto? —preguntó con un gesto de tristeza dibujado en su rostro.

—Eso creo, pero será el forense quien lo determine. No sé qué descubriremos, pero, sea lo que sea, se lo haré saber. ¿Me podría dar un número de teléfono para poder contactar con usted? —le pidió, haciendo un gran esfuerzo por mantener una actitud totalmente profesional.

Tras darse sus respectivos teléfonos, Samuel se dispuso a alejarse tanto de Sonoita como de Nereyda muy a su pesar.

De vuelta a Tucson para coger su vuelo a San Francisco, atravesó otra vez en coche el Monumento Nacional de Organ Pipe Cactus y disfrutó de la belleza de los saguaros gigantes y del absoluto silencio que los rodeaba. Pensó mucho en Nereyda, en su belleza sencilla y humilde, y su gran corazón; se preguntó por qué seguía persiguiendo a la recalcitrante Blanche cuando alguien como la mujer que acababa de conocer encajaba mucho mejor con su personalidad. Siguió cavilando durante todo ese tranquilo y largo trayecto en coche, donde se halló a solas con sus pensamientos, y se encogió de hombros al concluir que una mujer como ella nunca estaría interesada en un hombre como él.

11

ACORRALÁNDOLOS

Al día siguiente de su regreso a San Francisco, Samuel fue al despacho de Bernardi. El detective lo guió por el pasillo hasta la sala donde guardaban las evidencias obtenidas en los registros del apartamento de Dominique y de su cuchitril en la iglesia. En cuanto Bernardi abrió la puerta, Samuel percibió el aroma de unas hierbas que estaban amontonadas en una esquina. Lo primero que vio nada más entrar fueron las muchas estatuas de diosas paganas que había visto previamente en casa de la bruja. Tlacolteutl, Coatlicue, Xochiquetzal y demás estaban apiñadas en otra esquina.

—¿Por qué han confiscado todas esas estatuas? —preguntó, a la vez que se tapaba la nariz con un pañuelo.

—Porque pueden ser una prueba del crimen —contestó Bernardi, sonriendo.

Samuel se quitó el pañuelo de la nariz y se rascó la cabeza.

—¿Esas hierbas que has apilado ahí también van a ser una evidencia de algo o solo están ahí para demostrar que vas en serio?

—Eso todavía no lo sabemos. Aparte de las huellas de Dominique y la chica, lo único que hemos obtenido del sobre es el olor. Pero no coincide con el aroma de ninguna de estas hierbas —respondió Bernardi, a la vez que cogía una muñeca—. Tampoco ninguna de ellas huele como esta muñeca.

—¿El toxicólogo ha analizado la composición química de lo que habéis hallado en el sobre y en la muñeca? ¿Ha podido identificar lo que había en ellos? —le cuestionó Samuel mientras daba varias vueltas en sus manos a esa muñeca de trapo, de cuya cabeza salían unos hilos de lana negra.

—Con lo que le hemos dado, no.

—¿Estás insinuando que identificar cuáles son las hierbas que desprenden esos aromas quizá sea más un arte que una ciencia? ¿Es eso lo que intentas decir?

—Eso parece —contestó Bernardi.

—En ese caso, tengo una idea sobre cómo podríamos obtener una respuesta a este misterio. ¿Podrías prestarme el sobre y la muñeca un par de días?

—No. Las evidencias se quedan conmigo.

—Recuerdo que tuvimos ese mismo problema en otro caso. No quieres que se rompa la cadena de custodia de las pruebas, ¿verdad? Si me acompañas, eso no será un problema. Sí, recuerdo esta muñeca —aseveró Samuel, mientras la olisqueaba y percibía su aroma acre—. Estoy bastante seguro de que la vi, o quizá fuera una igual, en el camerino del predicador. Ese lugar olía del mismo modo. Como esta la has encontrado en el apartamento de Dominique, me apuesto lo que sea a que la han utilizado para hacer vudú. Si la observas detenidamente, da la sensación de que hay restos de secreciones humanas en ella.

—¿Qué crees que es? —preguntó Bernardi.

—A mí me parece que es moco o semen. No me sorprendería que fueran del predicador.

—Yo apuesto más por el semen; además, si la viste en su camerino, todo tendría sentido. Pero el forense no puede decirnos qué es a ciencia cierta y esto supera mis conocimientos —afirmó Bernardi—. Además, en la policía tampoco contamos con un experto sobre magia negra o hierbas, aunque, sin duda alguna, Dominique sí que sabe mucho al respecto.

—Si se trata de la misma muñeca, resulta muy interesante

que estuviera en el camerino del enano y luego acabara en el apartamento de la bruja —aseveró Samuel—. Aunque quizá fuera justo al revés.

—¿Qué quieres decir con eso? —inquirió Bernardi.

—Quizá se la dio al predicador y, cuando este acabó lo que tenía que hacer con ella, se la devolvió.

—Quizá —asintió Bernardi—. Tendré que darle vueltas a esa hipótesis.

—Piénsalo por un momento. Ella es la bruja. Probablemente, fue ella quien confeccionó la muñeca, no el predicador. Resulta obvio que él la usó y luego se la devolvió.

—Vale, tendré en cuenta esa teoría —le aseguró el teniente.

—¿Y qué pasa con los pelos de gato del saco? —lo interrogó Samuel.

Bernardi, que había estado perdido en sus pensamientos un instante, abandonó su ensimismamiento y sonrió.

—Eres muy observador, Samuel —contestó, dándole al reportero un golpecito amistoso en el hombro—. Fuiste tú quien vio el pelo de gato y diste en el clavo. Ahora, según parece, has logrado relacionar esa muñeca y su extraño olor con el predicador. Has hecho un gran trabajo.

—¿El saco del gato estaba hecho del mismo material con el que apareció envuelto esa parte del cadáver?

—No, ese saco procede de una remesa totalmente distinta. Si hubieran coincidido, ya tendríamos al asesino —respondió Bernardi—. Pero, escúchame, había una cesta, en ese cuchitril que tiene montado esa bruja en la iglesia, que también estaba forrada con un saco de Mi Rancho y repleta de los pelos del mismo gato.

—Por lo que estás diciendo, deduzco que ese saco tampoco estaba hecho del mismo material con el que se confeccionó el saco donde se halló el trozo del cuerpo, ¿no?

—Eso es, no coinciden.

—Doy por sentado que no habéis dado con un congelador en el que hubiera restos humanos, ¿verdad?

—No ha habido esa suerte —replicó el detective entre carcajadas.

—¿Puedo publicar lo que sabemos por ahora sobre el caso? —preguntó un Samuel embargado por la emoción.

—No vayas tan rápido. Primero, tenemos que interrogar a Dominique para ver qué es lo que tiene que decir.

—Y eso, ¿cuándo va a ser? Y, lo más importante, ¿podré estar presente?

—Creo que podremos arreglarlo —contestó Bernardi—. Pero, primero, tengo que poner en orden mis pensamientos para poder reflexionar a fondo sobre todos los aspectos de este caso.

—Hablemos del predicador por un rato —propuso Samuel—. Ahora que sabes que tenía una muñeca que olía igual en su camerino, ¿por qué no pides una orden de registro?

—Si pudiéramos demostrar que esa muñeca y el enano están vinculados de algún modo, podríamos ir tras él, pero tendrías que firmar una declaración jurada. Aunque, entonces, ya no podrías seguir con tu papel de reportero en la sombra.

»Ahora mismo, las pruebas en su mayor parte apuntan a ella. De momento, solo tenemos ciertas sospechas de que el enano se tiraba a la chica y, tal y como has señalado, de que también jugueteaba con esa muñeca vudú. Por cierto, ¿para qué coño usa la gente esas cosas? —le interpeló Bernardi.

Samuel no le respondió, estaba muy ocupado buscando algo en su cuaderno. En cuanto dio con ello, empezó a hablar deprisa, sin apartar la mirada de lo que ponía en sus notas.

—Sabemos, por las radiografías, que las partes del cuerpo que hemos hallado pertenecen a Octavio, el novio de la chica.

—Las radiografías solo demuestran que ese chico ha muerto, no nos dan ninguna pista sobre quién lo mató —dijo Bernardi.

—Será mejor que compruebe si se me ha pasado algo por alto —dijo Samuel, consultando una vez más sus notas—. Tienes dos trozos del cadáver de Octavio y una chica desaparecida que podría seguir entre los vivos o estar ya entre los muertos. Sabes que supuestamente esa muchacha estaba tomando una misteriosa hierba que no podemos identificar, pero cuyo olor impregna un sobre en el que aparecen las huellas de Dominique y de esa misma joven. Tienes también una muñeca de trapo que estoy seguro de que huele exactamente igual que el camerino del predicador; además, esa muñeca es clavada a la que tenía él sobre su cama. Tienes que averiguar cuál es el origen de esos olores, cuáles son la hierbas que desprenden esos aromas, antes de empezar a interrogar a nadie o de acusar formalmente a alguien. La única otra prueba concreta con la que cuentas son unos pelos de gato que nos llevan hasta el apartamento de Dominique y también al cuchitril ese que se ha montado en la iglesia.

—Me temo que eso es todo lo que tenemos por ahora —afirmó el detective, mientras se pasaba la mano por su pelo muy corto y salpicado de canas—. Pero en cuanto podamos identificar qué sustancia o sustancias impregnaron tanto el sobre como la muñeca, podremos someter a Dominique a una batería de preguntas.

Mientras Samuel esperaba a Bernardi en el herbolario, llamado Las Muchas Hierbas Chinas, aprovechó para charlar con el propietario albino de ese negocio, el señor Song, gracias a la ayuda de su sobrina que hacía de intérprete. El señor Song iba vestido con una chaqueta de seda gris de estilo mandarín, con bordados hechos con hilos de colores que representaban paisajes montañosos chinos. Su sobrina, a quien Samuel había apodado tiempo atrás Dientes de Conejo, iba vestida con el mismo uniforme escolar con el que siempre la había visto: una falda de cuadros escoceses y una blusa blanca almidonada en cuyo bolsillo llevaba estampada una pagoda, que era el emblema de una escuela baptista cercana.

Mientras se encontraban junto al mostrador lacado en negro, que se hallaba a unos siete metros de la entrada, Samuel pudo comprobar que las paredes seguían repletas de los mismos jarrones de color tierra, dispuestos en numerosas hileras, que recordaba de sus anteriores visitas. Al parecer, esos jarrones seguían cumpliendo con su función de almacenar tanto las hierbas del señor Song, como la riqueza de sus clientes.

Samuel y el albino conversaban animadamente sobre lo que había ocurrido en Chinatown desde la última vez que se habían visto, cuando la campanilla situada por encima de la entrada tintineó; era Bernardi y llevaba un maletín bajo el brazo. A pesar de que Samuel ya lo había avisado de cómo era el señor Song, el detective se quedó estupefacto al ver por primera vez a ese herborista de cara blanca, que lo miraba fijamente, a través de sus gruesas gafas, con sus ojos rosas. Aunque, un momento después, el intenso aroma, que emanaba de las guirnaldas de hierbas que pendían de diversos alambres del techo, invadió sus fosas nasales. Entonces se percató de qué era lo que el señor Song y Dominique tenían en común y comprendió por qué Samuel lo había invitado a ir a ese lugar. Recuperó la compostura, en cuanto el periodista le presentó a aquel sabio.

Samuel se volvió hacia Dientes de Conejo.

—Explícale a tu tío que el teniente tiene dos pruebas impregnadas de cierto olor. Como nadie es capaz de identificar cuál es la sustancia que desprende ese aroma, le he pedido que traiga esas evidencias hasta aquí, ya que me imagino que el señor Song sabe más sobre aromas de hierbas que ninguna otra persona viva en este mundo.

Dientes de Conejo se echó a reír.

—Querrá decir, más bien, que la policía no sabe qué plantas desprenden este olor.

El herborista escuchaba atentamente y mantenía, en todo momento, su pálido rostro imperturbable.

—Me temo que no —admitió Bernardi.

A continuación colocó el maletín sobre el mostrador y sacó de él dos bolsas de plástico. Una de ellas contenía el sobre de papel manila que había hallado en casa de Sara Obregón; la otra, la muñeca de trapo con el pelo hecho de lana negra, que había sido confiscada en el apartamento de Dominique.

El señor Song cogió ambos objetos y los olió. Una tenue sonrisa se dibujó en sus finos labios y, al instante, unas arrugas, de esas que le salen a uno cuando se ríe, aparecieron alrededor de sus ojos rosados.

—Dice que la muñeca ha sido rociada con algo que los diablos blancos llamáis beleño. Es una especie de la planta *hyoscyamus.*

—Espera un momento —dijo Samuel—. ¿Cómo es posible que sepa todo eso con solo olerla un poco?

—Es cuestión de olfato, señor Hamilton —respondió la muchacha, echándose a reír.

—¿Para qué se suele usar? —inquirió Samuel.

Mientras Dientes de Conejo y el herborista conversaban en chino, Samuel y Bernardi examinaron las hileras de cajitas cerradas con llave que abarrotaban la pared situada tras el mostrador lacado en negro.

—Para confeccionar lo que los chinos suelen llamar una poción del amor —respondió por fin Dientes de Conejo, volviéndose hacia ellos—. Es un remedio antiguo para lograr que alguien se enamore de la persona que administra esa sustancia. Normalmente, se hace un té con sus hojas que se le da a la otra persona para que beba. Aunque mi tío no está seguro de por qué esa muñeca huele tanto a beleño. No obstante, esa hierba debió de ser vendida por alguien que sabe de estas cosas. También dice que deberían investigar para qué fue utilizada esa muñeca.

Samuel y Bernardi se miraron mutuamente y asintieron con la cabeza.

—¿Qué nos puede decir acerca del sobre? —preguntó Samuel.

—Mi tío dice que huele a *cao wu tou*, a lo que vuestra gente llama «acónito». Se suele usar para abortar.

—¿Podría emplearse para algo distinto? —lo interrogó Samuel.

—Sí, tiene otras aplicaciones medicinales, sobre todo si se combina con otras hierbas; pero cuando se usa sola, ese es su uso más habitual.

—A mí me parece que lo más lógico es que usaran eso que llamas «acónito» para lo primero que has mencionado —afirmó Bernardi—. Así sí me encajan las piezas.

Tanto él como Samuel pensaron que lo que contenía el sobre había sido utilizado para provocarle a Sara un aborto, puesto que las náuseas que su hermana les había comentado que sufría se parecían mucho a las náuseas matutinas propias de todo embarazo. Si Dominique era quien se las había dado, podría haberse metido en un buen lío, ya que el aborto, incluso en el grado de mera tentativa, estaba prohibido por la ley de California. Lo cual les permitía tener un as en la manga con el que poder sonsacarle información cuando la interrogasen.

—¿Comprende por qué está aquí, señorita Dominga? —preguntó Bernardi, mirando directamente a esa mujer.

—No tengo muy claras las razones, teniente —respondió, coqueteando—, pero estoy segura de que usted me las explicará. Y, por favor, llámeme Dominique. Es el nombre que utilizo en mis negocios y me gusta que me llamen así.

Samuel se encontraba tras un espejo opaco polarizado en una estancia insonorizada y estrecha desde la que se podía observar el interrogatorio. Un solitario altavoz permitía escuchar las voces de los que hablaban en esa sala de interrogatorios sin ventilación. Bernardi estaba sentado a un lado de una mesa, acompañado de dos de sus ayudantes, cada uno colocado en uno de los extremos de esta; Dominique, por su parte, estaba sentada frente a Bernardi, de cara a Samuel, sin saber que solo esa pared los separaba.

—Mire, le voy a hacer unas cuantas preguntas sobre ciertos objetos que nos llevamos de su apartamento y de ese lugar donde ejerce su negocio en la Iglesia de la Sanación Espiritual —le comunicó Bernardi—. Por cierto, este interrogatorio va a ser grabado con este aparato.

De inmediato, señaló la grabadora que se encontraba en medio de la mesa, encima de la cual también había cuatro ceniceros vacíos.

—Ya veo. No estoy segura de que vaya a poder darles mucha más información, pero responderé lo mejor que pueda.

Bernardi tenía un cuaderno justo delante de él, y el montón de pruebas a su derecha. El primer objeto que escogió fue el sobre de papel manila.

—¿Sabe qué es esto?

—Un sobre —contestó con una sonrisa.

Samuel pensó que esa mujer era tremendamente fea a plena luz del día. La cicatriz que cubría un lado de su cara resultaba así mucho más visible, a pesar de que había intentado taparla con una gruesa capa de maquillaje. Iba vestida totalmente de negro, quizá para dejar bien claro que era una poderosa bruja o tal vez para recordarle a la gente que poseía otros talentos. Samuel se la imaginó con un látigo en la mano, dispuesta a impartir los castigos propios de su trabajo nocturno, que tan famosa la habían hecho.

—¿No empleó este sobre para dispensar ciertas hierbas?

—Eso no puedo saberlo a menos que me dé más información al respecto —replicó.

—Enfoquemos la cuestión de otro modo. Usted vende hierbas medicinales a la gente, ¿verdad?

—Sí, vendo hierbas a mis clientes.

—¿Metió en este sobre algún tipo de remedio que después dio a Sara Obregón?

—No puedo decirle quiénes son mis clientes, eso es confidencial, teniente.

—No lo entiende —le espetó Bernardi—. Está aquí porque hemos hallado pruebas incriminatorias, tanto en su apartamento como en esa iglesia, que podrían vincularla con la comisión de unos crímenes. Este sobre tiene sus huellas y las de Sara Obregón. Así que, dígame, Dominique, ¿me va a contar la verdad o prefiere ir al trullo?

Samuel tenía la nariz pegada al espejo polarizado. Estaba escuchando con tanta atención que casi había olvidado dónde se encontraba. Nunca había visto a Bernardi presionar a nadie del modo en que estaba presionando a esa bruja.

—Muy bien, teniente. Como no tengo nada que ocultar, se lo contaré todo acerca de esa transacción en particular, pero me reservo el derecho a proteger la intimidad de mis clientes —aseveró, mientras cruzaba sus largas piernas, de modo que su falda se alzó levemente por encima de sus rodillas.

—Primero, asegúrese de que responde a mis preguntas en su totalidad y sin guardarse ninguna información relevante, señorita —replicó Bernardi, ignorando sus coqueteos.

—Es cierto que me reuní con Sara Obregón. Acudió a mí porque sufría náuseas. Le di un poco de acónito y le expliqué que, si lo mezclaba con jengibre o regaliz, se resolvería su problema.

—¿También le vendió el jengibre y el regaliz?

—No, señor. Yo no vendo esos productos. Le dije que los comprara en Chinatown.

Mientras Bernardi anotaba la respuesta, Samuel, que seguía al otro lado del espejo, se propinó un fuerte puñetazo en la palma de la mano. El señor Song ya los había advertido de que el acónito podía ser usado para otros fines aparte de provocar abortos, como, por ejemplo, curar las náuseas. Ni en el sobre ni en la habitación de Sara habían hallado restos de jengibre o regaliz. Si bien el mero hecho de que no hubiera ningún resto químico de esas otras sustancias en el sobre había incrementado sus sospechas contra Dominique, Samuel era consciente de que esa bruja había sido muy hábil al señalar que le había dicho a Sara que debía buscar los demás ingredientes por su cuenta. Sin conocer la versión de Sara, era imposible saber si Dominique estaba mintiendo.

Bernardi prosiguió.

—Hablemos de su gato.

—¿Puma? —inquirió Dominique, con cara de desconcierto—. Es una gata y un encanto. ¿Qué quiere saber sobre ella?

—Hemos hallado dos cestas donde suele reposar; una en su apartamento y la otra en su despacho en la iglesia. Cada una de esas cestas estaba forrada con un saco de arpillera del mercado Mi Rancho.

—Me gustan esos sacos. Son perfectos para confeccionar una cómoda cama para mi gata.

—¿De dónde los ha sacado?

—De la cocina de la iglesia. El cocinero suele preparar muchas veces alubias. Ya sabe, forman parte de la dieta mexicana, y casi todos nuestros feligreses son del sur de la frontera.

Bernardi no quería mostrar aún todas sus cartas, por eso no había mencionado qué parte del cadáver de Octavio había sido encontrado dentro de un trozo de saco de arpillera que también contenía algunos pelos de Puma. Debía tener mucho cuidado con las preguntas que hacía.

—¿Esos sacos que hemos confiscado son los únicos que ha utilizado para confeccionarle una cama a su gata?

—Ahora que lo menciona —respondió Dominique—, el de la iglesia desapareció un par de veces. Me quejé al reverendo y al cocinero, pero ambos me dijeron que no sabían nada al respecto. El cocinero me dio uno nuevo en ambas ocasiones.

—¿Cuándo desapareció el primero?

Dominique se llevó una mano a su ceño fruncido y caviló por un momento, mientras Samuel ladeaba la cabeza y pegaba la oreja al espejo.

—El primero desapareció hará cinco o seis meses. El segundo se esfumó un par de semanas antes de que ustedes me lo confiscaran todo.

—¿Nunca descubrió quién se los había quitado?

—Pues no. Pasa mucha gente por la iglesia, así que pudo ser cualquiera. Esos sacos no son gran cosa, así que, francamente, no había vuelto a pensar demasiado en ellos hasta que usted ha sacado el tema a colación.

—Los sacos que nos llevamos estaban enteros. ¿Alguna vez ha cortado en trozos alguno de ellos para utilizarlo como cama para su gata?

—No, señor.

Menudo fiasco. Necesitamos un respiro, pensó Samuel, frunciendo los labios, exasperado. Sobre la mesa de la sala donde se encontraba, había una jarra sucia repleta de agua y un vaso igual de sucio a su lado. Se sirvió un poco de agua, mientras se imaginaba agarrando a Dominique del cuello y zarandeándola, a la vez que le gritaba que se dejara de chorradas.

Entonces, Bernardi cogió la muñeca y la zarandeó, de modo que esas greñas de lana negra que tenía por pelo se agitaron salvajemente en el aire.

—¿Para qué sirve esta cosa que huele tan fuerte? —inquirió.

Dominique se retorció en la silla y cruzó los brazos.

—Es una muñeca. Basta con mirarla para saberlo.

—Eso ya lo sabemos. Pero ¿para qué sirve? —insistió el detective, procurando no mostrar su impaciencia.

—No puedo hablar al respecto —contestó la dominatriz, quien se enderezó en la silla haciendo gala de una gran seguridad en sí misma.

—¿Vamos a tener que discutir esto otra vez, señorita? O empieza a soltar todo lo que sabe ahora mismo —mintió Bernardi—, o la encerraré hasta que esté dispuesta a hacerlo.

Dominique se recostó en la silla y sonrió.

—No me venga con gilipolleces, teniente. No puede encerrarme para ver si hablo. Tiene que acusarme de algo o soltarme. Ya conoce todo ese rollo del hábeas corpus.

—Tal vez sí, tal vez no —replicó Bernardi—. Pero le aseguro que puedo hacerle la vida imposible, señorita. Y le garantizo que, como hoy no obtenga de usted las respuestas que quiero, lamentará haberme conocido.

—Me sorprende que me amenace usted que parece un tipo tan afable, pero lo voy a tomar en serio. Bueno, ¿qué saco yo si hablo sobre esa muñeca y les explico de qué modo estoy relacionada con ella?

Samuel se echó a reír. La bruja era consciente que podían acusarla de practicar vudú.

—¿Qué quiere a cambio de contar la verdad? —la interpeló el detective.

—No quiero que presenten cargos contra mí acusándome de practicar magia negra —respondió la dominatriz.

—Le garantizo que no será acusada de ello, si me lo cuenta todo sobre esta muñeca, siempre que no me tome el puto pelo —afirmó Bernardi.

—Quiero eso por escrito —replicó la mujer.

En cuanto Bernardi y los dos detectives de la policía que lo acompañaban salieron de la habitación, Samuel salió a su encuentro.

—Creo que está mintiendo con lo del regaliz y el jengibre —aseveró el periodista—. Por cierto, ¿por qué vas a dejar que se salga con la suya con el tema de la muñeca?

Bernardi le indicó con el dedo índice que se acercara y ambos se alejaron por el pasillo.

—No quiero que mis colegas nos oigan. Cuanta menos gente sepa de qué va todo esto, mejor. Si no le ofrecemos inmunidad, no va a hablar. Ha logrado salirse con la suya en el tema del aborto, pero sabe que podemos acusarla de practicar magia negra. De todos modos, si una vez concedida la inmunidad comprobamos que ha mentido, el acuerdo quedará roto y podremos volverla a acusar.

—Ya veo —dijo Samuel—. Le vas a dar un poco de manga ancha para ver hasta dónde te lleva. Y si miente, podrás presentar dos cargos contra ella en vez de uno.

—Exactamente —replicó Bernardi.

—Pero ¿quién va a poder demostrar que miente? —preguntó Samuel.

—Tú. Conozco tu reputación como sabueso, pero ella no.

Samuel arqueó una ceja.

—Me pides demasiado para las escasas migajas de información que esa mujer nos está dando. Tendré que comentar esto con Melba para ver qué opina.

—A lo mejor te acompaño a verla —dijo Bernardi, riéndose.

—Seguro que a Melba le encantaría —replicó Samuel, dándole una palmadita en el hombro a Bernardi—. Así tendrá más público ante el que pontificar.

Después, Bernardi y los dos detectives fueron a hablar con el fiscal del distrito que se ocupaba del caso del asesinato de Octavio. Unos minutos más tarde regresaron con una sola página mecanografiada y todos juntos entraron de nuevo en la sala de interrogatorios.

—Vale, señorita Dominga, aquí tiene el acuerdo de inmunidad por escrito —Bernardi le entregó el documento. Ella lo leyó y, después, alzó la mirada hacia el detective—. Como puede ver, nos comprometemos a no acusarla de practicar magia negra en lo que se refiere a la muñeca y las hierbas, nada más. Solo queremos que nos diga el nombre de la persona a la que le dio la muñeca y las hierbas. En eso consiste el trato. En cuanto me diga de quién se trata, escribiré su nombre en el acuerdo para que no quede ninguna duda.

—El término magia negra es muy amplio. Ahí también se incluiría el vudú, ¿verdad?

Bernardi entornó los ojos.

—Creo que el significado de esa palabra también comprende ese tipo de prácticas.

—Entonces, incluya a mano el término vudú en el documento —exigió.

Bernardi esbozó una leve sonrisa, cogió un bolígrafo que llevaba en el bolsillo de la camisa y garabateó la palabra «vudú» en la definición de magia negra que aparecía en el documento. El teniente firmó con sus iniciales el escrito y, después, lo hizo Dominique.

—Como mi cliente ha desaparecido, puedo contarle lo que sé al respecto —dijo Dominique, al mismo tiempo que se enderezaba en la silla—. A Octavio le gustaba Sara Obregón. Pero, según él, ella ignoraba sus avances amorosos. Así que acudió a mí en busca de ayuda. Le confeccioné una muñeca con hilos de lana negra como pelo, que representaba a Sara y la rocié profusamente con beleño, luego le dije que debía abrazarla y acariciarla varias veces al día. Era una forma de lograr que él estuviera presente en los pensamientos de su amada, utilizando el poder de su propia mente; era una especie de ósmosis.

Bernardi garabateó el nombre de Octavio en el acuerdo, para cerciorarse de que ambas partes tuvieran claro que la inmunidad de Dominique solo se extendería a lo relativo a la muñeca y al destinatario de la misma. Entretanto, mientras tomaba notas, Samuel estudió el lenguaje corporal de Dominique para comprobar si este contradecía sus palabras de algún modo. Lo que más lo desconcertó fue que, mientras contaba lo que había ocurrido, permaneciera sentada con la espalda tan recta en esa silla.

—¿Qué es el beleño? —le cuestionó Bernardi.

—Una poción del amor.

—¿Una poción del amor? Y ¿eso cómo se administra?

—Normalmente, en el té. Le di una bolsa bastante grande de beleño y le dije que preparara un brebaje con ello, y que procurara dárselo tantas veces como fuera posible a su amada.

—¿Le pagó por ello?

—Claro que me pagó.

—¿Cuánto?

—Treinta dólares.

—¿Cuánto se suponía que iba a tardar en obtener resultados?

—Eso nunca se sabe. A veces, funciona con solo una dosis; otras, lleva semanas, y, algunas, nunca funciona.

—Y está vez, ¿qué ocurrió?

—No tengo ni idea. Ambos han desaparecido.

—Entonces, ¿por qué confeccionó la muñeca si se suponía que con el té iba a bastar?

—Por seguridad, por si acaso con el té no era suficiente. Le dije que la sumergiera en un brebaje confeccionado con esa hierba varias veces a la semana, para mantener así su poder mágico.

—¿Cómo acabó la muñeca en manos del predicador?

—Él mismo me contó que Sara se la dio. Al parecer, ella se la había quitado a Octavio, que se pasaba todo el día dándole la lata con ella y se la restregaba por la cara continuamente.

—Voy a ser franco con usted, Dominique. Nos han contado que podría haber habido algo entre Sara y el predicador. Algunas personas creen que usted le dio esa muñeca al predicador para ayudarlo a seducir a esa muchacha y, por alguna razón, este se la devolvió. Queremos saber el porqué de ambas cuestiones.

—Eso no tiene ningún sentido, teniente. Ya le he dicho que confeccioné esa muñeca para Octavio. Él y la chica tenían algunos problemas y quería cortejarla.

—Si eso es cierto, ¿por qué la chica le entregó la muñeca al predicador y por qué hemos hallado restos de su semen en ella? —mintió una vez más Bernardi, con la esperanza de sorprenderla al revelar esa información.

—Eso se lo tendrán que preguntar a él.

—¿Qué le comentó al respecto? —la interrogó Bernardi.

—Ya le he contado lo que me dijo, teniente.

Samuel masculló entre dientes: «Claro, eres capaz de contarnos cualquier cosa con tal de salvar tu puto culo, zorra, sobre todo ahora que los dos testigos principales que podrían contradecirte han desaparecido».

Una semana después, Bernardi y el capitán O'Shaughnessy estaban sentados en la misma sala de interrogatorios delante del predicador enano y de un abogado elegantemente vestido, llamado Hiram Goldberg, un hombre corpulento de pelo moreno rizado, cuya papada se desparramaba sobre su camisa blanca exageradamente almidonada. Llevaba un maletín, del mismo color que su pelo, con sus iniciales impresas en letras doradas cerca del asa, para que todo el mundo pudiera verlas y admirarlas. Lo colocó sobre la mesa totalmente abierto, de tal modo que Samuel no podía ver el rostro del predicador. Samuel supuso que lo había hecho adrede, pues el abogado estaba familiarizado con los procedimientos de interrogación de la policía y se imaginaba que era muy probable que hubiera alguien tras el espejo. Samuel se ofendió ante esa insultante estratagema, aunque, desde el primer momento, se había sentido contrariado al ver ahí a ese abogado, ya que sabía que el enano no iba a abrir la boca mientras este estuviera presente.

—Buenos días, señor Goldberg —dijo Bernardi—. Gracias por venir. Le informo que vamos a hacerle unas cuantas preguntas a su cliente, el señor Schwartz, sobre un par de personas desaparecidas.

—Mi cliente, el reverendo Dusty Schwartz, se muestra deseoso de colaborar con una investigación policial que transcurra dentro de los límites de lo razonable —contestó el letrado, con un tono cantarín, a la vez que señalaba con el dedo a los policías reunidos al otro lado de la mesa, quienes pudieron ver cómo una pulsera de oro pendía de su rechoncha muñeca—. Pero, ahora mismo, se acoge a la quinta enmienda y prefiere guardar silencio —apostilló.

»Su gente se llevó casi todo lo que encontraron en su iglesia y su apartamento, cuando ejecutaron sus órdenes de registro. De modo que ahora le resulta prácticamente imposible abrir la iglesia o lanzar un sermón. Así que a mi cliente le gustaría preguntarles cuándo piensan devolverle los utensilios de cocina, la cama, el tocador donde se maquilla y el lienzo que suele estar colgado en el escenario..., por no hablar de la comida del almacén. Y pueden darse con un canto en los dientes porque todavía no les haya exigido la devolución de todo cuanto se llevaron de su apartamento —Goldberg soltó la perorata de un tirón, casi sin tomar aire—. Lo cierto es que han despojado a este hombre prácticamente de todo lo que tenía, teniente, y no han hallado nada, literalmente, que lo incrimine.

A continuación, se reclinó en la silla y se cruzó de brazos con una sonrisilla de satisfacción dibujada en la cara.

—No sabremos si usted está en lo cierto hasta que no le hayamos hecho algunas preguntas sobre algunos objetos que nos llevamos de la iglesia, señor Goldberg. En cuanto tengamos nuestras respuestas, le devolveremos las cosas que nos llevamos de su apartamento.

—Ya se lo he dicho, teniente. Siguiendo el consejo de su abogado, el señor Schwartz se acoge a la quinta enmienda. No va a decir nada. Si quieren acusarlo de algo o incluso arrestarlo, adelante. Si no lo van a hacer, nos marcharemos; y si no le devuelven de inmediato sus propiedades, presentaremos una demanda ante los tribunales en la que pediremos que el Departamento de Policía sea sancionado —los amenazó Hiram Goldberg.

Doyle O'Shaughnessy, que tenía un pitillo de Chesterfield encendido en la boca, extendió los brazos sobre la mesa, presa de la impaciencia. Pese a que no llevaba la gorra reglamentaria, los galones de su uniforme le conferían un porte autoritario.

—Creemos que su cliente ha mantenido relaciones sexuales con chicas menores de edad —aseveró, con su fuerte acento irlandés—. Y, a menos que coopere para que podamos dar con esas personas desaparecidas, su antro seguirá cerrado a cal y canto. —Acto seguido, apagó el cigarrillo en el cenicero que tenía delante.

Pero Goldberg no dio su brazo a torcer.

—Si cree que al mantener su iglesia cerrada está contribuyendo de alguna manera al bienestar de su vecindario, creo que debería dejarle clara una cosa: así solo va a lograr que ciertos grupos de gente marginal pasen hambre innecesariamente. No me sorprendería lo más mínimo que el índice de delitos que tanto intenta mantener bajo control suba como la espuma. Esa gente ansía desesperadamente comer y algunos de ellos recurrirán al robo y al allanamiento para poder sobrevivir.

—Escúcheme, señor letrado —replicó el capitán, pronunciando esas palabras de un modo muy lento y provocador—. Su cliente nunca ha sido bien recibido en Mission. Este no es su lugar. Dígale que traslade su iglesia al Tenderloin, donde están acostumbrados a esta chusma india.

—Una cosa es que quiera que se marche a otra parte de la ciudad y otra muy distinta que tenga pruebas en su contra, capitán —respondió el abogado—. Así que acúselo o suéltelo, y devuélvale todo cuanto necesite para poder volver a abrir las puertas de su iglesia.

—¿Como qué? —preguntó Bernardi.

—Como el lienzo y los enseres de la cocina, para que pueda predicar y dar de comer a la gente.

—Y nosotros, ¿qué obtenemos a cambio?

—Que mi cliente no los demandará por haberle impedido el desempeño habitual de su actividad en su negocio —contestó Goldberg.

—Creía que dirigía una iglesia, no un negocio —le espetó el detective, quien se rió de esa vacua amenaza.

Mientras discutían, Goldberg había cerrado el maletín,

por lo que Samuel podía observar el rostro del enano. Estudió la expresión de Schwartz detenidamente para ver si podía discernir cómo estaba reaccionando ante lo que pasaba, pero lo único que vio fue tristeza, lo cual lo dejó perplejo. Aquel hombre parecía muy deprimido.

—Por cierto, en algún momento, tendremos que hablar seriamente sobre cuándo y cómo este departamento va a permitir que este hombre, que no ha sido acusado de ningún crimen, recupere su vida.

—Esa es una cuestión que debe dilucidar la comisión de policía y servicio público —replicó Bernardi—. No entra dentro de mis competencias.

—Eso, teniente —afirmó Goldberg desafiante—, le va a costar mucho a la ciudad.

Prosiguieron parloteando absurdamente durante otros diez minutos hasta que el predicador y su abogado se marcharon, seguidos del capitán O'Shaughnessy.

Samuel entró a toda prisa en la sala de interrogatorios.

—¿Qué opinas al respecto? —le preguntó al detective.

—¿Sobre qué? —contestó Bernardi—. ¿Sobre las trabas que nos ha puesto el predicador o sobre los insultos racistas del capitán?

—Sobre ambas cosas.

—Pues no hay mucho que decir —respondió Bernardi—. El capitán es conocido por su peculiar y estrecha visión del mundo y, además, no hemos descubierto nada importante que pueda implicar al predicador en la desaparición de Octavio o de la chica.

—¿Y no podríamos presionarlo si lo acusamos de acostarse con jovencitas?

—Sí, había muchos condones en su camerino y un montón de sábanas sin lavar, donde todavía había rastros de corrida..., lo cual no tiene mucho sentido si te detienes a pensarlo un poco.

—¿Qué quieres decir con que no tiene sentido? —inquirió Samuel.

—Si utilizó condones cada vez que tuvo relaciones con alguien, no debería haber restos de corrida.

—Debe de haber alguna razón que lo explique. Solo tenemos que dar con ella. Quizá se masturbó sobre la muñeca mientras se imaginaba que era Sara —conjeturó Samuel.

—Sí, es una posibilidad que podemos tener en cuenta —dijo Bernardi entre carcajadas—. Pero ¿quién va a testificar y corroborar que eso fue lo que pasó? Ahora mismo, lo único que podemos demostrar es que esa muñeca está manchada de semen, pero no podemos demostrar de quién es ese semen.

Samuel se encogió de hombros.

—¿Y qué pasa con el lienzo?

—Por ahora, no tenemos nada. Ordené que lo fotografiaran y envié la foto al ayudante del fiscal de Estados Unidos, como me pediste. Pero como no tengamos noticias pronto, tendremos que devolvérselo todo al enano.

—Vaya chasco —dijo Samuel—. Estaba seguro de que encontraríais algo en el camerino.

—Encontramos un poco de esa hierba, de beleño, pero no la suficiente como para poder utilizarla como prueba en su contra. Si esa bruja tiene razón, el reverendo podría afirmar que la chica le entregó esas hierbas junto con la muñeca.

—¿Y qué hay de ese investigador privado, de McFadden? ¿No se jactaba de que le facilitaba jovencitas al enano a cambio de que le pasara casos de lesiones?

—Cuando lo interrogué, me lo negó todo —contestó Bernardi—. Aunque para proteger tu tapadera, no hicimos ninguna referencia a la conversación que mantuviste con él. Tengo a alguien que se está moviendo por los ambientes de los sindicatos para comprobar esa información. Pero ya sabes lo que pasa cuando alguien ve que está en juego su medio de vida. Nadie dice esta boca es mía.

Bernardi, dio unos fuertes golpecitos al escritorio con su bolígrafo y añadió:

—No me puedo creer que estemos en un punto muerto.

Creía que ya los teníamos a ambos. Tengo que darle vueltas a esto durante un par de días.

—Nos va a llevar mucho más que un par de días —afirmó Samuel—. Hay algo muy importante que se nos escapa. En fin, tomémonos un respiro. Pásate por el Camelot esta noche y hablaremos de todo esto con Melba.

12

¿VUELTA A EMPEZAR?

Samuel y Bernardi estaban sentados a la Tabla Redonda del Camelot con Melba, quien exhalaba el humo de su Lucky Strike. Si bien el bar aún no estaba abarrotado, se iba llenando poco a poco de clientes. Ambos le estaban contando a Melba lo que habían descubierto en el transcurso de la investigación de la muerte de Octavio y la desaparición de Sara.

—Bueno, veo que habéis estado muy liados, chicos. ¿No han aparecido más partes del cuerpo? —preguntó.

—No —contestó Samuel—. Quienquiera que estuviera deshaciéndose del cadáver ha debido de aprender alguna lección gracias a las partes que ya se han descubierto.

—¿Te refieres a disponer de los restos sin dejar rastro? —inquirió Melba.

—Eso es exactamente lo que quería decir. La primera parte fue descubierta gracias a un mapache. La segunda porque el asesino no le colocó el peso adecuado para que se hundiera en el fondo de la bahía. A saber de cuántos trozos más se habrá deshecho sin que lo hayamos descubierto. Tal vez, a estas alturas, ya no quede nada del cadáver.

—¿Habéis revisado todas las pruebas que extrajeron del cubo de basura? —preguntó Melba—. Quizá se os pasó algo por alto.

—Quizá —replicó Samuel—. Volveré a examinarlas.

—Quizá estéis buscando en los lugares equivocados e interrogando a los sospechosos erróneos —añadió Melba.

—¿Qué estás insinuando? —le cuestionó Bernardi.

—Tal vez no deberíais centrar vuestra investigación en el enano y la bruja.

—Pero, por ahora, las evidencias nos han llevado hasta ellos —protestó Bernardi.

—Pues a mí me parece que habéis perdido el tiempo —aseveró Melba—. No tenéis nada sólido que pueda implicarlos.

Bernardi y Samuel lo negaron rotundamente.

—Creemos que ambos están metidos en el ajo —señaló Bernardi—, pero todavía no sabemos cuánto.

El silencio reinó durante un minuto, más o menos, hasta que Samuel decidió romperlo.

—A lo mejor Melba tiene razón. Se nos puede haber pasado algo importante por alto, algo que hemos evaluado de manera incorrecta o que aún no nos ha mostrado su fea cara. A lo mejor esa chica no ha desaparecido. A lo mejor solo se ha largado por alguna razón. ¿No estaba embarazada?

—Las familias mexicanas están muy unidas, como las italianas, y les encanta que sus hijos tengan hijos —comentó Bernardi—. Solo se habría largado voluntariamente si hubiera estallado algún escándalo de verdad en la familia, como un incesto o algo así.

—Bueno, habría que considerar la posibilidad del incesto, ¿no? —replicó Melba riéndose—. No es algo habitual, pero ha habido casos tanto en la sociedad mexicana como en la americana.

—Lo dudo mucho —dijo Samuel—. El padre no encaja en ese perfil y la madre manda mucho en esa casa. Ella nunca habría permitido que su marido se tirara a las niñas. Además, creo que la hermana nos habría contado algo si eso fuera realmente lo que estaba pasando. Es bastante parlanchina.

—Bueno, ya sabéis lo que se suele decir —señaló Melba—: «Los tíos piensan con la polla». Quizá esa sea la razón por la que se largó esa chica.

—Por lo que me dicta la experiencia, un padre así no solo abusa de una hija, sino que intenta abusar de todas —aseveró Bernardi—. Por lo que pude ver, ese comportamiento aberrante no se da en esa familia.

Samuel no comentó nada más al respecto, pero anotó mentalmente que debía recordar esa conversación.

—Yo solo preguntaba —se excusó Melba—. ¿Y qué pasa con la otra víctima? ¿Por qué el enano asesinó a ese otro joven?

—Por celos —respondió Samuel—. Quería a esa chica para él solo.

—Pero antes has comentado que el investigador Mc-Fadden le suele facilitar constantemente jovencitas al predicador, y que incluso has sido testigo de primera mano de que eso es así. Así que, ¿por qué se iba a encaprichar tanto el enano de ella cuando, por lo que parece, tiene mucho donde escoger?

—Tal vez ella no quería saber nada del enano, pero, como este estaba tan obsesionado con ella, decidió librarse de su rival y drogarla a ella para someterla —conjeturó Samuel—. Quizá, por esa razón, tenía la muñeca y las hierbas en su camerino.

—Ya solo tenéis que demostrarlo —afirmó Melba.

—Eso es justo lo que hemos estado intentando hacer, Melba —respondió Bernardi.

—Y no se puede comprobar si el semen hallado en la muñeca es del enano, ¿verdad?

—No —contestó Bernardi—. La ciencia aún no ha avanzado tanto.

—Qué pena. De ser así, el caso podría estar ya resuelto. Pero, aparte de eso, estoy de acuerdo con Samuel. Falta una pieza importante en este rompecabezas. Creo que lo estáis enfocando todo con unas miras muy estrechas. Deberíais ampliar más la investigación para intentar dar con otros sospechosos que podrían ser el asesino.

En ese momento, Blanche y Marisol entraron juntas en el bar, ambas iban vestidas de punta en blanco. Blanche llevaba un vestido de seda blanco que remarcaba su esbelta figura y una diadema roja en su pelo rubio echado hacia atrás. Además, se había dado un poco de colorete en los pómulos. En cuanto la vio, a Samuel le dio un vuelco el corazón y se ruborizó, embargado por la emoción.

Marisol llevaba un vestido negro muy ajustado, que había confeccionado ella misma y cuyo diseño había copiado de una revista de modas, el cual resaltaba sus caderas curvilíneas y sus pechos voluptuosos de manera elegante y nada exagerada. Bernardi asintió, como si estuviera dando así el visto bueno a lo que veía.

Melba estalló en carcajadas.

—Bueno, es hora de que los jóvenes se diviertan. Tomad algo. Invita la casa, chicas.

Bernardi presentó a Marisol a Melba, y Marisol presentó a Blanche a Bernardi.

—Ya conozco a Marisol —dijo Melba—. Blanche trabajaba con ella en el Proyecto de América Central. Marisol le dio clases de español a Blanche antes de que, hace unos años, se fuera a Guatemala a levantar letrinas para los indios de las aldeas de las montañas.

—¿Sabes hablar español, Blanche? —preguntó Samuel con admiración.

—*Un poquito* —contestó Blanche en español, sonriendo—. Pero he de admitir que no me sirvió de mucho porque los indios no hablan español, sino sus propios idiomas. Cabría pensar que las autoridades deberían haber estado al tanto de eso cuando me enviaron para allá, pero no fue así.

—Bueno, aún los están reeducando —comentó Marisol—.

Los gobiernos de esa parte del mundo no quieren admitir que todavía no tienen el control absoluto sobre la gente que habita dentro de sus fronteras, así que actúan como si todos hablaran el mismo idioma: el idioma de los conquistadores.

—¿Qué queréis, niñas? —preguntó Melba.

—Yo voy a tomar un vodka con Martini —respondió Marisol.

—Y yo, zumo de zanahoria —contestó Blanche.

—¿Qué plan tenéis para esta noche? —inquirió Melba, mientras el barman preparaba las bebidas.

—Llevo tiempo intentando convencer a Samuel de que deberíamos ir a North Beach a disfrutar un poco de la cocina italiana —respondió Bernardi—. Así que esta noche hemos reservado una mesa en Vanessi's, en Broadway.

Melba se carcajeó.

—¿Vanessi's? ¡Je! Sabéis quién es el dueño de Vanessi's, ¿no? No es un italiano, sino Bart Shea. Y ese es más irlandés que una pinta de Guinness.

—Tal vez —replicó Bernardi—. Pero te garantizo que su restaurante es un templo de la cocina italiana.

—Saludadlo de mi parte —les pidió Melba—. Es un viejo amigo.

—Lo haremos —contestó el detective.

Bernardi había aparcado su Ford Fairlane negro de 1959, que pertenecía al Departamento de Policía aunque no llevaba ningún distintivo especial, en la zona de autobuses, que estaba situada justo al lado de la librería City Lights en la avenida Columbus, un poco más abajo de Broadway. Delante de él, frente al Alder Place, había un Studebaker Avanti bastante nuevo de color verde. Ambas parejas caminaron en dirección hacia Broadway y, una vez ahí, giraron al este. De este modo, por el camino, pasaron junto a algunos de los restaurantes y clubes nocturnos más conocidos de la ciudad, como El Cid,

Big Al's, Enrico's Café y Finocchio's. Los charlatanes y ganchos hicieron todo lo posible para convencerlos de que entraran en alguno de esos tugurios de mala muerte, que hasta hace poco formaban parte de la vieja Barbary Coast, situada entre la avenida Pacific y la calle Jackson, pero que se habían trasladado hasta ahí. Aunque las autoridades habían intentado expulsarlos de su territorio tradicional para que abandonaran para siempre San Francisco, al final, se habían limitado a subir unas cuantas manzanas más por la colina hasta llegar a Broadway.

Samuel señaló el bar Matador, que se encontraba en la misma calle que Vanessi's, un poco más abajo, en el 492 de Broadway.

—Ese es un sitio muy divertido donde se pueden ver películas de grandes corridas de toros o escuchar jazz —comentó—. Después de cenar, podemos pasar por ahí.

—Vale, pero no quiero ver cornadas ni sangre —dijo Blanche—. Defiendo los derechos de los animales. No puedo soportar que sufran tanto solo porque un machote quiera cortarles una oreja o un rabo.

—Estoy contigo —afirmó Marisol.

—Entonces, me da que esa opción queda descartada —apostilló Samuel, encogiéndose de hombros.

Para entonces, ya habían llegado a Vanessi's. El inmenso letrero de neón que destacaba en la fachada de yeso de color pastel parecía lanzar un mensaje desafiante: que todavía había clase en ese vecindario.

En cuanto entraron, el dueño reconoció a Bernardi y les hizo una seña a los cuatro para que se acercaran a la parte posterior del restaurante. Entretanto, un anciano italiano, que iba vestido con pantalones oscuros, una camisa arrugada de color hueso y una boina, y que llevaba, además, una bufanda multicolor alrededor del cuello, estaba tocando una cautivadora melodía en un xilófono en miniatura. Samuel nunca había oído ese timbre tan particular. Mientras echaba un dólar en la lata de las propinas del músico, miró a su alrededor y observó que la sala estaba invadida por el humo del tabaco. A un lado del extenso pasillo que nacía en la entrada del local, había reservados abarrotados de clientes; al otro, había un mostrador con unos asientos que miraban directamente a la zona de la cocina donde se preparaban todas las comidas.

Se aproximaron al dueño todos juntos y Bernardi le estrechó la mano.

—Saludos de parte de Melba, Bart. Te presento a su hija Blanche y a mi amiga Marisol. Oh, y también quiero presentarte a otro gran amigo mío, Samuel Hamilton.

Bart Shea iba vestido con una chaqueta cruzada gris y una corbata con un patrón floral un tanto exagerado. A pesar de que iba vestido con un traje italiano y llevaba su pelo gris peinado hacia atrás, no podía ocultar lo que realmente era: un apuesto irlandés de ojos azules.

—Bienvenidos —dijo—. Encantado de conoceros, Marisol, Samuel, y me alegro de volver a verte, Blanche.

A continuación, dobló una esquina y los guió hasta un acogedor reservado situado en una zona donde no había tanto humo.

En cuanto estuvieron ya sentados, Bernardi pidió una botella de Camignano, un vino tinto de Pistoya, una ciudad de la región de la Toscana, de donde era originaria su familia.

—No pretendo ofenderte, Bruno —dijo Bart—. Pero permíteme que, en vez de ese vino, os abra un George La Tour Cabernet Sauvignon de la bodega Beaulieu de California. Es unos de los vinos tintos más excelsos de California e invita la casa. Te garantizo que lo disfrutaréis y no será la última vez que lo pidáis.*

* Agustín Huneeus, el conocido vinicultor de California, ha preparado una lista de los mejores vinos tintos de principios de la década de los sesenta. Si les interesa catarlos, por favor, lean el apéndice que aparece al final del libro.

—¡Cómo vamos a negarnos! —replicó Bernardi.

Al cabo de un rato, Bart volvió acompañado del cocinero italiano, con quien Bernardi entabló una animada conversación en italiano.

—El chef me ha prometido que vamos a degustar unos platos muy apetitosos de la madre patria —les comentó Bernardi—. Dice que no nos sentiremos decepcionados.

Samuel alzó su vaso de vino mientras el camarero traía dos bandejitas de entremeses fríos y un vaso de agua con gas para Blanche.

—Llevábamos mucho tiempo diciendo que teníamos que hacer algo así. Me alegro de que por fin lo hayamos conseguido —dijo Samuel.

Ambas parejas brindaron con el vino de California y, acto seguido, Samuel anotó el nombre del vino en su cuaderno mientras Bernardi expresaba su satisfacción al dueño con un gesto. Conversaron con suma calma, dejándose llevar por la atmósfera del lugar y el suave eco de la música de xilófono que llegaba también hasta el rincón del restaurante donde se hallaban. Mientras bebían a sorbos el vino, comieron un poco de mortadela, salami y pimientos picantes italianos.

Samuel estaba disfrutando de esos momentos que estaba compartiendo con Blanche. Pensó que esa noche se mostraba especialmente abierta y simpática. Quizá pudiera intentarlo cuando la acompañase a casa después de cenar...

Mientras Samuel fantaseaba sobre cómo podía acabar esa noche, Marisol soltó una bomba, metafóricamente hablando, en medio de la conversación.

—No creo que el enano asesinara a nadie —aseveró—. Lo conozco. He hablado con él sobre muchas cosas, no solo sobre religión. No es un tipo peligroso, sino un hombrecillo patético y solitario.

—¿A qué viene ese comentario? —preguntó un sorprendido Bernardi.

—Yo no lo tengo tan claro —replicó Samuel—. Hay muchas evidencias circunstanciales que no tienen sentido a menos que el enano estuviera haciendo algo raro.

—Eso es lo que quiero decir —afirmó Marisol—. Es probable que haya estado haciendo cosas raras porque es un tipo muy raro, no porque sea un criminal. —En ese instante, miró al detective, que tenía la vista clavada en el suelo—. Es que Bruno me lo cuenta todo —se excusó—. Pero volviendo al enano, tenéis que añadir sus defectos como persona en la ecuación. Incluso su obsesión por el sexo es más una enfermedad que otra cosa.

—Tener relaciones sexuales con menores es un delito —señaló Samuel.

—Aunque podáis probar que eso es cierto, eso no implica necesariamente que sea culpable de asesinato. Pero seguro que nunca lográis demostrar nada. Esas chicas nunca van a reconocer, por pura vergüenza, que un enano las sedujo, y la gente de los sindicatos seguro que tampoco os ayudaran.

—¿No lo crees capaz de descuartizar a Octavio para luego librarse de él trocito a trocito, poco a poco? —inquirió Samuel.

—Es absolutamente incapaz de hacer algo así —les aseguró Marisol—. Deberíais buscar a una persona muy retorcida que ya tenga antecedentes por ese tipo de comportamientos.

—¿Insinúas que deberíamos buscar a un ciudadano cualquiera que haya sido acusado de desmembrar a gente en pedacitos pero que ahora esté en libertad bajo fianza? —preguntó Samuel burlonamente.

—Ya sabes qué quiero decir —replicó, obviamente enfadada.

—¿Y qué pasa con la bruja? —le cuestionó Samuel, hablando de nuevo en serio.

—Quizá lo haya ayudado con su magia negra, pero no es ninguna estúpida. Nunca se involucraría en el asesinato de alguien adrede. Tiene mucho que perder. ¿Acaso crees que no es consciente de que con sus galimatías abracadabrantes puede ganar mucho dinero en la comunidad latina?

—¿Y si ayudó a asesinar al muchacho de manera accidental?

—Eso es bastante improbable. Como decía antes, es muy lista. Sabe perfectamente qué cantidad de cada una de sus hierbas es necesaria para tal o cual propósito. Si alguien le pidiera más dosis de la necesaria, no se la daría.

—Entonces, nos ha mentido con lo del beleño, ¿no? —preguntó Samuel.

Marisol se llevó la mano a la frente y se la frotó delicadamente con la punta de los dedos. Acto seguido, asintió.

—Creo que sí, y en lo del acónito también. En ese sentido, la habéis pillado. La cuestión que debemos resolver ahora es: ¿para quién era realmente el beleño? Dudo mucho que Octavio quisiera dárselo a Sara. Ese no era su estilo. Era muy macho, ya me entendéis. Estoy segura de que el predicador se valió de esa hierba para meterse en las bragas de Sara.

—Lo cual explicaría por qué vi la muñeca en su camerino —aseveró Samuel.

—¡Genial! —exclamó entre carcajadas Bernardi—. Aparte de lo que viste, de lo que dejamos constancia por escrito para conseguir la orden de registro, ¿qué más podemos probar?

—Tenéis que encontrar a Sara —contestó Marisol.

—¿Crees que sigue viva? —inquirió Blanche.

—Eso intuyo —respondió Marisol—. Probablemente, estará en México.

—¿Dónde? —exigió saber Samuel.

—Esa es la pregunta del millón. Deberíais aunar vuestros diversos talentos para dar con ella y con ese asesino tan retorcido. Seguro que así se resolverían todos esos misterios.

Durante el resto de la velada gozaron del placer de degustar una cena decente en San Francisco, una costumbre que Samuel estaba copiando de Bernardi. En cuanto acabaron con los entremeses fríos, el chef trajo una fuente de canelones de ternera recubiertos de besamel. El plato les supo delicioso, lo que contribuyó, sin duda, a que abrieran una segunda botella de George La Tour Cabernet. Cuando llegó el momento del postre, el cocinero reapareció con un *zabaglione* hecho con vino de Marsala y frambuesas frescas.

Después de cenar, bajaron por esa misma calle hasta llegar a El Matador para escuchar un poco de jazz. Era un local muy exclusivo. Barnaby Conrad, el dueño, era una persona conocida en la alta sociedad; era pintor y dirigía un local de lujo. En su día había toreado en España con el sobrenombre de El Niño de California, razón por la cual proyectaban películas de corridas de toros en el bar todos los domingos por la noche. También tenía muchos contactos en Hollywood, así que no era nada raro ver a un par de estrellas de cine por el local.

En cuanto ambas parejas entraron, divisaron una gigantesca cabeza de toro que sobresalía en el fondo del bar. También había ahí una pajarera de cristal en cuyo interior se encontraba MacGregor, el guacamayo del dueño. Miles Davis, el conocido músico, tenía la noche libre en el Blackhawk y había venido con su trompeta a tocar un poco de bebop con Jon Cooper, el pianista del local, un viejo amigo suyo. Miles había llegado acompañado de Tony Williams, un batería de diecisiete años que acababa de unirse a su banda solo unas semanas antes. Ambas parejas escucharon el concierto hasta que el bar cerró a las dos de la madrugada.

Samuel acompañó a Blanche a casa en un taxi. Mientras se aproximaban a la puerta de su domicilio, ella, de repente, lo rodeó con sus brazos y le dio un apasionado beso con lengua.

—Eres un hombre tan tierno, Samuel. Te deseo mucha suerte con tu búsqueda de Sara y de ese retorcido asesino.

Samuel deseaba seguir besándola, pero Blanche desapareció por la puerta sin que tuviera tiempo de reaccionar.

Samuel regresó al taxi estupefacto. Durante el trayecto

hasta Chinatown, se tocó los labios varias veces, mientras se preguntaba si su suerte con Blanche había cambiado de un modo milagroso.

A la mañana siguiente, Samuel se presentó en el despacho del forense, dispuesto a repasar el expediente y las pruebas del caso de Octavio. Cara Tortuga lo llevó a la sala de conferencias, donde estuvo acompañado en todo momento de un funcionario para que no se rompiera la cadena de custodia de las pruebas. Samuel había olvidado que todo cuanto contenía el cubo de basura y todos los objetos que lo rodeaban habían sido recogidos y preservados. Pasó una hora y media revisando pedacitos de cualquier cosa que habían logrado reunir. Al final, dio cuenta de que había estado perdiendo el tiempo con esa infructuosa revisión. Resulta increíble ver qué cosas tira la gente.

Después, utilizando una lupa, examinó con sumo cuidado las fotografías de las marcas aserradas del muslo al mismo tiempo que tomaba nota de lo que observaba. Cuando revisó los moldes de escayolas que habían hecho de las diversas huellas de pisadas, incluidas las de las patas del mapache y de Excalibur, que solo servían para indicar que el suelo de aquel lugar era tan blando que cualquier cosa dejaba su huella fácilmente, Samuel se percató de que no servirían de nada, a menos que tuvieran unas huellas concretas con las que compararlas. Sin embargo, al observar más detenidamente lo que parecían ser unas pisadas parciales, descubrió algo nuevo. Unas motas de algo que no sabía qué era y que se habían mezclado con la escayola.

Samuel pidió al funcionario que llamara al forense. Este marcó su número y, en unos minutos, Cara Tortuga apareció.

—Tras echar un vistazo a todas las pruebas de este expediente, una de las cosas que me ha llamado la atención son las marcas aserradas del muslo —afirmó Samuel—. ¿No hay manera de saber qué clase de sierra se utilizó para cortarlo?

—Enséñame qué es eso que te ha llamado tanto la atención —le pidió Cara Tortuga.

Samuel le entregó la lupa al forense y, acto seguido, colocó una fotografía delante de él. Cara Tortuga la examinó con detenimiento.

—Ya veo a qué te refieres —dijo, alzando la mirada—. La cuestión es: ¿el corte es manual o se hizo con algún tipo de sierra mecánica? Necesitamos a un experto en la materia. Tendré que mirar quién está disponible. No he consultado con un experto en esto desde el caso McGilicutty. Ese viejo usó una sierra mecánica para cortarle la cabeza a su esposa —comentó riéndose el forense—. Aunque, claro, ya estaba muerta cuando la decapitó.

—Eso espero —replicó Samuel, estremeciéndose—. ¿Cuánto crees que tardarás en localizarlo?

—Pues no lo sé. Ese caso se cerró hace diez años. Si el experto sigue localizable, no llevará mucho tiempo. Si no, tendré que buscar a uno nuevo. Pero será mejor que vayamos paso a paso. Llámame el lunes —contestó el forense, al mismo tiempo que se levantaba, se estiraba las solapas de su bata blanca y volvía a adoptar el semblante impasible de siempre—. ¿Hay algo más que quieres que considere?

El reportero señaló una de las fotografías.

—¿Podrías investigar que son estas motitas?

En un principio, Samuel pretendía hablar esa misma tarde con Bernardi para comentar el repaso que había hecho de las pruebas, pero el tiempo se le echó encima. Así que hasta el día siguiente, sábado, no pudo concertar una cita con el detective, con quien quedó en el apartamento de Marisol.

Cogió el tranvía en la calle Market para ir hasta Church y luego fue caminando hasta el parque Dolores. En cuanto pasó por delante de la cafetería situada en la esquina entre la calle Church y la Dieciocho, justo en diagonal al apartamento de

Marisol, vio en su interior a Dusty Schwartz, quien estaba tomando un café mientras miraba por el ventanal que daba a la casa de esta. Samuel apartó la mirada rápidamente para evitar el contacto visual, no quería tener que soportar las quejas del enano acerca de que la prensa o el Departamento de Policía lo estaban tratando injustamente.

Marisol le abrió la puerta y lo invitó a entrar en la cocina, donde se encontraba Bernardi, que iba vestido con ropa de sport, en vez de con su habitual traje marrón. Marisol le ofreció a Samuel un café y, después, él y Bernardi se sentaron a la mesa. El reportero lo puso al día sobre lo que había hecho y descubierto durante su visita al despacho del forense. Cuando Marisol regresó, Samuel le comentó lo que acababa de ver en la calle.

—He visto al enano en una cafetería situada al otro lado de la calle. Estaba mirando en esta dirección —afirmó.

—Pasa mucho tiempo observándome desde ese sitio.

—¿Me estás diciendo que es algo habitual?

—Bueno, no está siempre. Pero desde que la poli le clausuró la iglesia, suele rondar por ahí todos los sábados y domingos.

—¿Se acerca para llamar a la puerta o te observa por las ventanas de casa en plan mirón?

—No, qué va. A veces deambula por la calle arriba y abajo, creo que espera a que salga para acercarse a mí.

—¿Y eso no te incomoda?

—Sé lo que estás pensando, Samuel —respondió, con un tono casi desafiante—. Pero te repito lo que te dije la otra noche. Ese tipo no es un criminal, sino un enfermo.

—¿Qué opina Bernardi al respecto? —inquirió Samuel.

—Lo sabe y me ha dicho que la policía lo tiene bajo vigilancia, por si acaso intenta hacer alguna tontería. Pero no lo hará, solo es un hombrecillo patético.

—Quizá también sea un hombrecillo peligroso —apostilló Samuel.

—Si es peligroso, solo lo es para sí mismo, no para los demás.

—¿Qué opinas de que ese enano imbécil espíe a tu novia? —preguntó Samuel a Bernardi, medio riéndose.

Bernardi le lanzó una mirada asesina y se sirvió un café.

—Os he oído hablar sobre ese pirado del otro lado de la calle. Creo que ese tipo ha perdido un tornillo. Pero Marisol tiene razón; lo que está haciendo no es ningún delito. Además, un par de mis muchachos están vigilando el barrio. Y únicamente aparece los fines de semana cuando sabe que es más probable que Marisol esté en casa —contestó Bernardi, quien, a continuación, se levantó y cruzó los brazos.

—Ese tipo es un pervertido —afirmó Samuel—. Sabemos que mantiene relaciones sexuales con chicas menores. ¿No podemos hacer nada al respecto?

—Por desgracia, mi departamento no investiga ese tipo de delitos. Pero puedo pedirles a los de antivicio que lo investiguen. El problema es que necesitamos pruebas y, por ahora, no las tenemos.

—¿Y qué pasa con el abogado ese, con Harmony? Su investigador privado, McFadden, me contó que su jefe le había pedido que le consiguiera jovencitas al predicador para que este les pasara los casos de sus feligreses.

—Precisamente, eso es lo que están investigando —dijo Bernardi.

—¿Y si el enano empieza a aparecer también entre semana? —preguntó Samuel.

—Nuestros hombres se darán cuenta de inmediato —contestó Bernardi—. Siempre hace lo mismo. Si cambia de patrón de conducta, entraremos en acción. Casi seguro que él también es consciente de ello —añadió, encogiéndose de hombros—. Bueno, no has venido hasta aquí para hablar sobre ese capullo. A ver si podemos recargar pilas y echar a andar de nuevo. Aún no me puedo creer que todas esas pistas no nos hayan llevado a nada.

—Eso será así únicamente si haces caso a la opinión de ciertas mujeres —replicó Samuel.

—Ya, nuestra obsesión con demostrar que el enano es culpable es tan contraproducente como la insistencia de nuestras chicas en ignorar los hechos que, al menos, sugieren que lo es —aseveró Bernardi—. Pero mi opinión ha cambiado un poco al respecto en estos últimos días. Ahora mismo, estoy más interesado en ver si esas nuevas pistas que estás siguiendo nos llevan a algún sitio.

—La verdad es que no hay muchas pistas que seguir. Tengo que esperar a que el forense se ponga en contacto conmigo para informarme de qué clase de sierra se utilizó para cortar el cuerpo. Aparte de eso, lo único que nos queda es identificar qué son esas motas que quedaron atrapadas en la escayola cuando hicieron el molde de las huellas. Eso sí que me tiene bastante intrigado.

13

¿DÓNDE ESTÁ EL PREDICADOR?

Cuando Dominique llamó a Samuel, parecía histérica.

—¡Dusty lleva ya varios días desaparecido! —gritó con una voz rota que casi superaba en una octava su tono habitual—. Es la persona con la que más me relaciono normalmente, nunca estamos sin hablar más de un día. No había comentado nada hasta ahora, pero, al final, he tenido que llamar a alguien.

—Parece realmente preocupada, Dominique —contestó Samuel—. Pero, francamente, me resulta muy extraño que me llame a mí precisamente para contarme sus problemas.

—Es muy extraño que el reverendo no se haya puesto en contacto conmigo —insistió—. Sé que lo han estado siguiendo, así que estoy segura de que usted sabe algo.

—Me resulta muy halagador que la gente crea que tengo ojos en la nuca. ¿Cuándo fue la última vez que tuvo noticias de él?

—Me invitó a una fiesta que se celebraba en su apartamento el sábado por la noche, pero no quise ir. Esa fue la última vez que supe algo de él. Lo llamé al día siguiente, pero no respondió al teléfono, ni entonces ni ahora.

—Solo han pasado unos cuantos días. No creo que la poli vaya a considerarlo aún como una persona desaparecida —afirmó Samuel.

—No lo entiende —replicó, con una voz temblorosa y teñida de desesperación—. Esto no es propio de él. Necesita estar con gente, pero nadie ha vuelto a saber nada de él. Incluso el abogado que contrató para representarlo en su caso de demanda civil contra el Departamento de Policía es incapaz de localizarlo.

—¿Se refiere a Hiram Goldberg?

El tono de voz de Dominique cambió.

—No, no. Contrató a otro abogado para ese asunto. Es un especialista en casos de demandas civiles.

—¿Sigue viviendo el reverendo en el mismo apartamento que la policía registró hace unas semanas? —preguntó Samuel.

—Sí. Está en Bartlett cerca de la calle Veinticuatro en Mission. —Entonces la voz de Dominique adoptó un tono de ruego—. Por favor, haga algo.

—¿Tiene la llave del domicilio del predicador?

—Por supuesto que no. ¿Por qué iba a tener esa llave?

—Lo preguntaba por saber si había una manera fácil de entrar.

Samuel caviló por un momento y dijo:

—Vale, voy para allá ahora mismo, pero me debe una. Y yo siempre me cobro mis deudas.

—Y yo siempre pago las mías —respondió la dominatriz.

En cuanto Samuel llegó a la calle Mission, se subió al trolebús eléctrico que iba hasta el cruce con la calle Veinticuatro; dicho cruce era el mismo centro del distrito de Mission. Luego fue caminando hasta el apartamento de Schwartz, que estaba situado en el 300 de Bartlett, y subió hasta el tercer piso. Samuel llamó al timbre, pero no hubo respuesta. Tras llamar varias veces, bajó las escaleras y localizó a la casera, una mujer desaliñada de mediana edad con el pelo muy corto y gris, que llevaba un delantal sobre su descolorida bata de casa.

—Hace tres días que no sabemos nada de Dusty —le contó Samuel, como si fuera amigo del enano. Entonces decidió cambiar de táctica y mentir descaradamente—. Es uno de nuestros empleados y estamos preocupados por él.

—El sábado por la noche celebró una fiesta en su piso —respondió la casera—. Todo el mundo se largó a medianoche. Desde entonces, no lo he vuelto a ver.

—¿Podría abrirme la puerta de la casa de Dusty? —preguntó Samuel.

—Aunque se la abriera, si está puesta la cadena, no podrá entrar sin tener que romper algo. ¿Se va a responsabilizar de los posibles desperfectos?

—Por supuesto —contestó el reportero—. Además, si la puerta tiene echada la cadena, casi seguro que estará ahí, enfermo o herido. Merece la pena intentarlo.

Subieron al apartamento del tercer piso. El edificio estaba viejo, pero en buen estado. La moqueta gris clara de las escaleras era bastante cara y estaba muy bien cuidada, aunque había visto días mejores. En cuanto llegaron al apartamento, la casera insertó la llave maestra. La puerta se abrió fácilmente unos diez centímetros, justo la largura de la cadena, pero ahí se quedó.

—Lo siento, pero tengo que hacerlo —dijo Samuel.

Acto seguido, empujó con fuerza la puerta hasta que la cadena cedió y se soltó de su soporte, dejando un agujero en el marco.

Si bien el pasillo estaba a oscuras, había una luz encendida junto al sofá de la sala de estar. Aunque Samuel nunca había estado en ese apartamento, sabía cómo era, ya que Bernardi se lo había descrito. Pudo comprobar que el dueño tenía buen gusto y una posición económica desahogada. El mobiliario era de una calidad excelente, las acuarelas que colgaban de las paredes eran muy caras y las estanterías, que estaban repletas de una selección muy ecléctica de libros, eran de robusta caoba. Era obvio que al predicador le gustaba leer, como atestiguaba el hecho de que hubiera también más libros amontonados por todo el suelo. Asimismo, una impresionante colección de discos de larga duración se encontraba apilada junto al tocadiscos Thorens TD 124 y un amplificador McIntosh MA 230 nuevo. Cerca de la ventana, había un sillón de cuero de estilo inglés, con un batín tendido encima de su respaldo, y junto a este una luz para leer que estaba encendida. En el lado opuesto de la habitación, había un sofá de cuero del mismo color y estilo que el sillón, y delante de él una mesita de café.

Lo más interesante de todo es que ahí no había nada que indicase que se hubiera celebrado una fiesta hacía poco. No obstante, Samuel notó un extraño olor que provenía de detrás de una puerta cerrada, que daba a un pasillo que llevaba al dormitorio y el baño, que se hallaba justo delante de él.

Mientras se aproximaba a ella, tuvo un mal presentimiento. La abrió y exclamó:

—¡Ay, Dios mío!

El cuerpo del enano pendía del marco de la puerta de una de las habitaciones situadas al final del pasillo, tenía una soga alrededor del cuello. Bajo sus pies, había un taburete volcado.

A Samuel le costó un momento recuperarse del impacto, pero en cuanto lo hizo, se acercó corriendo al cuerpo, que estaba frío como el hielo. El hedor a putrefacción mezclado a la peste a excrementos era prácticamente insoportable. Sin pensarlo demasiado, le ordenó de inmediato a la casera que volviera a su apartamento y avisara a la policía. Acto seguido, descolgó un teléfono y llamó a Bernardi. Como se hallaba en una posible escena del crimen, sabía que no debía tocar nada con las manos desnudas; no obstante, decidió aprovecharse del hecho de que estaba solo para abrir, cubriéndose la mano con un pañuelo, todos los cajones que pudo ver en esa estancia que acababa de descubrir que era el dormitorio de un muerto. En uno de esos cajones, halló una carta dirigida a Schwartz enviada por alguien cuyo nombre no reconoció. La dirección de remite era un apartado de correos de El Paso, Texas. Mientras copiaba el nombre y la dirección en su cuaderno, se percató de que una de las paredes del dormitorio estaba repleta de fotografías enmarcadas en marcos muy caros, pero no pudo detenerse a examinarlas cuidadosamente, ya que bastante tenía con llevar a cabo ese registro furtivo.

En poco tiempo, Bernardi se presentó en la casa acompañado por un equipo de homicidios. El fotógrafo ya le había hecho un montón de fotos al cuerpo y al taburete volcado, y un miembro de la policía científica ya había retirado unas muestras de debajo del cuerpo, para cuando Cara Tortuga llegó; como siempre, con su bata blanca y un indescifrable semblante.

—Bueno, señor Hamilton, volvemos a vernos —dijo con un tono de voz monótono mientras contemplaba el cuerpo que colgaba de la soga—. Y solo han pasado unos días desde la última vez. ¿Este canalla no era uno de tus sospechosos?

—Sí, y sigue siéndolo —los interrumpió Bernardi—, pero ahora nos va a resultar más difícil cargarle algún muerto.

—Quizá decidió optar por la vía fácil, pues sabía que ibais detrás de su culo, por así decirlo —comentó el forense, esbozando una tenue sonrisa a ambos.

—No creo que se haya suicidado —aseveró Bernardi—. Es bastante probable que haya sido una muerte accidental. La única ropa que lleva puesta es una camiseta vieja. ¿Ve ese frasco de nitrato amílico? Está claro que inhaló eso y luego intentó asfixiarse lentamente mientras se masturbaba. Pero le salió el tiro por la culata, ya que el taburete al que estaba subido volcó y se ahorcó. No es la primera vez que veo una muerte como esta.

—Podría ser —replicó Cara Tortuga—. Algunos de mis ayudantes me han comentado que este año han pasado por el Hospital General unos cuantos casos similares que se han salvado por los pelos.

—Yo tengo una teoría distinta —aseveró Samuel—. A lo

mejor lo ha asesinado alguien que sabía que estábamos estrechando el cerco sobre el sospechoso, alguien que creía que la presión podría con él y que tal vez acabaría delatando a su cómplice. O, a lo mejor, todo esto es un montaje para que parezca que él era el culpable.

—A lo mejor —dijo el forense—. Bueno, buscaremos restos de semen. Ya sabéis que, haya sido un suicidio o un asesinato, habrá eyaculado al morir. Por cierto, toda la mierda que ven por aquí también procede de él.

A continuación, ordenó a un par de agentes que descolgaran el cadáver. Les llevó varios minutos, puesto que uno de ellos tenía que sostener el cuerpo mientras el otro cortaba la soga. En todo ese tiempo, Samuel procuró no mirar el rostro crispado de dolor del enano. Luego lo colocaron con suma delicadeza sobre una camilla, lo taparon con una manta y se lo llevaron. Después el equipo de Bernardi entró en el dormitorio, mientras Samuel se iba a la sala de estar y llamaba a Dominique para informarle de la muerte de su amigo. Sus lamentos apesadumbrados todavía resonaban en sus oídos mucho después de colgar el teléfono.

Entonces Bernardi lo llamó para que entrara en el dormitorio y viese las fotografías de la pared. En todas ellas, aparecían Marisol y Sara, y habían sido tomadas con un teleobjetivo.

—Al parecer, ese pervertido tenía montada aquí una especie de capilla —señaló el detective, furioso.

—Ese pobre desgraciado debía de estar loco por ellas —observó Samuel, a la vez que se acordaba de que había visto a Schwartz sentado en aquella cafetería desde la que vigilaba el apartamento de Marisol—. ¿Ves ese hueco que hay abajo a la izquierda? Da la impresión de que faltan algunas fotografías.

Entonces Samuel se acordó de la muñeca vudú impregnada de beleño que había visto en el camerino del predicador. Ese hombrecillo debía de sentirse terriblemente solo, pensó.

—¿Vistes alguna de estas fotografías cuando registraste esta casa por primera vez? —le preguntó a Bernardi.

—Joder, no. Si las hubiera visto, lo habría encerrado. Comprobar que ese cabrón tenía toda la pared forrada con un montón de fotografías de mi novia resulta muy perturbador.

—Al menos, ella sigue con nosotros en este mundo. Pero me preocupa mucho que aquí haya fotos de Sara. ¿Eso qué querrá decir?

—¿Quién crees que sale en las fotografías que faltan, Sara o Marisol, o ambas? —inquirió Samuel.

—No tengo ni idea —respondió Bernardi—. Este caso se complica más y más. —En ese instante, llamó a un agente para que se acercara—. Saque unas fotografías de esos huecos y tómeles las medidas, para que sepamos qué tamaño deberían tener los marcos que encajaban ahí.

—Quiero que me escuches atentamente, Bruno —le pidió Samuel—. Diles a tus chicos que busquen una salida trasera, así como huellas y cualquier costa que parezca fuera de lo normal. La muerte de este tipo me da muy mala espina.

—No crees que fuera un accidente, ¿eh? —replicó Bernardi.

—¿Ves ese rasponazo en la pata del taburete? Tal vez eso indique que alguien le dio una patada —le explicó Samuel—. Y me apuesto lo que quieras a que no halláis ninguna huella en el frasco de nitrato amílico.

—¿No crees que para hacer algo así delante de otra persona el enano tendría que haber tenido mucha confianza con ella? —respondió Bernardi—. Además, ¿hay alguna manera de que podamos averiguar quién estaba en esa fiesta el sábado por la noche?

—Quizá la respuesta a ese enigma la tenga... Dominique.

—¿De veras lo crees posible? —preguntó Bernardi.

—Fue ella quien me llamó para avisarme de que el enano había desaparecido.

—¿Piensas que podría ser la asesina?

—Aún no lo sé —respondió Samuel—. Pero tengo que hablar con ella y me va a dar unas respuestas claras.

—¿Como las que me dio a mí cuando la interrogué?

—No, unas realmente claras —contestó Samuel—. Ya hemos oído demasiadas gilipolleces.

Fueron a la cocina; varios vasos y platos se encontraban colocados en un escurridor situado a un lado del fregadero. También había un montón de cubiertos esparcidos sobre un trapo de cocina. El cubo de la basura, que se hallaba bajo el fregadero, estaba vacío. Bernardi llamó a uno de los técnicos.

—Mire a ver qué puede sacar de todo esto. Si Samuel está en lo cierto, alguien se habrá cerciorado de que no haya ni una sola huella en todo lo que se encuentre en este lugar. —Entonces, se volvió hacia Samuel—. Cuando este hombre acabe con lo que está haciendo, ve con él a echar un vistazo a la escalera de atrás. Pero ten cuidado y no contamines ninguna posible evidencia.

Después de que el técnico acabara con su tarea en la cocina, Samuel le indicó con una seña que lo siguiera hasta la puerta de atrás y el porche trasero. Acto seguido, lo guió hasta la escalera, que estaba hecha de una madera robusta y pintada de verde. Samuel se limitó a observar cómo aquel hombre hacía su trabajo.

—Llama la atención que la puerta trasera no estuviera cerrada con llave y que no haya huellas ni en la puerta ni en el interruptor de la luz —le indicó—. ¿Tomará nota de lo que le estoy comentando?

El técnico aceptó la sugerencia.

—¿Qué es lo que está buscando, señor Hamilton?

—Cualquier cosa, cualquiera; una huella, una pisada, ¿quién coño lo sabe?

El técnico hizo una foto a ese interruptor de la luz y luego se metió la bombilla quemada del flash en el bolsillo del mandil.

—Supongo que casi todo el mundo utiliza esta escalera por las noches.

—Es probable. Da la impresión de que suelen salir por aquí sobre todo para echar la basura, ya que los cubos están en la calle Fern, al otro lado de la valla situada en la parte de atrás del edificio.

Samuel se apartó a un lado y el técnico bajó lentamente unos cuantos peldaños, hasta que, súbitamente, el periodista lo agarró del brazo.

—Espere —le dijo, señalando un hilo beige que estaba enganchado a un clavo—. ¿Ve eso de ahí? Hágale una foto y luego guárdelo. ¿Hay alguna manera de que pueda decirme de qué está hecho y de dónde ha salido?

—Claro, tenemos gente capaz de hacer algo así —respondió el técnico—. Es solo una mera cuestión de compararlo, bajo el microscopio, con otra serie de hilos, cuya procedencia ya conocemos.

—Bernardi estará orgulloso de usted —le aseguró Samuel con una sonrisa.

Al final de esa escalera, había una puerta trasera que también estaba pintada con el mismo color verde.

—Seguro que tampoco encuentro huellas en esa puerta —afirmó el técnico.

—Eso no importa. De todos modos, búsquelas, a ver qué pasa —replicó Samuel—. Si no hay ninguna, eso reforzará mi teoría de que alguien, un hombre o una mujer, lo limpió todo antes de largarse.

En cuanto el técnico concluyó su labor, ambos se adentraron en el callejón Orange, donde Samuel procedió a identificar cuáles eran los cubos de basura que pertenecían al edificio de apartamentos donde vivía el enano. El técnico halló huellas en todos menos uno. Samuel levantó sus tapas, valiéndose de un palo, y echó un vistazo a cada uno de esos cubos vacíos.

—Me parece que ya han pasado a recoger la basura —comentó Samuel—. Me pregunto adónde se lo habrán llevado todo.

—Lamento decirle que será casi imposible localizarlo —dijo el técnico—. Lo hemos intentado en otras ocasiones, en las que además sabíamos qué estábamos buscando, y no hubo manera.

Después de que hubieran registrado con sumo cuidado la zona, volvieron al interior del edificio y se encontraron con Bernardi en la cocina.

—¿Y bien? —inquirió Bernardi.

—Prácticamente, no hemos encontrado huellas —respondió Samuel—. También hemos dado con un hilo. Parece de lana. Además, se han llevado la basura, así que nos hemos quedado sin pistas. —Negó con la cabeza—. Aunque eso no importa demasiado. No sé con quién nos enfrentamos, pero es demasiado listo como para dejar alguna evidencia que lo inculpe.

—No tengo tan claro que se la hayan jugado, tal y como tú crees, Samuel. He investigado muertes similares en otras ocasiones y, en todos los casos, se trató de un desgraciado accidente provocado por la propia víctima.

—No me estás escuchando, Bruno —le reprochó Samuel—. No había huellas ni en el frasco ni en ningún otro lugar del apartamento donde debería haberlas. ¿Y qué pasa con el rasponazo del taburete? Además, el enano tenía suficiente experiencia con este tipo de prácticas como para haberla palmado de manera accidental. Por otro lado, también tenemos esa carta cuya dirección de remite es un apartado de correos de El Paso y todas esas fotografías de su dormitorio en las que aparecen Sara y Marisol. Nada de eso estaba aquí cuando llevaste a cabo el registro. ¿Recuerdas?

—Eso quiere decir que la vez anterior alguien del Departamento de Policía le chivó que veníamos.

—A eso voy, Bruno. Si no creyera que tenía algo que ocultar sobre Sara, no habría quitado sus fotos. Podemos usar el mismo razonamiento para justificar que escondiera la carta.

—Entonces, ¿por qué escondió las fotos de Marisol?

—Por el amor de Dios —contestó Samuel, poniendo los ojos en blanco—. ¿Qué habrías hecho si hubieras descubierto esas fotos de tu novia colgadas en esa pared? Lo habrías encerrado sin pensarlo dos veces.

—¿Y qué pasa con esa carta que has encontrado en un cajón? —lo interrogó Bernardi.

No sé qué pensar aún al respecto —respondió Samuel.

—Bueno, tendré que darle vueltas al tema, aunque tarde o temprano tendremos que enviar a alguien a El Paso para investigar.

—Iré yo —replicó Samuel.

—¿Estás seguro? ¿De veras crees que esa carta es la pista que debemos seguir?

—Creo que Dominique es la pista que debemos seguir, así que voy a verla. En cuanto acabe, te informaré de todo.

Dominique estaba sentada en el borde del sofá, en ese cuarto que había sido tan acogedor en el pasado. Los focos que hasta hacía poco iluminaban las estatuas de sus muchas diosas, en ese momento, enfocaban unos espacios vacíos en el suelo, acentuando así aún más la sensación de vacuidad que transmitía la habitación. No se había molestado en arreglarse, a pesar de que sabía que Samuel iba a ir a verla. Tenía un aspecto demacrado y daba la sensación de que no había dormido desde hacía días. Llevaba el pelo despeinado, tenía unas profundas ojeras y no se había maquillado, lo cual resaltaba aún más la cicatriz de quemadura de su cara. Samuel pensó que tenía el mismo aspecto que una actriz que se estaba preparando para desempeñar un papel en una película de terror.

—Sé que está sufriendo mucho, Dominique —le dijo Samuel—, pero he cumplido con mi parte del trato y ahora le toca a usted. Le voy a explicar por qué me muestro tan directo e insistente: porque creo que su amigo Dusty ha sido asesinado por alguien que quizá también sea responsable de la muerte de Octavio y de la desaparición de Sara.

La dominatriz cogió un pañuelo de papel, se secó las lágrimas y se sonó la nariz.

—Vale —replicó, hablando lentamente—. Le contaré todo cuanto sé.

Samuel sacó su cuaderno y se sentó.

—Pero esto es solo entre usted y yo, ¿vale? —le imploró Dominique.

Melba alzó la vista del montón de facturas que tenía delante de ella, sobre la Tabla Redonda de roble, y apagó su Lucky Strike en el cenicero. Llevaba unas gafas gruesas, como las del señor Song, que Samuel nunca le había visto puestas. Justo cuando se lo iba a comentar, Melba empezó a hablar:

—Estás hecho una mierda, Samuel. Ha debido de ser una noche muy dura —le comentó.

—Sí, bastante mala, Melba. —Acto seguido, el reportero se dejó caer en la silla que se hallaba más cerca de ella. Le contó que Dusty había fallecido y cómo había muerto, y que, como consecuencia de todo eso, tenía la sensación de que la investigación no estaba yendo a ninguna parte—. Y eso no es lo peor —añadió.

Entonces, Melba se volvió hacia el barman que se encontraba a sus espaldas.

—Prepárale un whisky doble con hielo a mi joven amigo.

—No he venido a verte para contarte esto y echar un trago, Melba.

Melba se volvió de nuevo, al mismo tiempo que se quitaba esas gruesas gafas.

—Este chico necesita realmente ahogar sus penas en alcohol. Que sean dos whiskys dobles con hielo.

—La verdadera razón por la que he venido es para ver si me puedes prestar doscientos dólares —le pidió Samuel, totalmente ruborizado y con la mirada clavada en el suelo.

—¿Tan mal está la cosa?

—He de hacer un viaje, y mi jefe está muy cabreado conmigo porque, según él, he invertido mucho tiempo en esta noticia sin obtener ningún resultado, así que me ha dejado en pelotas, en términos de dinero, ya me entiendes.

—Así que ya no tienes una flamante cuenta de gastos de la que tirar, ¿eh? Un duro golpe para un manirroto como tú.

—Sí, ya sabes cómo me gusta derrochar; además, no podría haberme pasado en peor momento. Dominique me ha proporcionado una información increíble. Pero, para poder confirmarla, tengo que ir a El Paso. —A continuación, le contó lo que la bruja le había explicado en confianza—. Te lo prometo, Melba, te devolveré el dinero en cuanto pueda.

—No me preocupa el dinero, porque sé que siempre me lo devuelves, Samuel —le dijo—. Te voy a ayudar. Y ya que vas a viajar por ahí para investigar este caso, te voy a dar un par de ideas que creo que deberías llevar a la práctica.

Melba alzó su botellín de cerveza y le dio un golpecito al vaso de tubo de Samuel.

14

JUÁREZ

Samuel se encontraba en el lado de Juárez de la frontera entre México y Estados Unidos, desde donde observaba de puntillas cómo una muchedumbre compuesta en su mayoría por trabajadores mexicanos cruzaba el puente de hierro, que se alzaba sobre el Río Grande, para ir a El Paso, Texas. Eran centenares: empleadas de hogar, jornaleros con sus típicos sombreros de paja, incluso niños que llevaban libros bajo los brazos porque se dirigían a un colegio americano, donde podrían disfrutar de una educación mejor y aprender inglés, para poder así obtener un trabajo mejor pagado en el futuro.

Al final, pudo divisar a Nereyda que venía hacia él, abriéndose paso como podía mientras avanzaba en dirección contraria a la multitud. Era más alta y de piel más clara, e iba vestida mejor que la mayoría de la gente que iba de aquí para allá presurosa. En cuanto lo alcanzó, le sonrió y le dio un afectuoso abrazo.

—Hacía mucho que no te veía, gringo —le dijo.

—Gracias por venir y por hacer esto por mí —replicó Samuel, que iba vestido con una chaqueta de sport caqui, una camisa de madrás y mocasines marrones, que ahora estaban cubiertos de polvo—. ¿Ha habido suerte? —preguntó.

—Sí, claro —respondió—. He averiguado dónde vive Daphne Alcatrás. ¿Sabes algo sobre ella?

—Pues no mucho. Así que cuéntame.

—Tiene un pasado muy interesante.

—Dominique me contó un poco al respecto cuando le comenté que había encontrado una carta enviada desde El Paso. Dime, ¿qué más has descubierto?

—Por Dios, Samuel, he hecho un descubrimiento asombroso y parece que te da totalmente igual.

—No es que no me interese, pero no es lo que estoy buscando.

—Pues te lo voy a contar de todos modos. Al parecer, Daphne fue una prostituta muy famosa. De joven, era una de las principales atracciones del prostíbulo. El tal Dusty Schwartz era su hijo. Se quedó embarazada de manera inesperada. Por fortuna para él, el padre era un médico rico que vivía en el lado de El Paso de la frontera y corrió con todos los gastos de la educación del muchacho. Pero, según mi fuente, aparte de eso, no tuvo mucha más relación con su hijo.

—¿Has descubierto dónde vive esa mujer?

—Eso es lo que me pediste que hiciera, Samuel, y yo nunca dejo a un amigo en la estacada. Tenemos que coger un taxi para llegar a su casa, pero recuerda que, cuando estemos con ella, no podrás sacar a relucir su pasado. Dejó esa profesión hace mucho tiempo y ahora vive una vida tranquila.

La parte principal de la carrocería del taxi estaba pintada de azul y la parte superior de verde; no obstante, tenía amplias zonas pintadas de gris por culpa de las reparaciones a las que había sido sometido tras sufrir varias abolladuras. Nereyda le contó a Samuel que el tráfico en esa floreciente metrópolis era tan disparatado que a nadie le importaba repintar su coche, ya que era bastante probable que volviera a sufrir alguna abolladura de inmediato.

En cuanto se subieron al taxi, Nereyda le dijo al taxista en español la dirección a la que querían ir:

—Llévenos al 213 de la avenida de las Alamedas, por favor.

—Sí, señorita —replicó el conductor, el cual se había quedado tan impresionado con su belleza que intentó volver a mirarla por el espejo retrovisor. El taxista se mostró muy parlanchín mientras recorría rápidamente esas calles secundarias cubiertas de arena, manteniendo siempre un ojo en la carretera y el otro en el retrovisor.

La avenida de las Alamedas se encontraba repleta de álamos a ambos lados, cuyas hojas de un verde deslumbrante proporcionaban una sombra realmente necesaria, en esa parte tan bochornosa y polvorienta de la ciudad. Después de que el taxi se detuviera delante de la casa, Samuel pagó al conductor y ambos se bajaron del taxi.

—Este debe de ser un barrio muy exclusivo —comentó el periodista, mientras señalaba la acera, un lujo nada habitual en la mayoría de los barrios que no se encontraban en el centro de la ciudad.

—Las chicas de la calle a veces pueden llegar a ganarse muy decentemente la vida —afirmó Nereyda—, sobre todo si se llaman Daphne.

—Has dicho que ya no ejerce esa profesión —replicó Samuel, alzando una ceja inquisitivamente.

—Debería darte vergüenza, Samuel. Creía que habías venido a Juárez a tratar un asunto muy serio, no a hablar de tonterías.

Samuel se ruborizó y bajó la vista para evitar la mirada burlona de Nereyda.

—Solo lo pregunto por curiosidad, no porque sea un reprimido sexual —se excusó.

—Solo estoy bromeando, Samuel. De verdad creo que está retirada, pero no lo sé a ciencia cierta. ¿Quieres que lo investigue?

—No. Hablemos con ella.

Recorrieron el sendero que llevaba a la casa: este pasaba

junto a diversos conjuntos de cactus y unas pocas parcelas colocadas alrededor de un patio repleto de flores de colores brillantes. Llamaron a una robusta puerta de madera y, acto seguido, una anciana mexicana que llevaba un delantal blanco la abrió.

—¿*Está la señora Alcatrás?* —preguntó amablemente Nereyda en español.

—¿*De parte de quién?*

—*Del señor Hamilton y de Nereyda López.*

—*Pasen, la señora les está esperando.*

Los acompañó hasta una sala de estar donde había un sofá de color azul pálido cubierto con un plástico. En la pared situada detrás de él, había un cuadro enorme de la Virgen de Guadalupe; en una esquina, una pequeña televisión y, junto a ella, una radio dos veces más grande que el televisor. La anciana les indicó que se sentaran, se marchó y cerró la puerta tras ella.

Unos minutos después, la puerta se abrió despacio y Samuel se puso en pie para saludar a la mujer que entraba por ella. Entonces, bajó la mirada y vio a una mujer de unos cincuenta y pico años. Daphne tenía una nariz respingona e iba vestida de manera elegante, aunque no muy apropiada para la ocasión, con un vestido de noche verde de seda. Sostenía un cigarrillo encendido en una boquilla de treinta centímetros de longitud y llevaba unas gafas que pendían de una cadena de plata que le colgaba del cuello, la cual reposaba sobre un escote muy visible y generoso. Tenía el pelo teñido de un color rojo cobrizo y sus ojos eran tan azules como los de su difunto hijo. Ella también era enana.

Samuel pensó que, si realmente sus servicios habían sido tan demandados como afirmaba Nereyda, debía de compensar las carencias de su cuerpo tremendamente deforme con su experiencia en la cama y sus artes de seducción.

—Hola, señor Hamilton —les dijo en un inglés con fuerte acento mexicano—. Tengo entendido que me ha estado buscando. Por favor, siéntese y dígame qué puedo hacer por usted.

—Le presento a la señorita Nereyda López —replicó Samuel—. Ella es quien me ha ayudado a encontrarla. En primer lugar, permítame decirle cuánto lamento el fallecimiento de su hijo.

Mientras Daphne asentía con la cabeza, Samuel se percató de que su expresión inescrutable no varió ni un ápice y de que ni una lágrima se asomó a sus ojos.

—Gracias por sus condolencias —contestó—. Era demasiado joven para morir, pero, ahora, está en manos de Dios.

Entonces agachó su enorme cabeza y dio unos golpecitos en el cenicero con el cigarrillo que tenía metido en esa larga boquilla, para quitarle la ceniza.

—¿Me permite preguntarles si usted y *la señorita López* mantienen una relación amorosa? Solo quiero dejar las cosas claras.

Tanto Nereyda como Samuel se ruborizaron por distintas razones y lo negaron rotundamente sacudiendo la cabeza.

—¿Les apetece tomar un té? —inquirió Daphne.

—Sí, gracias —contestó Nereyda.

Daphne llamó a la doncella en español. Unos minutos más tarde, mientras charlaban sobre cosas sin mucha trascendencia, la anciana sirvienta apareció con una bandeja en la que llevaba un refinado juego de té de plata y unas delicadas tazas de porcelana. La señora de la casa sirvió el té y les ofreció unos pastelitos que se encontraban en otra bandeja aparte.

—Sé que se está preguntando por qué he venido a verla, *señora* —dijo Samuel, quien sopló en el té para intentar enfriarlo.

—Me hago una idea del porqué, señor Hamilton.

—Tengo que hablar con Sara Obregón. Sé que está con usted.

—Eso no es del todo cierto. Vive cerca, pero realmente no vive conmigo, como usted afirma. ¿Qué quiere de ella?

—Desapareció de San Francisco sin decir nada a su familia ni a nadie. Sus familiares están desesperados por saber qué ha sido de ella. No he contactado con la policía ni con ninguna otra autoridad porque Dominique me aseguró que usted me ayudaría.

—Entiendo. Pero tendrá que volver mañana. No puedo hablar en su nombre, así que tendré que preguntarle a Sara si quiere verlo. Si responde que sí, estará aquí cuando ustedes lleguen. ¿Les parece bien que quedemos a las cuatro de la tarde?

—Gracias, *señora* Alcatrás. Hasta mañana, entonces.

—Espero que encuentre lo que busca —dijo Daphne, a la vez que apagaba el cigarrillo en el cenicero. Se dejó caer del sofá para llegar al suelo y trazó un amplio arco en el aire con su brazo para señalarles la puerta principal, hasta la cual los acompañó—. Gracias por venir, señor Hamilton, y a usted también *señorita* López.

Cuando regresaron al día siguiente, la anciana sirvienta los recibió de nuevo y les indicó que entraran. Unos minutos después, Daphne apareció vestida esta vez con un vestido de noche largo de color azul cielo, que habría sido más adecuado para un baile de disfraces y que parecía totalmente fuera de lugar en un barrio residencial de Juárez.

En cuanto estuvieron todos sentados cómodamente alrededor de la mesita de café de aquella pequeña sala de estar, Daphne hizo un gesto de asentimiento a la anciana sirvienta, quien abandonó la habitación momentáneamente y regresó después con un bebé en los brazos. Tras ella, apareció una joven vestida con una camiseta y unos vaqueros. Samuel la reconoció inmediatamente. Se trataba de Sara Obregón, la cual era más guapa en persona de lo que esperaba.

—Esta es Sara y este, mi único nieto —dijo Daphne, henchida de orgullo.

Samuel no sabía por dónde empezar. No le quitaba los ojos de encima a ese niño que sostenía la anciana sirvienta en sus brazos. A pesar de lo que acababa de decir Daphne, no pudo evitar pensar de inmediato en esa fotografía de Octavio, que había visto en su día en la oficina de la patrulla fronteriza de Arizona. El bebé se parecía muchísimo a ese joven fallecido.

—Tus padres están tremendamente preocupados, Sara —la regañó Samuel cuando por fin fue capaz de articular palabra.

—Lo sé —respondió—. Te lo explicaré todo un poco más tarde. Ahora mismo, quiero que conozcas a Raymundo Schwartz, mi hijo. ¿A que es una monada?

—Sí que lo es —contestó Nereyda, melancólicamente—. ¿Puedo cogerlo?

Sara le quitó el bebé a la anciana y se lo entregó con gran delicadeza a Nereyda, que lo arrulló en español.

En ese instante, Samuel se volvió hacia Daphne.

—¿Podemos hablar a solas con Sara?

Daphne le hizo un gesto a la anciana sirvienta y ambas abandonaron la estancia, cerrando la puerta tras de sí.

Samuel aguardó unos segundos y, acto seguido, apoyó una oreja sobre la puerta, para cerciorarse de que nadie estaba escuchando tras ella.

—Tengo que hacerte muchas preguntas, Sara, y necesito que me des respuestas sinceras.

—No te preocupes. Te lo voy a contar todo —replicó Sara, suspirando de alivio, pues por fin iba a poder contar su versión de la historia. Entonces bajó la voz tanto que prácticamente fue un susurro—. Pero no quiero que ni tú ni nadie repita delante de la abuela lo que voy contar. ¿Entendido?

—Lo entendí en cuanto vi al bebé —respondió Samuel.

—Cree que este bebé es de su hijo y la verdad es que cabía la posibilidad de que lo fuera, por eso dejé que el predicador me enviara aquí. Pero estoy contenta de que el niño sea de Octavio y de que sea normal.

—Acerté en lo de que tenías un lío con el reverendo —afirmó Samuel.

—Por desgracia, así fue. Pero no lo hice libremente, sino que él me obligó.

—Ya, suponía que era eso lo que había pasado —aseveró Samuel.

—Es cierto que me preocupaba que me hubiera quedado embarazada del predicador, pero esa no fue la única razón por la que me marché de San Francisco. También me preocupaba que, aunque el niño fuera de Octavio, pudiera ser deforme o retrasado.

—¿Qué quieres decir? —inquirió Nereyda.

—Después de que empezara a salir con Octavio, de iniciar nuestras relaciones amorosas, ya me entendéis, mi padre me advirtió de que no debía seguir con esa relación y me contó que Octavio era mi hermano.

—¿Qué? —gritó Samuel—. ¿Y eso cómo puede ser?

Sara suspiró.

—Cuando mi padre era joven, antes de que cortejara a mi madre, tuvo un hijo con una mujer en México. Ese bebé era Octavio. Después de casarse con mi madre, ambos se fueron a Estados Unidos. Nunca se pudo imaginar que su hijo podría acabar viviendo en la misma ciudad ni que acabaría saliendo con una de sus hijas. Me lo contó todo solo cuando comprobó que íbamos en serio e imaginó cuál iba a ser el desenlace inevitable, pero eso no me detuvo. No obstante, cuando me quedé embarazada, temí por la salud del niño.

Si bien, en un principio, Samuel se quedó pasmado ante tanta coincidencia, pronto se dio cuenta de que en el pequeño y cerrado mundo de los inmigrantes mexicanos era perfectamente posible que sucediera algo así. Entonces recordó fugazmente la discusión que había mantenido con Bernardi sobre el incesto, aunque ellos habían pensado en todo momento en el que se da entre padre e hija; nunca se imaginaron que en este caso pudiera darse entre un hermano y una hermana.

Tras un momento de silencio, dijo:

—Cuéntame cómo acabaste liada con el reverendo. Tengo entendido que los líderes de los sindicatos le envían muchas chicas a su camerino. ¿Fuiste una de esas muchachas?

—Qué va.

—Yo mismo vi cómo varias de esas chicas iban a hacerle una visita al camerino. No me podía creer que realmente lo encontraran atractivo —aseguró Samuel.

—A mí no me atraía en absoluto. Me gustaba lo que decía sobre la religión, por eso empecé a ir a su iglesia. En cuanto me enteré de que estaba manteniendo una relación amorosa con mi propio hermano, fui a hablar con el reverendo sobre el tema y, mientras estaba ahí, me ofreció un té. Después, ya no recuerdo nada —les explicó con una voz cada vez más teñida de rabia—, salvo que él estaba encima de mí y que yo estaba demasiado drogada como para resistirme. Luego no me bajó la regla. Me puse histérica y lo amenacé con llamar a la policía, aunque creo que jamás hubiera llegado a hacerlo. La vergüenza que hubiera conllevado haber sido violada habría sido más de lo que yo o mi familia habríamos podido soportar. Por no hablar de que tenía que asegurarme de que Octavio no lo descubriera, porque si no, lo habría matado.

»En cuanto por fin pude confirmar que estaba embarazada, me sentí aterrorizada porque no quería tener un niño deforme, ya fuera del enano o de mi propio hermano. Ya sabéis, en el colegio nos advierten sobre estas cosas que pasan cuando se tienen hijos entre parientes. Y aunque intenté deshacerme del bebé, la cosa no funcionó.

—¿Cuándo decidiste que ibas a venir aquí? —la interrogó Samuel.

—El predicador intentó calmarme ofreciéndome la posibilidad de enviarme a vivir con su madre, que vivía en Juárez, donde podría tener el bebé. Me convenció de que nadie lo sabría jamás. Esa fue la única salida que encontré a mi problema. Pero como no se lo podía contar a nadie, me marché de San Francisco sin más.

—Has debido de pasar todo un infierno, Sara —afirmó Nereyda—. Ese reverendo era un auténtico pervertido y un manipulador muy astuto.

—Lo siento mucho, Sara—dijo Samuel—. Lo que te ha pasado me parece increíble. Pero ahora que sabemos que estás sana y salva, tengo que hacerte unas cuantas preguntas sobre Dominique. Sabes de quién estoy hablando, ¿verdad?

—Sí, conozco a esa zorra —contestó.

—¿Es verdad que te dio algo para poner fin a tu embarazo?

—¿Cómo lo has averiguado?

—Según ella, era un remedio que te dio para curarte las náuseas, pero no la creímos.

—No me «dio» nada. Me «vendió» una poción y me dijo que, si la tomaba, mi problema quedaría resuelto, es decir, que abortaría. Pero cuando me la tomé, lo único que hizo fue ponerme aún más enferma. Me cagué de miedo y me deshice de su contenido. Aunque guardé el sobre, a modo de prueba, por si acaso, en realidad, me había envenenado.

—¿No confiabas en ella?

—No, joder. Era amiga del reverendo. Creo que habría hecho cualquier cosa con tal de protegerlo.

—Tu testimonio podría ser muy importante si decides volver alguna vez a San Francisco.

—¿Qué quieres decir con eso de si alguna vez decido volver a San Francisco? —preguntó, presa de la confusión—. Eso es, precisamente, lo que pretendo hacer. —Una vez más su voz se transformó en un susurro, pues no quería que nadie que pudiera estar escuchando desde detrás de la puerta la oyera—. Aunque todavía no he reunido el valor necesario para escribirle a Octavio —prosiguió diciendo mientras se le iba quebrando la voz—, pero ponto volveré porque quiero que volvamos a estar juntos y que conozca a nuestro niño, ahora que sabemos que el bebé es normal y que está claro que Octavio es su padre.

—Entonces, ¿no lo sabes? —preguntó Samuel, lanzándole una mirada inquisitiva.

—¿El qué?

—Que Octavio ha sido asesinado.

En cuanto esas palabras abandonaron su boca y Sara profirió un grito ahogado, Samuel se dio cuenta de que había cometido un gran error al mencionar, de manera tan precipitada, que Octavio había muerto. Contempló consternado cómo cambiaba su expresión, casi a cámara lenta, cómo pasaba de ser una madre feliz a una afligida amante destrozada por el horror. Samuel nunca olvidaría lo que sucedió a continuación: la muchacha se desplomó entre gimoteos y lamentaciones.

Daphne y la anciana irrumpieron rápidamente en la habitación con la mirada encendida, pues creían que algo terrible le había sucedido al niño.

Sara estaba agachada en el suelo gritando, mientras Nereyda, que acababa de dejar al bebé sobre el sofá, se encontraba de rodillas junto a ella intentando reconfortarla, mientras la chica seguía chillando con toda su alma.

—*¿Qué ha pasado, hija mía?* —gritó Daphne en español extendiendo sus cortos brazos—. *¿Le han hecho algo al bebé?*

—*No, abuela, no ha pasado nada de eso* —chilló Sara—. *Me acaban de decir que alguien ha matado a mi hermano.*

Al instante, Daphne miró desconcertada a Samuel.

—No sabía que tuviera un hermano.

—Pues así es. Eran uña y carne. He tenido que contarle que lo han asesinado. Lo siento mucho.

—Debe de haber sido algún lío de drogas —aseveró la preocupada abuela, al mismo tiempo que la vieja criada y Nereyda sacaban de la habitación a Sara, que seguía sollozando—. Ya saben que la gente joven tiene muchos problemas con ellas en esa sociedad de locos que existe al otro lado de la frontera.

—Ahora mismo, no sabemos quién lo hizo ni por qué —afirmó Samuel, que todavía se sentía angustiado por lo que había hecho—. Esa es otra de las razones por las que quería hablar con usted.

Daphne se sintió desconcertada y negó con la cabeza.

—¿Cómo cree que voy a poder ayudarlo en un asunto tan horrible? —replicó.

—No quiero que me dé nombres de posibles sospechosos. Solo quiero que me diga si alguien, que no fuera su hijo, ha contactado con usted para preguntarle por Sara durante el tiempo que ella lleva aquí con usted.

—Nadie, aparte de mi hijo y de esa mujer llamada Dominique. Pero eso ya lo sabe, porque fue ella quien le dijo dónde podía encontrar a Sara.

—¿Sara le ha comentado si se marchó de San Francisco para huir de alguien más?

Daphne entornó los ojos y colocó otro cigarrillo en su larga boquilla, mientras cavilaba sobre si debía o no revelar ese secreto de Sara. Encendió el cigarrillo, le dio una fuerte calada y lanzó el humo en dirección a Samuel, quien lo inhaló contento. El reportero también necesitaba un pitillo y lo único que podía hacer para evitar pedírselo era disfrutar como podía de ese humo.

—No recuerdo que mencionara a nadie más, aparte de su familia—respondió por fin—. Pero sí me ha comentado que sintió una terrible vergüenza al saber que estaba embarazada.

Nereyda y Samuel se encontraban en un restaurante con vistas al río en el lado de la frontera de El Paso. A través de la ventana situada junto a la mesa, podían ver el puente donde habían quedado aquella mañana. En aquel momento estaba vacío y el río relucía bajo la luz de la luna. En la otra orilla del Río Grande, se encontraba la caótica ciudad de Juárez. Samuel pudo comprobar que, a pesar de que triplicaba o cuadriplicaba en tamaño a El Paso, ninguno de sus edificios sobrepasaba las dos plantas de altura.

—A esa pobre chica casi le da un ataque —comentó Nereyda, al mismo tiempo que se colocaba la servilleta blanca sobre el regazo.

—Sí. Se lo ha tomado bastante mal —replicó Samuel, mientras removía con un dedo los cubitos de hielo de su whisky—. Creía que ya sabía que Octavio había muerto. Solo me di cuenta de que no lo sabía cuando dijo que iba a volver a San Francisco para estar con él.

—No ha sido culpa tuya. No podías saber cómo iba a reaccionar.

—Amaba a ese chico y se moría de ganas de estar con él, pero entonces a mí se me ha ocurrido abrir la bocaza... —dijo Samuel, mientras contemplaba apesadumbrado el serio rostro de Nereyda.

—¿Es que no ves que eso da igual? —le espetó Nereyda—. Aunque no se lo hubieras contado, lo habría descubierto tarde o temprano. Solo le has contado la triste verdad antes que nadie.

Entonces le dio unas palmaditas en las manos, que tenía unidas para sostener la bebida cerca del pecho.

—Deja que me explaye —le pidió Samuel, enderezándose en la silla—. Encontrarla y saber que está bien ha sido un gran alivio. Hemos resuelto una parte del rompecabezas, pero esto también demuestra que solo teníamos la razón a medias sobre lo que estaba ocurriendo. La muerte de Octavio sigue siendo un misterio, al igual que la del enano.

—¿Nada de lo que has descubierto aquí puede ayudarte en ese sentido?

—Confirmar que sigue viva ha sido muy importante. Pero, aparte de eso, no tengo las cosas nada claras. No cabe duda de que íbamos en la dirección equivocada, así que hay que cambiar de rumbo.

Nereyda asintió.

—Bueno, lamento estar dándole vueltas a este tema precisamente ahora —se disculpó Samuel, sonriéndole—. En fin, dime, ¿cómo te van las cosas?

—No hay mucho que contar. Sigo con lo mismo —respondió, soltando un suspiro—. Ojalá pudiera romper con la rutina, pero siempre pasa algo que lo impide.

—¿No te has planteado la posibilidad de cambiar de aires? —inquirió, inclinándose hacia ella—. Podrías venir a California. Ahí hay muchos inmigrantes que trabajan en granjas y campos como peones y braceros, que necesitan la misma ayuda que tú facilitas aquí. Además, es un lugar al que la gente suele escapar..., un lugar para empezar de nuevo. Eso mismo hice yo y, créeme, no soy el único. No se la llama «la nueva frontera» por nada.

—Como no he tenido una vida nada fácil, me lo he planteado más de una vez —contestó—. Pero no creo que uno deba huir de los problemas, pues lo acaban siguiendo dondequiera que vaya. Prefiero quedarme e intentar resolverlos allá donde estoy.

—Me sorprende oírte decir eso —afirmó Samuel, arqueando una ceja—. Por lo que me contaste la primera vez que nos conocimos, creía que habías tenido una infancia perfecta.

—Hay una parte de mi vida de la que no te hablé, pero será mejor que lo dejemos para otra ocasión —replicó Nereyda, con un tono de voz sumamente sereno, y Samuel fue consciente al instante de que esa puerta a esa faceta de su vida estaba cerrada de momento.

Así que se limitó a asentir y preguntarse si él sería capaz de mostrar la misma determinación a la hora de enfrentarse con sus demonios. Aunque, debía reconocer que, en ese momento, tenía miedo de dar un paso en falso.

15

EL LADO OSCURO DE NORTH BEACH

—Eso sí que no me lo esperaba —dijo Bernardi en cuanto Samuel le contó que Sara y Octavio estaban emparentados—. ¿Crees que fue eso lo que llevó a Schwartz a asesinar a ese joven?

—No lo creo —contestó Samuel—. Además, el enano también ha acabado palmando, aunque no lo hayas aceptado aún. Así que debe de haber algo que se nos ha pasado por alto desde el principio. He estado repasando todos los detalles una y otra vez desde que hablé con Sara en Juárez.

—¿Cuándo va a regresar Sara? Me gustaría hablar con ella.

—Debería estar aquí en una semana o algo así. Mientras tanto, me voy a North Beach.

—¿Por qué? —preguntó Bernardi.

—Dominique me contó que el reverendo pasaba mucho tiempo con los beatniks y ese es su territorio. Si descubro cuáles eran los antros que frecuentaba, tal vez pueda dar con alguien que estuvo en esa fiesta la noche que murió.

A sugerencia de Melba, el primer sitio que visitó Samuel fue Vesuvio's, un local que se encontraba justo enfrente de la City Lights, la librería más famosa de San Francisco. El bar era bastante pintoresco y ruidoso. Muchas de sus ventanas estaban compuestas de vidrieras, lo cual, en cierto sentido, estaba bastante fuera de lugar en ese barrio, aunque no del todo. Vesuvio's atraía a una clientela artística y olía a una mezcla propia de North Beach, donde se combinaba el aroma de los cigarrillos, la marihuana, el café expreso y el vino tinto barato servido y derramado a espuertas. Siempre estaba abarrotado y reinaba en él una atmósfera de felicidad, a la que Samuel se podría haber aclimatado si no fuera ya un cliente habitual del Camelot. Los clientes que llenaban ese pequeño bar cubrían todo un amplio espectro: desde beatniks acabados que eran bebedores empedernidos, hasta el lector más esnob que daba sorbitos a su bebida con la nariz enterrada en el libro que acababa de comprar justo enfrente. Mientras se abría paso entre las mesas para alcanzar la barra, Samuel pasó junto a un hombre, con boina y una barba desaliñada, que estaba leyendo a Shakespeare y cuya acompañante femenina, que llevaba su largo pelo castaño enmarañado, estaba sentada frente a él leyendo un cómic y fumándose un porro.

Samuel pidió al barman algo de beber y charlaron sobre trivialidades de San Francisco hasta que ambos se embriagaron. Entonces sacó una foto de Dusty Schwartz que Bernardi le había dado.

—¿Esta cara le resulta familiar?

Tras echar un vistazo a la foto, el barman dejó de secar los vasos que tenía colocados delante de él sobre la barra. Observó detenidamente al reportero por un momento, mientras pensaba en lo que le iba a responder.

—Normalmente, te contestaría con evasivas —respondió—. Pero sé que no eres un poli y también sé que ese hombrecillo ha muerto. Me caía bien; era generoso con las propinas, así que voy a ayudarte. Solía andar por ahí con Big Daddy Nord cuando este regentaba el Hungry I. No es difícil localizar a Big Daddy porque mide dos metros. Parecían el punto y la i cuando estaban juntos. Pero como Big Daddy tuvo que salir por patas de la ciudad, tras un escándalo en el que estaba involucrada una adolescente, y Enrico Banducci tomó las riendas del Hungry I, el enano empezó a frecuentar los bares de maricas como el Black Cat en Montgomery.

—¿En serio? ¿Me estás diciendo que...?

—Yo no estoy diciendo nada —replicó el barman.

A continuación, procedió a darle una lección de media hora a Samuel sobre el sistema de sobornos a las autoridades, que se había implantado en los bares de San Francisco que frecuentaba la comunidad gay, ya que, según le contó el barman a Samuel, hasta el caso de Stouman contra Reilly en 1951, no se podía servir una bebida a un homosexual porque la ley de California lo prohibía.

—Pero, después de eso, el estado creó el Departamento de Control de Bebidas Alcohólicas, con lo cual se pasó por el forro esa sentencia de los tribunales —le explicó—. Así que no les queda más remedio que pagar a los polis o cerrar sus puertas.

Samuel negó con la cabeza.

—Me da la impresión de que esa gente está soportando mucha mierda que no se merece.

—Pues sí, pero son un colectivo muy duro. Los maricas siempre se las arreglan para combatir las restricciones que les impone la ley. Lo lógico habría sido que, a estas alturas, los idiotas que nos gobiernan hubieran dado ya su brazo a torcer en este tema, pero no. ¿En qué están pensando? ¿Acaso es algo nuevo? A lo mejor, algún día de estos, tenemos la suerte de contar con algún político visionario.

Samuel puso los ojos en blanco. El barman se echó a reír mientras le daba los nombres de otros establecimientos de North Beach que Schwartz solía frecuentar, entre los que se encontraban Finocchio's en Broadway y el Anxious Asp en la calle Green.

No obstante, sus últimas palabras dejaron muy confuso al reportero.

—Recuerda —le dijo—, al pequeñín también le gustaban las putas y solía encontrarse con muchas de ellas en el Sinaloa.

—¿Qué es el Sinaloa? —inquirió Samuel.

—Es un club nocturno mexicano que se encuentra nada más doblar la esquina de Powell en Vallejo. Montan un espectáculo de puta madre, aunque uno no esté interesado en los servicios *extra*.

—Tiene pinta de que merece la pena ir a echar un vistazo —afirmó Samuel—. Por cierto, ¿dónde podría dar con Big Daddy?

—Lo último que sé es que regentaba un antro en Venice, al sur de California.

Samuel había obtenido ya pistas suficientes como para estar muy ocupado las noches de las próximas dos semanas, así que, de momento, la búsqueda del Big Daddy Nord tendría que esperar. Además, lo que más le preocupaba en ese momento era saber de dónde iba a sacar el dinero para poder seguir con sus pesquisas. Tras haber publicado la noticia de que Sara estaba sana y salva, se había congraciado con su jefe, de modo que había podido devolverle a Melba los doscientos dólares que le había prestado, pero se había vuelto a quedar sin pasta. Así que, decidió que había llegado la hora de que Bernardi apoquinara un poco de dinero sacado directamente de la caja de la sección de Homicidios.

Samuel quedó con Bernardi en el Camelot a la noche siguiente. Llegó pronto, deseoso de pasar un rato con Blanche.

—Ha ido al lago Tahoe a disfrutar de los últimos coletazos de la temporada de esquí —le contó Melba—. Volverá en una semana.

Samuel intentó hallar cierto consuelo rascándole la cabeza a Excalibur, al que dio un par de chucherías. Había echado mucho de menos a ese chucho viejo y cansado.

En cuanto Bernardi llegó, los tres hablaron sobre los últimos descubrimientos del reportero.

—Una cosa está clara —dijo Samuel—, ese hombrecillo

tenía una vida sexual mucho más complicada de lo que ninguno de nosotros jamás habría podido imaginar. Aparte de sus hazañas con la dominatriz y las jovencitas, le gustaban los homosexuales, los bisexuales, los travestis, las lesbianas y las putas.

—Le daba a todo —apostilló Bernardi, con una sonrisa.

—Ahora sí que vais en la dirección correcta —comentó Melba mientras asentía—. Entre ese tipo de gente sí que vais a poder dar con un asesino, que tenga una mentalidad lo bastante retorcida como para matar a ese chaval y al enano por alguna razón estúpida o sin ninguna razón en absoluto.

—¿Qué te hace pensar que solo hay un asesino? —replicó Samuel—. Podrían ser varios.

—Sí, es una posibilidad que debemos tener en cuenta —afirmó Bernardi—. Melba, ¿qué te hace pensar que esos asesinatos están relacionados?

—Oh, sí que están relacionados; como ya he dicho, creo que nos enfrentamos a un solo criminal, no a un grupo de criminales. Y os corresponde a vosotros descubrir la relación entre el asesinato del joven y el del enano. Pero seguro que es Sara, la chica.

—¿Crees que fue un crimen por celos? —inquirió Samuel.

—Tal vez —contestó Melba—. Esa es una hipótesis tan buena como cualquier otra.

—¿Quién crees que era el celoso y de quién crees que tenía celos? —le cuestionó Samuel.

—¡Joder! ¡Y yo qué sé! Solo estaba pensando en voz alta, chicos.

—Será mejor que envíe a unos cuantos polis de paisano a esos sitios sobre los que te habló el barman, Samuel.

—Eso es justo lo que no tienes que hacer —aseveró Melba—. Si la poli va fisgoneando por ahí y haciendo preguntas, correrá la voz y todo el mundo cerrará el pico, y además, vuestros sospechosos se esconderán. Recordad, la poli está intentando clausurar todos esos antros. Me gusta cómo se las ha arreglado Samuel hasta ahora para moverse por esos ambientes. Déjale que siga siendo tu chico de los recados.

—¿Te parece bien, Samuel? —preguntó Bernardi, reconociendo así que Melba tenía razón.

—Sí, me gusta la idea —respondió, sonriendo—. Sobre todo, si es el Departamento de Policía quien paga los gastos.

Antes de que Samuel empezara a husmear por esos antros de perdición que el barman del Vesuvio's le había descrito, hizo una visita al despacho del forense. Cara Tortuga estaba sentado en su abarrotado despacho, en el que el esqueleto humano que acechaba en la esquina recordaba con suma claridad a los visitantes a quién habían venido a ver.

—Felicidades —le dijo al reportero con su inexpresivo semblante habitual, mientras se acomodaba en su silla de cuero—. Por lo que tengo entendido, has resuelto un misterio, ya solo quedan dos.

—Espero que tengas razón —replicó Samuel, dando por sentado que el forense se refería a los artículos que había escrito, contando cómo había hallado a Sara viva e ilesa en Juárez—. He venido a ver qué ha descubierto tu gente sobre las evidencias que se recogieron en el escenario del crimen, y para comprobar si ya tienes respuestas a las demás preguntas que te planteé en su momento.

—Tengo algunas revelaciones muy interesantes que hacerte, Samuel —aseveró Cara Tortuga—. ¿Por dónde quieres que empiece?

—Por el principio, por favor —contestó el reportero.

—En primer lugar, lo dos trozos de cuerpo fueron cortados con la misma sierra mecánica. Hemos concluido que se trata, probablemente, de una sierra de cinta como la que los ebanistas utilizan para hacer algunos cortes especiales en los bloques de madera.

Samuel estaba tomando notas frenéticamente, pero en

cuanto el forense dejó de hablar, alzó la vista dominado por la impaciencia.

—Lo cual me lleva a la segunda cuestión que me planteaste —prosiguió diciendo Cara Tortuga—. Hemos examinado los moldes de escayola y hemos identificado qué son esas motas que descubriste. Se trata de unas diminutas partículas de serrín de madera de pino. Lo cual encaja con nuestra conclusión de que el trozo de muslo que el perro halló en el cubo de basura fue cortado con una sierra de cinta.

—¿Quieres decir que quienquiera que tirara ahí ese trozo de cadáver llevaba probablemente serrín en las suelas de los zapatos?

—Sí, exactamente.

—¿Habéis podido extraer alguna huella reconocible de alguno de esos moldes?

—No, no ha habido esa suerte; la zona estaba demasiado sucia y revuelta, como pudiste comprobar, ya que había un montón de basura en el cubo que se cayó.

Entonces Cara Tortuga se inclinó hacia delante y abrió una carpeta que se hallaba sobre su escritorio.

—El tercer punto interesante es algo que, según tengo entendido, encontraste en la escalera de atrás del apartamento del enano, algo que ha resultado ser un hilo beige de alpaca.

—¿Qué es la alpaca y de dónde procede? —inquirió Samuel, frunciendo el entrecejo.

—Es una lana virgen que se obtiene de un animal de Sudamérica similar a la llama. Normalmente, se confeccionan suéteres y chales con esa lana especial. Y es bastante más cara que la lana corriente y moliente.

—Si proviene de un chal, ¿el asesino que estamos buscando podría ser una mujer?

—No necesariamente. El asesino podría haber sido un hombre que llevara un poncho. Además, no saques conclusiones precipitadas. Antes de concluir que la persona involucrada en este crimen llevaba una prenda hecha de alpaca, tienes que demostrar que estuvo ahí la noche en que la víctima falleció, y que el asesino se dejó un hilo de ese material en el pasamanos al bajar por la escalera trasera.

—Ahora mismo, no estoy como para adivinar quién lo hizo —aseveró Samuel—. Solo quiero recopilar toda la información posible. En algún momento, espero que pronto, todas las piezas acabarán encajando y tendremos el rompecabezas completo. Entonces podremos dar caza a ese cabrón que cometió ambos crímenes.

—Crees que al enano lo asesinaron, ¿verdad? —preguntó Cara Tortuga, mientras se echaba hacia atrás en su sillón giratorio de cuero.

—Sí, claro.

—Y crees que la misma persona es responsable de ambas muertes, ¿no?

—Sospechamos que se trata de la misma persona, y que es un varón y un auténtico psicópata.

—Probablemente, estás en lo cierto. Estas son las dos muertes más extrañas con que me he topado en los treinta años que llevo aquí.

Como ya no tenía nada más que hablar con el forense, Samuel guardó su cuaderno.

—Gracias, Barney, tú y tu equipo habéis sido de gran ayuda. —De camino a la puerta, se detuvo y se volvió hacia Cara Tortuga—. Una última pregunta: ¿No tendrás por ahí algún expediente sobre casos de asesinatos rituales cometidos en el ambiente nocturno de North Beach en los últimos años?

Cara Tortuga se detuvo a pensarlo un momento, pero, al final, negó lentamente con la cabeza.

—Vale, te mantendré informado sobre todo cuanto descubra —le aseguró Samuel.

Samuel tomó lo antes posible un vuelo a Los Ángeles con la Pacific Southwest Airlines para poder reunirse con Big

Daddy Nord. Una vez llegó ahí, Samuel alquiló un coche y se dirigió al bar Shanty Town de Big Daddy, que se encontraba en la playa de Venice, una ciudad situada entre Santa Mónica y el aeropuerto. Esa casucha hecha de paja y bambú ocupaba un lugar privilegiado en el paseo de Ocean Front Walk de Venice, que daba a la arenosa playa y al océano Pacífico.

A pesar de que el bar de Daddy estaba decorado con un estilo polinésico, en realidad era un lugar frecuentado por los beatniks del sur de California. La clientela llevaba las típicas barbas y boinas propias del movimiento beatnik, pero, en vez de vestir con ropa totalmente negra, vestían con sandalias y bañadores. Además, se mezclaban sin ningún problema con los culturistas de Muscle Beach, que se encontraba en la arena, nada más cruzar la pasarela.

Después de que Samuel aplacara las reticencias de Big Daddy recitándole de un tirón los nombres de los muchos contactos que tenía en San Francisco, se sentó en un taburete de ese tugurio y el gigante de cara colorada le sirvió una piña colada.

—Invita la casa —dijo, apoyando los codos sobre la barra—. Así que quieres saber qué hacía Dusty el enano en North Beach, ¿no?

—Sí, seguro que me sería de gran ayuda saber con quién solía andar por North Beach —replicó Samuel.

—Vale, no soy un chivato y, si ese pobre desgraciado no estuviera muerto, te mandaría a tomar por culo —dijo Big Daddy, lanzándole una mirada muy severa a Samuel—. Hay una persona que podría ayudarte a averiguar con quién solía andar por ahí, así que te voy a dar su nombre y el de unas cuantas personas más, pero que no salga de aquí. Recuerda que esto es un chivatazo, así que no quiero que nadie lo sepa, salvo tú, mi contacto y yo. ¿Entendido?

—¡Por supuesto, Big Daddy! —exclamó Samuel, embriagado por el ron de la piña colada que casi se había acabado ya.

Samuel y Big Daddy se despidieron amistosamente y, en cuanto el periodista llegó a San Francisco, llamó a Blondie, uno de los contactos que el gigante le había dado. Blondie lo invitó a encontrarse con él a la noche siguiente en Finocchio's, después del espectáculo.

Finocchio's estaba situado en Broadway, en el segundo piso del 506, por encima del Enrico's Café y el Swiss Chalet. El enorme cartel de neón del tejado de aquel edificio era uno de los emblemas más famosos de San Francisco, y la gente venía de todo el mundo para ver a las artistas del Finocchio's. Samuel nunca había visto ese espectáculo, que consistía en un desfile constante de «mujeres hermosas», ataviadas con unos vestidos muy elaborados, que bailaban y cantaban en un pequeño auditorio capaz de albergar a unas ciento cincuenta personas. En cuanto concluyó el espectáculo, las artistas se desnudaron hasta la cintura y enseñaron sus pechos depilados para demostrar a la audiencia que, en realidad, eran unos hombres. El público respondió con un largo y efusivo aplauso y lanzó flores, fajos de billetes y algunas monedas al escenario, así como notas de amor y tarjetas de visita con el número de teléfono subrayado.

En cuanto la cosa se calmó, Samuel se dirigió a las bambalinas y, de ahí, fue al camerino, donde se presentó y le dio las gracias a Blondie por haber aceptado verse con él.

—La clave ha sido que vinieras recomendado por Big Daddy —respondió Blondie, un hombretón que llevaba una peluca rubia cardada que le hacía parecer quince centímetros más alto. A continuación, se sentó delante de tres espejos, que contaban con bombillas en la parte superior y a los lados. Después de quitarse las pestañas postizas, se aplicó una crema facial en la cara para quitarse el maquillaje.

—Big Daddy me dijo que hablarías conmigo —comentó Samuel—, y que conocías a Dusty Schwartz bastante bien.

—Dusty me caía bien —replicó Blondie, cuya voz tenía un tono ligeramente amanerado—. Me quedé tremendamente anonadado al enterarme de su fallecimiento. —En ese instante, se quitó la peluca, y Samuel pudo comprobar que llevaba su verdadero pelo rapado, lo cual le confería un aspecto más propio de un sargento de instrucción de los marines que de la diva de la ópera que había interpretado en el escenario—. Antes de fundar su iglesia, solía venir a ver el espectáculo bastante a menudo. Solía colarse entre bambalinas para sentarse sobre mi regazo después de la actuación. Quería tener sexo conmigo, pero a mí no me va ese rollo. Me gusta vestirme de mujer y cantar con voz de soprano, pero no soy homosexual ni bisexual como el enano.

Samuel se fijó en que, a pesar de que aquel hombre medía más de metro noventa de altura, parecía bastante afeminado y poseía una cierta dulzura más propia de una chica.

—Pensaba que era algo muy tierno que quisiera sentarse sobre mi regazo porque eso me hacía sentir como si lo mimara como una madre —afirmó Blondie—. Pero cuando empezó con lo de la iglesia, Dominique ocupó mi lugar y ya no lo volví a ver —añadió el gigante con cierto tono de tristeza en su voz—. Era un tipo que necesitaba mucho amor. En realidad, era una persona muy triste y solitaria.

—Háblame sobre Dominique —le pidió Samuel—. ¿Tenías celos de ella porque te lo arrebató?

Aquel hombre se ruborizó y se volvió súbitamente, dejando así de mirarse en los espejos.

—Un poco, ahora que lo dices. Pero ella era una dominatriz y podía proporcionarle esa clase de placeres que él buscaba. Además, esa mujer hizo mucho por el pequeñín. Mira cuánto éxito tuvo su iglesia gracias a ella. Eso no lo habría podido lograr él solo. Me alegraba por él, por todo lo que había logrado. Aunque he de admitir que no sé mucho sobre esa mujer. Alguna gente dice que es una bruja.

—Dime qué has oído al respecto.

—Solo sé que, si alguien quiere lanzar un hechizo o hacerle magia negra a otra persona, debe recurrir a ella.

—¿Y tú has recurrido alguna vez a ella?

—¡No, jamás! Solo conozco a esa señora por su reputación. Nunca he querido que me diera de hostias ni que lanzara una maldición sobre otro ser humano en mi nombre.

—¿Sabes algo acerca de una fiesta que Dusty celebró la noche en que murió? —inquirió Samuel.

—¿Fue así como murió..., en una fiesta? —replicó Blondie, alzando las cejas—. Es una buena manera de irse al otro barrio, ¿no crees?

Lanzó unas sonoras carcajadas que retumbaron por toda la habitación.

Samuel decidió cambiar de tema, aunque procuró evitar en todo momento comentar que sospechaba que al enano se la habían jugado esa noche en la fiesta. Era consciente de que, si aireaba sus sospechas, no lograría sonsacarle más información.

—¿Podrías darme los nombres de algunos de sus amigos, para que pueda hablar con ellos y descubrir más cosas sobre él y la última fiesta que celebró?

—Claro —contestó Blondie. Acto seguido, anotó unos cuantos nombres y números de teléfono en un trozo de papel—. Puedes decirles que los llamas de mi parte. Quizá alguno de ellos pueda ayudarte a dar con lo que estás buscando.

Blondie se puso en pie con el pecho aún desnudo. Algunos restos de la crema facial se le habían mezclado bajo los ojos con el maquillaje y daba la sensación de que llevaba medio antifaz puesto. Cuando Samuel ya se marchaba, Blondie le lanzó un beso.

La lista de testigos que Samuel tenía que entrevistar la confeccionó no solo gracias a las aportaciones de Dominique, Big Daddy y Blondie, sino también de Bernardi. Uno de ellos era el abogado Michael Harmony, al que había visto en su día en la iglesia del reverendo. La policía sospechaba que Harmony le había facilitado jovencitas a Dusty a cambio de que le pasara los casos de lesiones de sus feligreses. Sin embargo, Samuel sabía, por lo que Dominique le había contado, que aquel hombre tenía también otros chanchullos. En aquellos momentos, el reportero se debatía entre interrogar directamente al letrado en su despacho o preparar un encuentro que tendría que parecer accidental, para poder sorprender a Harmony con la guardia baja. Si bien Samuel había intentado contactar con él cuando estaba escribiendo el artículo sobre Schwartz y su iglesia, únicamente había logrado hablar con la secretaria de Harmony, Mary Rita La Plaza, la cual ya no trabajaba para el abogado. Samuel preguntó por ahí y acabó descubriendo que Harmony solía pasarse por Paoli's antes de cenar, que estaba situado entre la calle California y Montgomery, así que se aseguró de aparecer en ese lugar en el momento adecuado.

Paoli's era un bar del centro de la ciudad muy popular entre los oficinistas. Contaba con una mesa en su parte central repleta de entremeses fríos, gracias a la cual muchos oficinistas iban cenados a casa.

Cuando Samuel entró en aquel establecimiento alrededor de las seis y media de la tarde, encontró a Michael Harmony sentado solo junto a la barra, vestido con su habitual traje de color azul eléctrico, bebiendo un Martini a palo seco. El periodista se abrió entre la multitud que abarrotaba el local y se sentó en un taburete junto a él.

—Hola, soy Samuel Hamilton —le dijo—. ¿Me recuerda? Nos conocimos en la iglesia de Dusty Schwartz hace tiempo.

La tensión se apoderó de los hombros de Harmony mientras se volvía para encararse con Samuel. Bajo esas luces que lo enfocaban desde lo alto, su pelo rubio, que llevaba cuidadosamente arreglado, parecía una peluca.

—Conozco a mucha gente —replicó con frialdad—. ¿A qué se dedica usted?

—Al negocio de la prensa escrita —contestó Samuel, arrogándose así un título profesional un tanto rimbombante.

Harmony lo observó en silencio durante otro par de segundos.

—Le recuerdo —dijo al fin, con un cierto tono de desdén en su voz extrañamente amanerada—. He leído sus artículos sobre la clausura de esa iglesia y sobre esa chica desaparecida que encontró en Texas. Su reputación le precede, señor Hamilton. —Entonces se levantó y dejó apresuradamente cinco dólares sobre la barra—. Así que, ¿por qué narices iba a querer hablar con usted?

Al instante, se volvió y marchó.

Mientras Harmony se dirigía a la salida con unos andares un tanto amanerados, Samuel le hizo una peineta. No le gustaba que pasaran de él. No obstante, desde el principio, había dado por sentado que no iba a sonsacarle nada relevante al abogado, ya que era demasiado listo como para cometer la torpeza de incriminarse.

En vez de quedarse a lamerse las heridas de su orgullo en Paoli's, Samuel decidió que prefería disfrutar del ambiente más familiar del Camelot. Así que subió caminando a paso ligero la colina que llevaba hasta su bar favorito, donde pidió un whisky con hielo. Luego llamó por teléfono a Mary Rita La Plaza.

—Su ex jefe acaba de pasar de mí como de la mierda —le explicó—. ¿Me permite invitarla a tomar una copa en el Camelot? Sé que vive a la vuelta de la esquina.

Veinte minutos después, esa mujer se encontraba sentada frente a él, vestida con la típica ropa que suele llevar la mayoría de las secretarias del distrito financiero para trabajar: una falda elegante, una blusa blanca y una rebeca para protegerse del gélido aire de San Francisco. Su pelo castaño, que llevaba al estilo paje, y sus ojos oscuros contrastaban con su tez clara. Además, cuando se reía, le salían una serie de arrugas alrededor de los ojos que le conferían una expresión muy dulce, e incluso reconfortante.

Mary Rita miró a Samuel con tal intensidad que el reportero dedujo que debía de ser una persona muy seria y, al hablar, adoptó un tono frío y calculador que no pudo disimular del todo su amargura.

—El señor Harmony me ha tratado de manera muy injusta —afirmó—. Trabajé más de doce años para él. Harmony no era nadie cuando empecé a trabajar como su secretaria. Lo ayudé a levantar su negocio y me prometió una y otra vez que nunca me arrepentiría de ello, que se cercioraría siempre de que no me faltara de nada. Sin embargo, en cuanto llegó a ser un abogado de éxito especializado en casos de lesiones, ya no me necesitó. Hace unas pocas semanas, me comunicó que iba a ser sustituida. Apareció con una joven de muy buen ver que ocupó mi puesto.

—¿Por qué la echó? —preguntó Samuel.

—Porque sabía demasiado.

—¿Ah, sí? Entonces, he contactado con la persona adecuada.

—Quizá sí, quizá no, señor Hamilton. Ya veremos.

Samuel sacó su cuaderno.

—¿Qué clase de relación mantenían Harmony y Dusty Schwartz?

—El señor Harmony es un homosexual que no ha salido del armario.

—Eso había oído por otras fuentes —señaló Samuel. Las palabras de Mary Rita confirmaban la información que Dominique ya le había dado al respecto.

—Schwartz y él tuvieron una aventura. Se conocieron en uno de esos bares o clubs de sexo que los maricas suelen frecuentar. Pero, aparte de eso, tenían ciertos negocios en común. Eso era lo que realmente los unía.

—¿Clubs de sexo?

—Sí, se reúnen ahí y montan orgías. Bueno, eso es lo que tengo entendido.

Una expresión de sorpresa se dibujó en el rostro de Samuel.

—¿Dónde se encuentran esos clubs?

—Donde quiera —respondió con una actitud indiferente—. Los hay por todas partes.

—Me toma el pelo, ¿no?

La mujer se rió.

—Creía que conocía mejor San Francisco, señor Hamilton.

—Está claro que no lo bastante bien —replicó, con una sonrisa—. ¿Cuáles solía frecuentar Michael Harmony?

—Solía acudir, sobre todo, a los que están al sur de Market.

Esa respuesta desconcertó a Samuel.

—¿No solía ir a North Beach?

—No estoy segura. Lo tendría que comprobar.

—¿Qué clase de negocios se traían esos dos entre manos?

—El señor Schwartz enviaba los casos de lesiones de sus feligreses al señor Harmony, a cambio de que este le facilitara jovencitas con las que se citaba en la iglesia. El abogado concertaba esos encuentros con la colaboración de varios líderes sindicales.

—¿Eso provocó algún conflicto entre ellos como amantes?

—En realidad, no eran amantes, sino que mantenían relaciones sexuales de vez en cuando. Ambos eran unos completos hedonistas. Lo único en que pueden pensar esos dos es en su propio placer, así que estoy segura de que les daba igual con quién se acostara el otro.

—¿Cree que Harmony pudo hacerle daño a Dusty en un ataque de celos?

—¡Ya le he dicho que no! —exclamó, al mismo tiempo que presionaba la mesa con los dedos de ambas manos para subrayar sus palabras—. A Harmony le da igual con quién se acostara el enano. Mi jefe quería tener muchos compañeros sexuales, no relaciones sentimentales duraderas. Es muy promiscuo, y usted sabe que Schwartz también lo era. Según parece, es un comportamiento bastante habitual entre los homosexuales varones.

—Está generalizando, ¿verdad? —inquirió Samuel.

—Bueno, señor Hamilton, con Michael Harmony las cosas eran así. Lo vi con mis propios ojos. Si bien no puede admitir lo que es en público, por razones evidentes, no podía ocultar su condición ante mí. Le puedo asegurar de que no quería mantener una relación monógama con otro hombre, y mucho menos con una mujer. Pero si alguien que no pertenezca a su círculo más intimo descubre alguna vez sus inclinaciones, los negocios que tiene con la gente de los sindicatos se irán al traste.

—¿Eso se lo dijo él mismo? —la interrogó Samuel, con cierta suspicacia.

—Sí, me lo dijo él mismo —contestó rotundamente, con los puños cerrados con tanta fuerza que los nudillos se le tornaron blancos.

Samuel caviló por un instante.

—¿Su relación con Schwartz pasó algún bache en algún momento?

—No sé si «bache» es la palabra correcta para describirlo —respondió—. Cuando clausuraron la iglesia de Schwartz, Harmony ya no podía sacar provecho del reverendo, puesto que ya no le podía proporcionar más casos de lesiones. Además, ya se había cansado del enano en el plano sexual, así que lo dejó plantado.

—He de reconocer que está muy bien informada —comentó Samuel.

—Me lo contaba todo, señor Hamilton. Yo era la confidente de Michael Harmony.

—Entonces, cometió una estupidez al deshacerse de usted, ¿no cree?

—Se va a arrepentir mucho de ello —replicó con una voz dura como el acero. El reportero detectó un brillo especial en sus ojos oscuros y se dio cuenta de que acababa de ganarse a una valiosa aliada.

—La noche en que Schwartz murió, este celebró una fiesta —le comentó y, a continuación, le dio la fecha—. ¿Sabe si Harmony acudió a ella?

La mujer se detuvo a pensarlo un momento.

—No lo sé. Para entonces, ya no se llevaban bien. Aunque yo todavía seguía trabajando para el señor Harmony cuando el enano murió y no recuerdo que mencionara nada sobre esa fiesta. De hecho, recuerdo que sí me recalcó mucho que ese fin de semana estaría en Las Vegas.

—¿Estuvo de verdad ahí? —inquirió Samuel.

—No lo creo. Estoy segura de que intentaba que esa fuera su coartada para algo, pero no sé qué.

—Como ir a la fiesta del enano, por ejemplo.

—Sí, como ir a la fiesta del enano —repitió Mary Rita.

—Esa es una información muy importante—señaló Samuel—. Se la comentaré al teniente Bernardi.

Se imaginaba que Mary Rita todavía podía contarle muchas más cosas sobre Harmony y, en circunstancias normales, le habría sonsacado toda esa información, pero prefirió no hacerlo, ya que en ese momento iba tras un asesino y todo lo demás debía quedar relegado a un segundo plano. Le dio las gracias y acordaron seguir en contacto.

Mientras observaba cómo Mary Rita salía del bar, se preguntó si podría dar con un móvil que justificara que Harmony hubiera asesinado al reverendo en un ataque de celos, o que lo hubiera silenciado para evitar que ese hombrecillo revelara al mundo las inclinaciones sexuales de Harmony. Según Melba, el chantaje siempre ha sido un buen móvil para matar; sin embargo, Samuel creía que no había la más remota posibilidad de que Harmony conociera a Octavio o quisiera hacerle daño por algún motivo. Esbozó un gesto de contrariedad. ¿Acaso esos dos se habían conocido en ese mundo marginal en el que él se había aventurado en sus pesquisas? En cualquier caso, tenía bastante información como para que Bernardi pudiera presionar a Harmony, ya que, al parecer, no quería que se supiera cuál era su paradero el fin de semana que el enano celebró su fiesta.

Tras recibir la información de Samuel, Bernardi llamó a Harmony para que se pasara por el cuartel general de la Policía porque tenían que hablar de ciertos temas. El letrado llegó vestido con su habitual traje de color azul eléctrico y su pelo rubio rociado con tanta laca que se había convertido en un objeto inamovible situado encima de su cabeza. También apareció acompañado de un abogado muy caro.

Samuel se encontraba de pie detrás del mismo espejo polarizado opaco, en la misma habitación de observación insonorizada, desde la que había escuchado en su día cómo la policía interrogaba sin piedad a Dominique. Una vez más, un solitario altavoz le permitía escuchar las voces procedentes de esa sala de interrogatorios desprovista de ventilación, donde Bernardi se hallaba sentado a un lado de una mesa, sobre la cual había una grabadora y dos ceniceros vacíos, junto a Charles Perkins, de la Oficina del Fiscal de Estados Unidos, y un capitán de la sección de antivicio del Departamento de Policía de San Francisco, así como dos ayudantes. Michael Harmony y su abogado estaban sentados al otro lado de la mesa de espaldas a Samuel.

—Buenas tardes, teniente Bernardi —dijo el abogado de Harmony—. Mi distinguido cliente, Michael Harmony, no quiere hacerles perder el tiempo ni a ustedes ni a nadie con este interrogatorio, así que les advierto, en su nombre, de que se acoge a la quinta enmienda.

—Aún no le hemos hecho ninguna pregunta —replicó Bernardi, con una sonrisa—. Como, por ejemplo, si le apetece un café.

—Muy gracioso, teniente —contestó el abogado.

—Permítame presentarle a Charles Perkins de la Oficina del Fiscal de Estados Unidos y al capitán Markle de la sección de antivicio. Ellos, al igual que yo, están muy interesados en obtener cierta información de su cliente. Bien, podemos hacerlo a las buenas, de modo que podremos averiguar lo que queremos saber en este ambiente informal, o podemos hacerlo a las malas, llevándolo ante un jurado. ¿Qué opción van a escoger?

—Mi cliente no tiene nada que contarles, caballeros —aseveró el abogado.

—Muy bien —interrumpió Charles Perkins, dominado por la impaciencia—. En nombre del gobierno de Estados Unidos quiero comunicarle a su cliente que está siendo objeto de una investigación por haber infringido la ley Mann. En caso de que no sepan de qué se trata, he de indicarles de que esa ley impide que gente como él traslade a mujeres, o, en este caso, a jovencitas, de un estado a otro con un propósito inmoral.

O jovencitos, pensó Samuel.

Entonces, el capitán Markle habló por primera vez.

—El Departamento de Policía de San Francisco está investigando a su cliente por su presunta participación en una trama en la que se facilitaban, al difunto señor Schwartz, muchachas adolescentes con fines inmorales; también ha sido arrestado su investigador privado, el señor Art McFadden, por el mismo motivo, ya que contamos con evidencias que demuestran que este facilitó muchachas al señor Schwartz, y que lo hizo en el desempeño de las labores que tenía asignadas como empleado suyo.

—Y eso no es todo —les espetó de improviso Bernardi—. Homicidios está investigando a su cliente por ser sospechoso del asesinato del señor Schwartz, ya que no puede o no quiere indicarnos dónde se hallaba la noche de su muerte.

—Si de verdad contaran con unas pruebas de peso con las que acusar al señor Harmony, ya lo habrían arrestado —aseveró el abogado—. Si esto es todo, buenos días, caballeros. Tal vez volvamos a vernos en el juzgado.

El abogado y Harmony se pusieron en pie y abandonaron la sala, cerrando la puerta con un fuerte golpe.

—Menudo capullo arrogante —masculló Charles Perkins. Samuel se rió para sí. Ay, si yo hablara, pensó.

—Creía que nos ofrecería algo a cambio de que lo dejáramos en paz —comentó el capitán Markle—. Como, por ejemplo, ofrecernos la cabeza de su investigador en bandeja como chivo expiatorio. Pero ese tipo es muy duro.

—Tiene mucho que perder —comentó Bernardi—. Si corre la voz de que es homosexual, perderá a un buen número de clientes. Y si podemos demostrar que le facilitaba jovencitas a Schwartz, irá a prisión. Y todo esto sin plantearnos aún que podríamos acusarlo de asesinato. Ahora que lo menciono, los informo de que tengo a dos hombres investigando dónde estaba la noche en que asesinaron a Schwartz y por qué no tiene una coartada.

En ese momento, Samuel entró en la sala de interrogatorios.

—Me imaginaba que no lograrían sonsacarle casi nada. Bernardi tiene razón, tiene mucho que perder. Pero les garantizo una cosa: Art McFadden no va a pasar ni un solo día en la cárcel por culpa de este tipejo. Será muy interesante ver cómo traiciona a su jefe para salvar su propio culo.

Siguiendo el consejo de Melba, Samuel sacó una entrada en el Sinaloa para ver la representación de medianoche. Llegó pronto, a las diez y media de la noche, para que le diera tiempo a tomarse un par de copas, y a hablar con una de las chicas a la que le interesaba interrogar. La reconoció inmediatamente gracias a la descripción que le habían dado. Era una joven de veintitantos años, cuyo pelo cardado moreno estaba surcado por varios mechones rubios teñidos, de pómulos prominentes y un escote bastante generoso. Estaba sentada al final de la larga barra, en la zona donde se servían los cócteles, con otras cinco jóvenes. Como había un asiento vacío junto a ella, el periodista se sentó, aunque no tenía demasiado claro cómo debía proceder.

—¿Cómo te llamas, desconocido?

—Samuel. ¿Y tú?

—Veronica. ¿Por qué no me invitas a un trago?

—Claro. ¿Qué te apetece?

—Lo de siempre, Charlie.

El barman, un hombre de unos cincuenta y tantos años, de pelo gris y rostro rechoncho, dejó sobre la barra, delante de ella, lo que parecía ser un vaso que contenía agua coloreada, un removedor de plástico verde con forma de cactus y dos cerezas marrasquino que flotaban sobre el líquido elemento.

—Tres pavos, por favor.

Samuel se sobresaltó, pues sabía que lo estaban timando, pero se lo pensó mejor y no dijo nada, ya que había ido a ese sitio por una razón y no quería echarlo todo a perder. Sacó un billete de diez dólares y lo dejó sobre la barra dando un golpe.

—¿Y usted qué quiere, señor? —le preguntó el barman.

—Un whisky con hielo.

Al barman le llevó más tiempo preparar esa consumición, ya que se trataba de una bebida de verdad. Mientras tanto, Samuel intentó concentrarse en la tarea que debía llevar a cabo.

—No eres poli, ¿verdad? —inquirió la joven.

Por su forma de hablar y su acento, Samuel dedujo que esa chica debía de ser una pueblerina barriobajera que, probablemente, había dejado el colegio con trece o catorce años. El reportero se echó a reír y estuvo a punto de responder que estaba demasiado arruinado como para poder ser un poli, pero se contuvo.

—No —contestó, sonriendo—. Estoy aquí porque me han comentado que este es un buen sitio para conocer mujeres y ver un gran espectáculo. Soy agente comercial.

—Me gusta tener compañía, Samuel. ¿Me invitas a otro

trago? —preguntó, dando buena cuenta del vaso que tenía delante al mismo tiempo que levantaba el brazo.

Charlie apareció a los pocos segundos con otro brebaje de esos.

—Tres pavos —dijo, apremiante.

—Qué mal debe de ir el negocio —comentó Samuel, arqueando una ceja mientras dejaba otros tres dólares sobre la barra.

Veronica sonrió.

—Es el precio que hay que pagar por el placer que aquí disfrutas.

—Y eso, ¿qué incluye? —inquirió Samuel.

—Depende de lo que busques.

Samuel se detuvo a pensar un momento. Aunque todavía no estaba listo para ir al meollo de la cuestión, tenía que mantenerla interesada en la conversación.

—En realidad, me gustaría hablar contigo —replicó, pero enseguida se dio cuenta de que esas palabras sonaban muy falsas. En lo más recóndito de su mente, tuvo que admitir que sus atributos femeninos empezaban a interesarle.

—Esto también puedo hacerlo —contestó—, si es así como te gusta gastarte la pasta.

—Y eso, ¿cuánto me costará?

—Veinte dólares una hora y la habitación aparte.

—¿Podemos ir ya? —preguntó.

—Mi jefe quiere que me invites a cenar y veas el espectáculo. ¿Hay algún problema con eso?

—No, no —respondió Samuel, mientras contaba mentalmente el dinero que llevaba en la cartera; le preocupaba no tener bastante como para obtener la información que necesitaba y no poder mantenerse centrado en el asunto que lo había llevado hasta ahí.

—No te preocupes, solo tienes que invitarme a dos copas más en la barra y a una botella de vino durante la cena. Eso te lo puedes permitir, ¿verdad, guapo?

—Claro. Merece la pena gastar en ti hasta el último penique —replicó, con suma seriedad, pues sabía que era la chica que estaba buscando.

Justo antes de la medianoche, los llevaron a una sala enorme que contaba con aproximadamente un centenar de mesitas bastante apiñadas. Les dieron una buena mesa cerca del escenario. La comida era básicamente mexicana, aunque adaptada para satisfacer los gustos de los turistas, e incluía enchiladas de pollo y mucho guacamole. Si bien el vino que tomaron durante la cena era muy barato, entraba muy fácil. Samuel estaba impaciente por poder ir al grano, pero el estrépito que armaban los bailarines y los cantantes del espectáculo hacía que fuera imposible hablar. Además, tantas mujeres casi desnudas en cada uno de esos números y el escote de Veronica no le ponían las cosas nada fáciles.

La función acabó a la una y media de la madrugada. La sala estaba repleta de humo, y en aquel lugar reinaba la felicidad más absoluta. Veronica agarró a Samuel del brazo y salieron a la calle para disfrutar del aire fresco. Lo llevó por la calle Powell en dirección a Columbus hasta que llegaron a un hotel bastante sórdido. Subieron por la destartalada escalera, que estaba cubierta por una moqueta roja gastada y descolorida, hasta plantarse delante de una habitación situada al extremo final del pasillo del segundo piso. Veronica sacó una llave de su bolso y abrió la puerta. En cuanto estuvieron dentro, Samuel comprobó que esa lúgubre estancia contaba con una cama de matrimonio, con un cubrecama de un color azul desvaído que le recordó a la colcha de su abuela, así como una mesita, un par de sillas y un tocador. La única ventana de la habitación daba a la calle Powell, y desde ella podía verse cómo parpadeaba, a unos cuantos edificios de distancia, el letrero de neón rojo, blanco y verde del Sinaloa.

Veronica se sentó en una de las sillas y se quitó los zapatos de tacón alto. A continuación, le sonrió.

—Primero, paga y, luego, ya jugaremos. Y no olvides los quince pavos de la habitación.

Samuel sacó treinta y cinco dólares de lo poco que le quedaba ya en la cartera y las colocó sobre la mesa que se encontraba entre ambos.

—No he venido aquí a jugar, Veronica —le dijo, con la cara más seria que fue capaz de poner, y dejó de andarse por las ramas—. He venido aquí para obtener información.

Veronica se rió.

—Eso es lo que dicen todos. Pero será mejor que te des prisa y decidas de una vez lo que quieres. Solo tienes una hora.

Samuel sacudió la cabeza para intentar aclarar sus ideas.

—Quiero que me cuentes todo lo que sepas sobre Dusty Schwartz.

La mujer se calló y entornó los ojos.

—¿Te refieres al predicador? —replicó, alzando una mano hasta la altura de su cintura para indicar el tamaño del enano.

—Sí, me refiero a él.

—¿Cómo sabes que yo lo conocía?

—Aquí todo se sabe. Es una ciudad pequeña.

Veronica permaneció en silencio unos segundos, como si estuviera evaluando al reportero. Samuel temió que fuera a cerrarse en banda.

—No hay mucho que contar —dijo al fin—. Estuve con él y su amigo un par de veces, pero eran tan pervertidos que los mandé a tomar por culo.

Justo cuando iba a empezar a hablar de nuevo, el periodista la interrumpió:

—Espera, espera. Háblame de su amigo.

Cerró con fuerza un ojo, mientras hacía un tremendo esfuerzo por recordar, y se quedó callada por un momento.

—Era alto y tenía un buen corpachón, y estaba muy bien dotado, pero era un pervertido.

—Descríbemelo.

—¡Me cago en Dios! —le espetó, al mismo tiempo que su cara enrojecía—. Pero si lo acabo de hacer.

—No, o sea, sé más concreta. Dame detalles que me permitan distinguirlo entre una multitud, pero sin tener que desnudarlo.

La mujer se carcajeó.

—Entendido —dijo, sin parar de reír—. Ese tipo tenía el pelo rizado y gris. Era un poco gordito, aunque, como decía antes, estaba fuerte. Creo que tenía los ojos marrones, pero no estoy segura del todo, como solo lo vi de noche. Además, hablaba con acento extranjero.

—¿Podrías decirme de dónde era? —inquirió Samuel, que era consciente de que probablemente ya no le sonsacaría mucho más con esas preguntas tan concretas; aun así, tenía que intentarlo.

—No. Cuando hablaba en inglés conmigo, lo hacía con un acento extranjero. Él y el enano hablaban entre ellos en otro idioma, pero no pude entender nada de lo que decían.

—¿Hablaban en español?

—Tal vez. Pero, como ya te he dicho, no entendía nada.

—¿Cómo se llamaba el amigo?

—Nunca hago ese tipo de preguntas..., es de mala educación.

Samuel se rió para sí y se detuvo a pensar en qué consistía la buena o mala educación, en dónde se encontraba y en qué estaba haciendo.

—¿Por qué afirmas que era un pervertido?

Veronica estaba sentada en el borde de la silla, con un codo apoyado sobre una rodilla y la barbilla sobre una mano.

—Bueno, quería que el enano se subiera a una silla y me la metiera por delante mientras él me la metía por detrás. Esa parte no me importó, la verdad. Pero, cuando quiso atarme y colgarme del techo, para meterme cosas como botellines de soda por ahí abajo, mientras el enano sacaba fotografías, los mandé a los dos a la mierda.

—Entiendo que te mostraras reticente —afirmó Samuel, con suma seriedad.

—Quería dejarme ahí colgada y volver cada hora para probar algo nuevo. ¡Anda ya! No hay pasta en el mundo como para pagar esa clase de locuras. Además, el amigo me daba mala espina. Es una sensación que no puedo describir, que me decía que no debía ir más lejos con él.

—¿Por qué te daba mala espina?

—No lo sé. Pura intuición. Era un hijo de la gran puta. Lo sé por su actitud, pero no puedo decirte más. Si alguna vez te encuentras con él, ya sabrás a qué me refiero.

—¿Alguna vez volviste a ver a alguno de ellos después de esa noche en la que intentaron colgarte del techo?

—Solo al pequeñito. Venía por aquí de vez en cuando a echar un polvo.

—¿Cuándo lo viste por última vez?

—Hace unas seis semanas.

—¿Sabes algo sobre una fiesta que se celebró en el apartamento de Schwartz?

—Solo lo que oí en la radio. Que murió en su casa tras la fiesta. No me invitó y, aunque lo hubiera hecho, no habría ido.

—¿No me puedes decir nada más sobre su amigo? ¿Cualquier cosa que pudiese ayudarme a identificarlo?

—Pues no —contestó, alzando sus senos en dirección a Samuel—. Oye, tu hora casi ha acabado. ¿Quieres echar uno rapidito o una mamada al menos?

Samuel no quiso ni pensárselo. Habría sido muy fácil para él dejarse llevar, pero como sabía que quizá tendría que volver para sonsacarle más información, se convenció a sí mismo de que era mejor dejar las cosas como estaban. Bajó por la cochambrosa escalera y abandonó ese cutre hotel. Eran ya casi las tres de la madrugada e incluso la señal de neón del Sinaloa estaba apagada.

Recorrió a pie las pocas manzanas repletas de basura que

lo separaban de su diminuto apartamento, con la cabeza gacha para protegerse del viento. Entretanto, su mente no paraba de darle vueltas a la cuestión de quién podía ser ese extranjero con gustos tan perversos.

16

EL LIENZO

—¿Dónde coño te habías metido? —gritó alguien desde el otro lado de la línea telefónica, mientras el aturdido reportero cogía torpemente el teléfono e intentaba deducir dónde se encontraba y quién lo llamaba.

—¿Qué hora es? —preguntó con un tono de voz ahogado, a la vez que intentaba aclararse la garganta y abrir los ojos.

—¿Qué? —vociferó su interlocutor en su oído.

—¿Que qué hora es?

—¿Has empezado a beber otra vez? Soy Perkins, tu viejo compañero de la universidad. Son las diez y media de la mañana. Hoy es un día laboral y tú en la cama con resaca.

—Ah, Charles —dijo Samuel aún medio dormido, mientras intentaba centrar la mirada en la sucia ventana de su apartamento, pese a tener legañas en los ojos—. Hola, buenas. Anoche estuve siguiendo pistas hasta muy tarde y llegué a casa de madrugada.

—Ya, claro. Qué me vas a contar. Te necesito aquí ahora mismo. Tengo cierta información muy interesante sobre ese lienzo que me enviaste.

—¿Qué clase de información? —inquirió Samuel, que en esos momentos recordó vagamente que Bernardi y él le habían entregado el gran lienzo, que Schwartz solía utilizar en su iglesia, al ayudante del fiscal de Estados Unidos para ver si su gente podía averiguar de dónde había salido.

—Ven aquí cagando leches con ese teniente amigo tuyo.

—¿No puedes darme ni una pequeña pista? —le rogó Samuel, quien aún intentaba despejarse del todo.

—Sí, te voy a dar una pista. Estoy muy interesado en el caso de este lienzo. Y ahora ven cagando leches, rapidito. —Perkins colgó.

Eran ya más de la una de la tarde cuando Samuel logró arrastrar a Bernardi hasta el despacho del ayudante del fiscal de Estados Unidos.

Por el camino, Samuel había informado a Bernardi sobre lo que había descubierto esa noche en el Sinaloa y en el transcurso de su conversación con Veronica.

—¿Alguna idea sobre quién puede ser ese tipo que te describió? —le cuestionó Bernardi.

—No tengo ni idea. Nadie ha mencionado a esa persona con anterioridad y no hay pruebas que nos faciliten alguna información sobre quién puede ser. Pero si él y la víctima iban de farra juntos, y si tenemos en cuenta que tu gente apenas pudo hallar nada en el apartamento del enano, quizá habría que concluir que fue él quien, la noche del crimen, lo limpió todo antes de marcharse.

—Estás dando por supuestas muchas cosas, Samuel.

—Ahora mismo, eso da igual. Tenemos que tratar con ese gilipollas de Perkins, ver qué nos tiene que ofrecer y qué quiere por la información que está a punto de proporcionarnos. Aunque te puedo garantizar una cosa, esto no nos va a salir gratis. Seguro que él saca algo de todo esto.

Perkins los tuvo esperando hasta las dos en punto. Cuando por fin les indicó que podían entrar, Samuel se percató de que Perkins iba vestido con lo que parecía ser un nuevo traje de tres piezas de la marca Cable Car, el cual no le quedaba bien del todo, pues una manga era casi dos centímetros más corta que la otra; no obstante, tenía un aspecto mucho más elegante que el que solía tener, gracias a que llevaba una camisa blanca recién almidonada y su lacio pelo rubio apelmazado con gomina.

Perkins se acercó a su escritorio abarrotado y se quedó de pie junto a una fotografía de tamaño natural del óleo que habían confiscado en la iglesia de Schwartz. Habían dibujado unas líneas blancas sobre la imagen, cada una de las cuales estaba unida a unas notas clavadas con chinchetas en los bordes de la foto.

—Hemos identificado el lienzo. Los alemanes lo robaron de una iglesia de Roma en 1944. ¿Ven estas líneas blancas? Todas ellas llevan a puntos clave que nos permiten identificarlo. Lo único que no sabemos es cómo el lienzo ha llegado hasta aquí. Así que contadme otra vez lo que esa mujer os dijo sobre cómo acabó en su poder.

—Nos contó que se lo dio un cliente—contestó Bernardi—. Por los servicios prestados.

—¿Eso quiere decir lo que creo que quiere decir? —inquirió Perkins, con los ojos como platos y una sonrisa en los labios.

—Es una dominatriz —replicó Samuel, riéndose—. ¿Quiere salir con ella?

Perkins se ajustó la corbata, como queriendo decir: «¿Cómo te atreves a sugerir algo así?».

—¿Conocéis la identidad del cliente?

—Dijo que no nos la daría porque eso era información confidencial. En ese momento, no vimos que hubiera alguna razón que justificara ahondar más en el tema.

Perkins se acomodó en su asiento y esbozó una sonrisilla de suficiencia.

—Vlatko Nikolić era un general croata de las SS al que aún se busca por crímenes de guerra, cuyas huellas están por todo el lienzo. La posesión de un botín de guerra es un delito federal, siempre que el poseedor conozca su condición de tal, y esconder a un criminal de guerra es un delito aún más grave.

Si Nikolić es realmente cliente suyo, esa mujer tiene muchas cosas que explicarnos.

—Ese no es su único problema —señaló Bernardi—. El fiscal del distrito está dispuesto a llevarla ante un jurado por practicar la magia negra y cometer perjurio.

—Será mejor que vayamos a por ella, antes de que eso suceda. Si la acusan, no volverá a abrir la boca y quizá ya nunca podamos saber de dónde sacó ese lienzo.

—¿Se trata de una gran obra de arte o es un mero plagio? —preguntó Samuel.

—¡Es una gran obra, sí, grandiosa! —exclamó un sonriente Perkins, que estaba disfrutando del hecho de poder anotarse el tanto del descubrimiento sobre la procedencia del lienzo.

—¿Cuál puede ser su valor? —inquirió Bernardi.

—Incalculable —respondió Perkins, regodeándose—. Es incalculablemente valioso.

—¿Quién pintó ese lienzo? —le cuestionó Samuel—. ¿He oído hablar alguna vez del autor?

—Tengo el nombre apuntado por algún lado. Luego te lo digo.

—¿Tiene título? —preguntó Bernardi.

—Sí. Luego os pasaré también esa información.

Samuel sabía perfectamente que Perkins no les iba a dar más información sobre el lienzo, para que no pudieran actuar sin consultar antes con él. No obstante, el reportero estaba dispuesto a seguirle la corriente.

—Quién se iba a imaginar —dijo Samuel— que esta obra maestra fuera a hallarse en una iglesia destartalada del barrio de Mission de San Francisco, donde un predicador charlatán la utilizaba como atrezo.

—Cuando escribas el artículo, tendrás que señalar que todo el mérito de la identificación es nuestro —exigió Perkins.

—¿Puedo publicar ya esta noticia? —inquirió Samuel—.

Si es así, necesito saber el nombre del cuadro y del artista que lo pintó.

—Aún no estamos preparados para hacer pública esta información —señaló Bernardi—. Si hay una posibilidad, por remota que sea, de que ese lienzo tenga alguna relación con el asesinato sin resolver de Octavio o los asesinatos, como tú sostienes, Samuel, tanto de Schwartz como Octavio, no debemos revelar cierta información que podría dar al traste con nuestras posibilidades de capturar al asesino o a los asesinos.

—Yo estoy al cargo de este caso —aseveró Perkins, a quien le fastidiaba enormemente que la publicidad que su equipo podría obtener por haber identificado la obra tuviera que postergarse; no obstante, seguía sin soltar prenda acerca del título del lienzo ni del nombre del artista.

—Sé que conoce perfectamente las reglas, señor Perkins —dijo Bernardi con suma firmeza—. Así como yo no haría nada que pudiera perjudicar su investigación, estoy seguro de que usted respetará mi decisión al respecto.

Perkins hizo un mohín, como si fuera un niño al que acabasen de castigar, y estaba a punto de iniciar una discusión al respecto cuando Samuel intervino:

—Mira, cuando se publique la noticia sobre el lienzo, te daré toda la publicidad posible y te reconoceré todo el mérito.

—¿Cuánto tiempo tendré que esperar? —exigió saber Perkins.

—Hasta que estemos seguros de que tenemos al culpable y tengamos bastantes evidencias como para condenarlo y lograr que no vuelva a pisar la calle —respondió Bernardi.

—Os doy dos semanas —dijo Perkins, claramente enojado—. Si no estáis preparados para hacer públicas ciertas informaciones, tendré que recurrir a otras vías. Mientras tanto, tendremos que hablar con la persona que afirma que obtuvo esa obra de uno de sus clientes.

—Nos incluirá en esas pesquisas, ¿no? —inquirió Bernardi.

—Por supuesto —contestó Perkins—. Formáis parte del equipo.

Samuel sonrió. Sabía qué quería decir con eso, aunque no fuera nada bueno. Ahora que Perkins creía que llevaba la voz cantante, se cercioraría de ser la estrella del caso y de que los demás quedaran relegados a ser meras comparsas. No obstante, lo realmente importante era saber si ese lienzo podría arrojar alguna luz sobre las muertes de Octavio y el enano. De no ser así, Perkins podría revelar con suma facilidad, a través de una miríada de vías distintas, toda la información sobre el lienzo, y todo quedaría reducido a una mera noticia fugaz de un solo día. Pero, si Perkins revelaba esa información prematuramente e impedía así que la policía diera caza al asesino, el reportero no se perdonaría jamás el haber puesto el lienzo en manos de ese hombre tan egocéntrico y autoritario.

—Permíteme hacerte otra pregunta —dijo Samuel—. ¿Ha habido suerte con su investigación sobre el incumplimiento de la ley Mann por parte de Michael Harmony?

—No —respondió Perkins—. Nunca he creído que ese caso fuera a ir muy lejos. Solo fui al interrogatorio para acojonarlo y ayudar a Bernardi. Aunque lo tienen pillado por facilitar jovencitas al tal Schwartz, ya que McFadden está cantando de lo lindo. Supongo que a Harmony le caerán diez años.

—¿Y qué pasa con los cargos de asesinato? —preguntó Samuel.

—Eso no es de mi incumbencia. Se supone que Bernardi y tú os ocupáis de eso.

Con esas últimas preguntas, Samuel simplemente estaba intentando sonsacarle más información a Perkins. En cualquier caso, estaba claro que no estaba dispuesto a contarles todo lo que sabía, y que los asesinatos tendrían que resolverlos Bernardi y él sin su ayuda. Ambos le dieron las gracias a Perkins y se marcharon.

17

LA CAZA DEL RETORCIDO

Ese mismo día, alrededor de las cuatro de la tarde, Samuel llevó a Bernardi hasta el Camelot. Melba, que estaba sentada a la Tabla Redonda con Excalibur a un lado, alzó su cerveza medio vacía para saludarlos. El perro tiró de su correa al ver a Samuel, pero Melba le indicó al reportero que se alejara con un gesto de su mano.

—Está a dieta —afirmó, entre carcajadas—. Son órdenes del médico.

Bernardi se acercó a ella y la cogió de ambas manos con afecto. Después se acomodó y se puso a charlar con Melba, mientras Samuel se dejaba caer sobre la silla de roble situada junto a ella.

—Estoy hecho polvo —señaló.

—¿Mucha fiesta, mujeres y alcohol? —preguntó la dueña del bar.

—Ojalá —contestó—. Es por haberme acostado tan tarde, una noche tras otra, y por haber tenido una reunión de mierda con un gilipollas.

A continuación, procedió a contarle todo lo que había descubierto gracias a sus pesquisas en North Beach, y lo que había ocurrido en la reunión que habían mantenido él y Bernardi con Charles Perkins.

—¿De verdad te ha sorprendido toda la movida que hay en San Francisco? —inquirió la dueña de Excalibur.

—Pues sí —respondió el reportero—. Al principio pensé que solo era cosa de North Beach y los beatniks, pero hay otros mundos ahí fuera de los que nunca se habla en la sociedad más cultivada.

—Como en todas partes —afirmó Melba—. Solo hay que rascar un poco la superficie, muchacho. A veces, lo que en un principio se considera un comportamiento marginal acaba siendo aceptado por todo el mundo.

—Pues eso no es lo que a mí me enseñaron en la escuela —comentó Samuel, riéndose.

—Pues a mí la vida que llevo como detective de homicidios me ha dado una perspectiva bastante más amplia de la vida —aseveró Bernardi, asumiendo la pose de un anciano sabio.

—Bueno, volvamos a centrarnos en lo que estáis investigando, chicos —dijo Melba—. ¿Qué más habéis descubierto que yo debería saber?

Samuel empezó a hablar, pero Bernardi lo interrumpió.

—Lo primero que he de hacer es admitir que Samuel casi seguro que tiene razón al afirmar que Schwartz fue asesinado, y también cuando asevera que la misma persona que mató al enano asesinó también al muchacho mexicano.

—¿Qué te ha hecho cambiar de opinión? —le preguntó Melba a Bernardi.

—Lo que la joven del Sinaloa le contó a Samuel sobre el hombrecillo y el otro hombre de acento extranjero que pasaron cierto tiempo con ella. Según ella, el acompañante de Schwartz era un pervertido y un hijo de la gran puta. Gracias a esa nueva información, he conseguido juntar varias piezas del rompecabezas.

—¿Como cuáles? —inquirió Melba, a la vez que le daba su vaso vacío al barman y aceptaba otro nuevo a rebosar de cerveza.

Bernardi inició la explicación, pero entonces Melba alzó una mano.

—Lo siento, chicos, qué maleducada soy. ¿Qué queréis tomar?

—Yo voy a tomar un tinto —contestó Bernardi.

—Yo, lo de siempre —respondió Samuel.

Melba gritó hacia atrás.

—Un whisky doble con hielo y un tinto de Dago —gritó por encima del hombro—. Bueno, y ahora sigue —le ordenó a Bernardi.

—Como iba diciendo, he cambiado de opinión al encajar las piezas de lo que ha contado esa chica con lo que sucedió en el apartamento del enano y la forma en que murió el muchacho —afirmó Bernardi—. Debemos recordar que únicamente contamos con parte del cadáver. El asesino debe de ser un tipo lo bastante extraño como para guardar las partes de un cuerpo en un congelador y luego deshacerse de ellas una a una. Después, está el tema de la muerte de Schwartz. Lo encontramos colgando del marco de la puerta y, a primera vista, parecía que él mismo se había quitado la vida. He visto muertes similares en otras ocasiones y siempre han sido suicidios. —En este instante, Bernardi dio un sorbo al vino que le acababan de servir—. Pero en este caso concreto he de reconocer que Samuel debe de estar en lo cierto. Probablemente, alguien lo ayudó a matarse, alguien como ese pervertido que describió esa mujer. Por tanto, parece muy plausible que, una vez el enano se subió al taburete, cuando ya se estaba asfixiando mientras se masturbaba, su asesino le diera una patada al taburete y lo dejara ahí abandonado a su suerte para que muriera; limpió el apartamento para eliminar cualquier evidencia que pudiera indicar que alguna vez había estado ahí. Pero se dejó un par de pistas: la rozadura del taburete y la fibra de lana en el pasamanos de la escalera de la parte de atrás.

—¿Por qué crees que esa fibra proviene de la ropa del asesino? —lo cuestionó Melba.

—Ahora mismo, solo es una teoría, pero ten en cuenta

que es bastante probable que él no sepa que contamos con esa pista. Si diéramos con algo que estuviera en posesión del asesino y se correspondiera con esa fibra, tendríamos unas poderosas pruebas circunstanciales.

—¿Y eso por qué? —inquirió Melba.

—Porque ha tenido ya tiempo de sobra para dar un paso adelante y decir que conocía a la víctima y que solía andar con él por ahí —le explicó Bernardi—. El mutismo que guarda sobre su relación y sobre su presencia en ese apartamento es, precisamente, lo que lo señala como presunto culpable. En eso consisten precisamente las pruebas circunstanciales.

—¿Habéis dado ya con alguien que admita que estuvo en la fiesta? —preguntó Melba—. Me refiero a alguien aparte de Harmony, de quien sospecháis que sí estuvo ahí.

—Aún no hemos podido demostrar ni siquiera eso —replicó Samuel, dándole un trago a su bebida—. Pero seguimos indagando. Además, acabo de descubrir la existencia de ese pervertido, por lo que albergo esperanzas de conseguir más información al respecto en los próximos días, ahora que sé qué estamos buscando.

—¿Aún seguís creyendo que Schwartz asesinó a ese muchacho? —los interpeló Melba.

—Esa es una buena pregunta —respondió Bernardi—. Aún no estoy seguro. Una hipótesis muy solida es que asesinó al chico y que, como no pudo soportar la presión de la persecución policial y de que su iglesia fuera clausurada, decidió quitarse la vida.

—Estoy convencido de que eso no fue lo que pasó —lo corrigió Samuel—. Eso es exactamente lo que ese pervertido quiere que creamos. Pero cometió un gran error: limpió el apartamento después de darle una patada al taburete al que se había subido el enano, lo cual hace que toda nuestra atención se centre en él.

—Aunque, claro, tampoco habréis descartado del todo a Harmony como sospechoso, ¿verdad? —inquirió Melba.

—Hasta ayer, estaba en mi lista de sospechosos —contestó Samuel.

—¿Qué ha pasado para que cambies de parecer?

—He averiguado que el pervertido hablaba con acento extranjero.

Melba sonrió.

—Alto, siniestro y apuesto, y con acento extranjero. Es un buen argumento para una gran película, protagonizada por..., dejad que lo piense un momento —comentó Melba, que, acto seguido, alzó la barbilla y exhaló el humo de su cigarrillo en dirección hacia aquel alto techo.

—Sé que suena muy típico, pero creo que tenemos la solución delante de las narices —aseveró Bernardi.

Melba apagó el pitillo en un cenicero que ya estaba a rebosar.

—Te estás acercando a la solución, Samuel. Ahora lo único que tienes que hacer es descubrir qué tienen en común el enano, el tipo del acento y Octavio, y serás todo un héroe. Además, creo que ya te he comentado más de una vez qué es lo que creo que tienen todos en común.

—No se trata de ser un héroe, Melba, sino de conocer la verdad —replicó Samuel, profiriendo un suspiro, pues, a cada minuto que transcurría, se sentía más y más fatigado.

—¡Y una mierda! —exclamó Melba, riéndose, mientras se llevaba la cerveza a los labios—. Todo el mundo quiere ser un héroe.

»Por cierto, ¿te encuentras bien, Samuel? Lo digo porque no has preguntado ni una sola vez por Blanche —comentó burlonamente—. Si todavía te sigue interesando, que sepas que vendrá luego.

Samuel se ruborizó.

—Claro que me interesa, pero, ahora mismo, no tengo la energía necesaria como para hacer algo al respecto —contestó.

Se levantó y le acarició la cabeza al perro, dejando así a Bernardi y a Melba hablando en la mesa. Salió por la puerta y sintió de inmediato la brisa fresca de la última hora de la tarde de San Francisco. Regresó a su apartamento, donde cayó dormido sin demora, y no se levantó hasta la mañana siguiente.

Samuel se encontraba frente al Black Cat, situado en la calle Montgomery, cuando abrió a las cinco en punto. Sabía que a esa hora el barman del turno de noche entraba a trabajar. A pesar de que la parte exterior de ese club nocturno era oscura, sosa y vulgar, Samuel descubrió que su interior era sorprendentemente elegante. Unas opulentas lámparas de araña que colgaban del techo iluminaban la larga barra y una serie de mesitas cubiertas con manteles blancos que estaban preparadas para la cena. La barra contaba con espacio suficiente para albergar a una gran cantidad de clientes. Y en una esquina, junto a la puerta, había un piano que nadie tocaba en esos momentos.

Samuel se sentó en un taburete y pidió algo de beber. El joven que le sirvió la bebida llevaba una camiseta muy ajustada que resaltaba su físico enjuto y fuerte. Tenía el pelo corto y una sonrisa en los labios que dejaba a la vista unos dientes casi perfectos. Como era un tipo de trato cordial, Samuel enseguida entabló con él una larga conversación. El único problema estribaba en que el joven no bebía, por lo que Samuel concluyó que, si no iba al grano enseguida, iba a acabar borracho antes de que pudiera sonsacar al barman alguna información valiosa.

—¿Conoce a Michael Harmony? —preguntó al fin.

—¿Es amigo suyo?

—No, pero tenemos algunos conocidos en común.

—Y ¿qué quiere de él?

—Nada. Solo me preguntaba si había estado por aquí.

—Sí, lo he visto por aquí algunas veces, pero no es un cliente habitual —afirmó el barman—. ¿Qué es lo que quiere realmente, señor? Estoy seguro de que no ha venido aquí para hablar de Michael Harmony.

—Tiene razón. He venido para preguntarle si sabe algo sobre este hombre —contestó Samuel y, al instante, sacó una fotografía.

El barman se rió y sus dientes relucieron bajo la luz de las lámparas de araña.

—Pero si es el predicador, Dusty Schwartz. Era un cliente habitual antes de abrir su iglesia. Después de eso, no lo volví a ver mucho por aquí.

—¿Alguna vez lo vio acompañado de un hombre más grande, de pelo rizado y gris y que hablaba con acento extranjero?

—Sí, iban de caza juntos.

—Y eso, ¿qué quiere decir? —inquirió Samuel.

—Solían venir alrededor de las diez en punto en busca de presas. Les gustaba escoger a un tipo para los dos.

—¿Alguno de esos hombres que solían escoger sigue frecuentando este bar?

—Casi seguro que no. Eso no funciona como usted cree. Las presas deambulan de bar en bar. La mayoría de las veces, uno nunca las vuelve a ver. Recuerdo a esos dos porque solían venir a ligar y porque uno de ellos era enano —respondió entre carcajadas—. ¿Cómo no me iba a fijar?

—¿Podría contarme algo más sobre el grandullón del pelo gris?

—Únicamente lo que usted ya ha dicho, que hablaba inglés con acento extranjero.

—¿De dónde cree que era ese acento?

—Pues no sé decirle. Yo diría que europeo. Pero no sé de qué país, la verdad.

—Sabe que Schwartz ha muerto, ¿no?

—Lo leí en el periódico.

—Murió en el transcurso de una fiesta que se celebró en su apartamento. ¿Sabe algo acerca de esa fiesta o conoce a alguien que acudiera a ella?

El barman miró a Samuel con suspicacia y aceleró la velocidad a la que estaba secando unos vasos con un trapo. Titubeó antes de decir nada más, pues se sentía claramente incómodo con esa conversación.

—No. Como ya le he dicho, él y su amigo dejaron de venir cuando el señor Schwartz abrió su iglesia. Eso fue hace un par de años. Además, ¿usted quién es? ¿Un poli? No será un reportero de la ABC, ¿eh?

Entonces alzó un brazo e hizo un gesto hacia la puerta principal, como si estuviera haciendo una seña a alguien.

—No, no, no se preocupe. Solo soy un amigo que intenta descubrir qué le ocurrió al pequeñín. Está claro que, como el mundo en el que vivía era bastante clandestino, la gente como usted suele mostrarse reticente a compartir información al respecto.

—¿Acaso eso se nos puede echar en cara? —replicó impaciente el barman.

El bar se encontraba en esos momentos casi lleno y los hombres, que estaban sentados a las mesas o junto a la barra, se miraban unos a otros de un modo que le resultaba a Samuel muy poco habitual.

—Solo quiero ayudar a descubrir la verdad, de veras, y una manera de hacerlo es averiguar quién estuvo en la fiesta de Dusty Schwartz.

El joven negó con la cabeza.

—Ya le he contado todo lo que sé y quizá ya he dicho más de lo que debería. Espero que no me salga el tiro por la culata y acabe puteado.

—Entiendo su preocupación. Pero, créame, no pretendo fastidiar a nadie.

El barman lo obsequió con una sonrisa muy cínica.

—Claro, señor, lo entiendo.

Samuel le dio las gracias, dejó una propina y se levantó para marcharse. En esos instantes, un pianista tocaba melodías conocidas a un fuerte volumen. Un par de hombres le hicieron una seña a Samuel para indicarle que se les acercara, pero les dio esquinazo con la mayor dignidad posible y logró, al fin, salir por la puerta que daba a la calle Montgomery. Un gorila musculoso embutido en una camiseta negra, que vigilaba la entrada y que sin lugar a dudas había recibido la señal de aviso del barman, observó a Samuel con desconfianza y flexionó sus marcados músculos para indicarle con claridad que ya no era bienvenido ahí.

Mientras le daba vueltas a la conversación que acababa de mantener con el barman, Samuel se preguntó si Octavio no sería homosexual y fue escogido en una de las batidas de caza de ese misterioso extranjero y Schwartz. Esa era una faceta del caso sobre la cual solo había meditado brevemente cuando se enteró de las actividades e inclinaciones de Harmony, y que no se había vuelto a plantear hasta ese mismo momento. Sin embargo, para poder confirmar esa teoría, necesitaba pruebas que demostrasen que los tres estuvieron en el mismo lugar al mismo tiempo en busca de lo mismo. Entonces repasó mentalmente todo cuanto sabía hasta ese momento. No, eso no fue lo que pasó, decidió.

Como el restaurante Vanessi's, donde Blanche, Bernardi, Marisol y él habían cenado la noche de la doble cita, estaba a la vuelta de la esquina, subió por Broadway hasta llegar ahí y cenó en la barra del establecimiento, lo cual le dio la oportunidad de volver a escuchar al viejecito italiano tocar sus melodías con su xilófono de miniatura.

Después de cenar, caminó hasta la avenida Grant y pasó junto a la cafetería La Pantera, un famoso restaurante familiar situado junto a The Saloon. A medida que avanzaba, fue dejando atrás algunos de los bares beatniks más famosos de la ciudad, que seguían atestados de turistas en busca de Jack Kerouac y Neal Cassidy. También pasó junto a Gino and Carlo's, un local de toda la vida situado en la calle Green en North Beach, que solían frecuentar los lugareños, y entró en el Anxious Asp, el bar de lesbianas del que le había hablado el barman del Vesuvio's. Se echó a reír en cuanto vio un sedán Edsel Pacer de cuatro puertas de 1958 aparcado justo delante del bar. Menudo desastre de coche, pensó.

Eran ya más de las nueve de la noche del viernes y el local estaba abarrotado de mujeres, algunas de ellas vestidas como hombres. Al observar con más atención, Samuel se dio cuenta de que era el único varón del lugar. Se sentó en un taburete, situado en el único sitio libre que quedaba en el bar, y pidió algo de beber a una mujer que iba vestida con una camiseta blanca. Como no llevaba sujetador, sus pezones resaltaban como si fueran dos botones, lo cual contrastaba mucho con su pelo rapado de corte masculino. Una vez le sirvió su bebida, Samuel pagó y sacó la foto.

—¿Alguna vez ha visto a este hombre por aquí? —preguntó.

La mujer entornó los ojos y esbozó una sonrisa de suficiencia.

—¿Me toma el pelo, señor? Este es un bar de bolleras.

—Ya lo sé. Pero a lo mejor pasó a visitar a una amiga.

—Mire a su alrededor, amigo. ¿Ve aquí a algún hombre, aparte de usted? ¡Váyase a tomar por culo!

De inmediato, le dio la espalda y se dirigió a la otra punta del bar. El periodista apuró su bebida y se fue caminando a casa; se metió en la cama pensando que había perdido el tiempo y que si se hubiera tomado una copa más el hígado le habría explotado.

En plena noche, se dio cuenta de que se encontraba en la cama con Blanche, a la que estaba acariciando lentamente los pechos mientras la besaba apasionadamente y le quitaba los pantis. Justo cuando iba a consumar el acto con el amor de su vida, Samuel se despertó jadeando y envuelto en un sudor frío.

Samuel estaba exhausto tras una larga semana deambulando hasta altas horas de la noche por North Beach y, además, el sueño que acababa de tener había hecho que deseara a Blanche aún más que nunca. Como esa noche había quedado con ella para cenar en su pequeño apartamento, decidió, nada más despertarse, que quería preparar algo especial para su cita romántica. Si todo transcurría según lo planeado, repetiría en la realidad lo que había hecho con ella en ese sueño.

Samuel se acordó de las deliciosas enchiladas que había cenado en casa de Rosa María Rodríguez, y decidió llamarla al mercado Mi Rancho para preguntarle si podía pasarse por ahí a comprar los ingredientes necesarios para prepararle esas enchiladas a Blanche. Rosa María se echó a reír en cuanto Samuel le explicó qué tramaba y aceptó ayudarlo; no obstante, le dijo que la receta era muy complicada para él. Así que, si quería, le podía dar una receta mexicana muy sencilla que también la impresionaría.

En cuanto llegó al mercado alrededor del mediodía, Samuel cruzó pasillos atiborrados de conservas, ropa y complementos, y se dirigió a la caja, detrás de la cual se encontraba Rosa María, que iba ataviada con un vestido de flores sobre el que llevaba un delantal blanco que lo tapaba parcialmente. Lo saludó con su habitual sonrisa contagiosa.

—Hola, señor Hamilton. Hacía tiempo que no lo veíamos por aquí. ¿Cómo va con ese caso?

—Lo hemos resuelto en parte, gracias a sus hijos.

—¿Se refiere a que lograron descubrir el paradero de Sara?

—Sí.

—Lo leímos en el periódico —le comentó, mientras apoyaba las manos sobre el mostrador—. Marco se sintió decepcionado al comprobar que no había mencionado su nombre junto a las tiras cómicas, pero ya lo ha superado.

—¡Dígale que no se preocupe! —exclamó Samuel—. Si alguna vez resuelvo el asesinato de Octavio, sus dos hijos se llevarán todo el mérito.

En ese preciso instante, Ina y Marco atravesaron la cortina que separaba el despacho del mercado y se acercaron a su madre.

—Hola, señor Hamilton —dijo Marco—. Me alegro de volver a verlo.

Entretanto, Ina, como siempre, intentaba esconderse detrás de Rosa María. Llevaba un vestido primaveral azul sobre una blusa blanca almidonada de algodón y tenía su pelo moreno recogido en una sola coleta que le llegaba hasta la espalda.

—Nos gustó mucho lo que escribió sobre Sara —afirmó la niña, mirándolo a hurtadillas—. Mamá nos lo leyó.

—Sara nos visitó en cuanto volvió a San Francisco —apostilló Marco—. E incluso nos dejó jugar con su bebé cuando el carnicero le pidió que fuera a hablar con él.

—¿El carnicero? —preguntó Samuel, mientras miraba fugazmente al hombre situado detrás del mostrador de la carnicería.

—Sí, siempre ha estado colado por ella, desde que Sara empezó a venir por aquí —le explicó Marco—. Antes de que conociera a Octavio.

—Eso ha sido muy grosero, Marco. No debes meterte en la vida de los demás —lo interrumpió Rosa María antes de que pudiera decir nada más.

—Por favor, Rosa María, deje que siga —le rogó Samuel—. Los críos se fijan mucho más en las cosas de lo que uno cree.

—Solía darle muestras gratuitas —añadió Ina, quien no quería quedarse al margen de la conversación, como si esta fuera una competición.

Samuel volvió a echar una ojeada al carnicero y se quedó lívido.

—Le he anotado una receta, señor Hamilton —le aseguró Rosa María, que no se había fijado en la reacción del reportero ante el carnicero—. Es muy fácil de hacer y creo que con ella logrará que Blanche se ponga muy «romántica».

—Gra... gracias —tartamudeó Samuel—, pero ya la cogeré luego. Lo siento.

Salió precipitadamente del mercado y corrió hasta la calle Mission, donde cogió un tranvía que lo llevaría al centro de la ciudad.

A las diez en punto de la mañana siguiente, el mercado Mi Rancho ya había sido acordonado por un montón de agentes de policía de la Sección de Homicidios. Asimismo, se hallaban en su interior varios técnicos de la policía científica, y unos cuantos miembros de la plantilla del despacho del forense. Mientras tanto, el olor de los *panes dulces mexicanos*, que procedía de la panadería situada dentro de esas instalaciones, se mezclaba con el aroma a café recién hecho.

El capitán Doyle O'Shaughnessy, que daba caladas a su habitual Chesterfield, se encontraba acompañado de un séquito de policías de la comisaría de Mission en la acera situada frente al mercado. Estaba furioso y tenía la cara enrojecida.

—¿Por qué no me han informado de este registro? —bramó.

Bernardi, que estaba dando órdenes a los últimos grupos que habían llegado, escuchó el alboroto y salió del mercado para hacer frente al furioso oficial.

—Relájese, capitán —le pidió, moviendo las manos hacia abajo, como si intentara sofocar así las llamas de un fuego—. Se trata de una investigación de homicidios. Aún no hemos dado con nada relevante. Simplemente, estamos llevando a cabo unos registros autorizados en busca de evidencias. Si encontramos algo, será el primero en saberlo.

—¡Ya, claro! Entonces, ¿qué hace el cabrón del reportero ese tras el cordón policial? —le espetó el capitán, mientras varios salivazos salían volando de su boca y apretaba con fuerza los puños.

—Solo está observando, pero sabe que no podrá publicar nada sin mi permiso. Usted también puede entrar si quiere.

—No, no —replicó el capitán; respiró hondo para intentar calmarse, se había dado cuenta de que estaba quedando como un idiota—. Mire, sigo estando al cargo de Mission y no me gusta lo más mínimo que se me deje al margen de lo que sucede en mi propio territorio, así que manténgame informado.

—Por supuesto, capitán —afirmó Bernardi con una sonrisa conciliadora dibujada en su rostro—. Usted es el jefe, ya lo sabemos.

El capitán no captó la ironía de aquel comentario. Hizo una seña a su séquito y, de inmediato, todos se metieron en sus vehículos y partieron con rapidez. Bernardi observó cómo se marchaban los tres coches patrulla, se volvió hacia los transeúntes que contemplaban lo que ocurría desde la acera y los conminó a que se marcharan también. Después, entro, de nuevo, en el mercado y se acercó al mostrador de la carnicería. Ahí se encontró con Pavao Tadić, el carnicero, que estaba sentado entre dos agentes de policía, con su rechoncha cara enrojecida y su rizado pelo gris despeinado. Tadić tenía los brazos cruzados a la altura del pecho y miraba a Bernardi con odio; las llamas de la ira ardían en sus ojos.

—Tengo derecho a hablar con un abogado —gruñó en un inglés con un fuerte acento extranjero.

—Todavía no ha sido acusado de nada ni tampoco le hemos hecho ninguna pregunta, señor —replicó Bernardi—. Cuando se inicie el interrogatorio, si es que llegamos a interrogarlo, le daremos la oportunidad de llamar a su abogado. Pero, ahora mismo, solo queremos echar un vistazo y, al mismo tiempo, nos gustaría cerciorarnos de que sabemos dónde está en todo momento mientras llevamos a cabo este registro.

Bernardi se aproximó a un grupo de técnicos que se encontraban junto a Samuel cerca del mostrador de la carnicería y, antes de hablar, se aseguró de que estaban lo bastante lejos como para que Tadić no pudiera oírlos.

—Quiero que recojan todo el serrín del suelo de esta carnicería y lo metan en cajas para que podamos buscar sangre humana en ella, y comparar esas muestras con las que recogimos alrededor del cubo de la basura donde se halló el primer trozo de cadáver. —Bernardi miró a Samuel—. Sé que las posibilidades son remotas, pero si la sangre o el serrín coinciden, habremos dado un paso más en la dirección correcta. —Entonces, se volvió hacia los técnicos—. Cuando hayan acabado con eso, desmantelen esas dos cortadoras de carne. El forense necesita examinar al microscopio las hojas de esas sierras para ver si coinciden con las marcas aserradas que encontramos en los huesos.

Bernardi dio unas cuantas órdenes más y volvió a acercarse al carnicero.

—¿Tiene un congelador en la carnicería o dentro de la cámara frigorífica?

Pavao lo miró con los ojos entornados.

—No tengo por qué responder a sus estúpidas preguntas —contestó—. Conozco mis derechos. Quiero un abogado.

—Vale, como quiera.

Samuel, por su parte, iba un paso por delante de todos los demás. Hizo una seña a Bernardi para que lo siguiera hasta la parte posterior del edificio, y llamó a gritos al forense para que se uniera a ellos. Una vez ahí, les mostró un congelador escondido detrás de un viejo biombo, sobre el que habían pintado un musculoso guerrero azteca con un tocado de plumas en la ladera de un volcán llameante. El forense abrió el congelador con una mano enguantada. Estaba vacío, pero el hielo se había endurecido en los laterales y en el fondo había manchas que parecían ser de sangre.

—Será mejor que no desconectemos el congelador —indicó el forense—. Cogeremos unas muestras y les haremos diversas pruebas. Mientras tanto, lo sellaré para que nadie pueda abrirlo o sacar algo de él.

Para entonces, ya eran más de las diez. Llevaban en el mercado más de dos horas. Samuel se dirigió al mostrador de ultramarinos y vio que en la calle estaba Rosa María, hablando consternada con uno de los agentes que no la dejaba atravesar el cordón policial. En ese momento, la mujer divisó a Samuel, en el interior del mercado, y le lanzó una mirada inquisitiva teñida de furia. El reportero se fue a un lugar donde no pudiera verlo y, entonces, se topó con Bernardi.

—Rosa María Rodríguez se encuentra ahí fuera y está furiosa porque hemos invadido su mercado. Se lo vas a tener que explicar. Por favor, no seas muy duro con ella, me ha ayudado mucho en este caso.

—No te preocupes —replicó el detective—. La calmaré... si puedo.

Acto seguido, ambos salieron a hablar con ella.

—¿Durante cuánto tiempo van a tener mi mercado cerrado? —le preguntó a Bernardi, ignorando a Samuel en todo momento.

—Por favor, acompáñenos dentro, señora Rodríguez. Lamentamos causarle tantos problemas.

Entonces, la mujer se volvió hacia Samuel.

—¿Qué está pasando aquí? ¡Creía que era mi amigo!

Samuel estuvo a punto de contestar, pero Bernardi lo interrumpió.

—Nos iremos de aquí lo antes posible, señora.

—Pero, primero, ¡explíquenme por qué están *aquí*! —gritó.

—Lo único que puedo decirle es que estamos investigando un asesinato, señora. Pero le garantizo que, en cuanto mis hombres se vayan, Samuel se lo explicará todo.

Rosa María vio que el carnicero se encontraba sentado entre dos agentes.

—¿Han arrestado al carnicero? —inquirió, confusa—. ¿Qué ha hecho? ¿Y qué va a pasar con mi mercado? Espero que comprendan que regento un negocio. Nuestras puertas tienen que estar abiertas para que la gente pueda hacer las compras y necesito un carnicero para cortar la carne.

—Lo entiendo perfectamente, señora Rodríguez, pero va a tener que arreglárselas sin un carnicero, al menos el día de hoy, o incluso tal vez más tiempo. Debo llevármelo a su apartamento para hacer un registro. Y, después de eso, tendré que interrogarlo.

—¿Está acusando a este hombre de haber cometido un crimen? —preguntó.

—No lo estoy acusando de nada —respondió el detective—. Simplemente, estoy llevando a cabo una investigación y eso es todo lo que puedo decir al respecto.

Rosa María seguía furiosa, pero pareció resignarse, pues sabía que no le quedaba más remedio.

—Eso significa que tendré que llamar al sindicato para conseguir otro carnicero. ¿Cuándo podré abrir las puertas?

Bernardi meditó la respuesta un momento.

—Supongo que nos iremos en una hora.

—Espero que cumpla su palabra —le espetó con brusquedad y, a continuación, miró directamente a Samuel—. Y usted, joven, tiene mucho que explicarme.

Acto seguido, se volvió bruscamente y salió del mercado para dirigirse a su coche que estaba aparcado al otro lado de la calle.

Cuando cruzó por la puerta, pudo escuchar cómo Bernardi se dirigía a ella con voz potente pero sin llegar a chillar.

—Nos veremos en breve, señora Rodríguez. Tengo un par de preguntas que hacerle.

Pero ella hizo como que no lo había oído, se subió al coche y se marchó.

Samuel se volvió en cuanto escuchó que Bernardi quería hablar con Rosa María.

—No creerás que ha tenido algo que ver con todo este lío, ¿verdad?

—Casi seguro que no, pero necesito saber cuánto tiempo lleva el carnicero trabajando aquí, y si alguna vez ha notado algo fuera de lo normal en este tipo. También debo saber en qué circunstancias vio a ese hombre con Sara y Octavio.

Para cuando Rosa María regresó, ya totalmente calmada, el cordón policial había sido desmantelado y todos los técnicos de la policía científica se habían ido. Ahí tan solo quedaban Samuel y Bernardi.

—He visto a Pavao en el asiento trasero de su coche patrulla con las manos esposadas a la espalda —le dijo a Bernardi—. Creía que no lo iban a acusar de nada.

—Ahora mismo, únicamente lo tenemos bajo custodia en calidad de testigo material de unos hechos. Lo hemos tenido que esposar, porque un ciudadano no puede disfrutar de libertad de movimientos en el interior de un coche patrulla. Es una medida de seguridad que se toma para proteger a nuestros agentes.

Rosa María asintió, pero no le creyó.

—Samuel, tenemos que hablar —le espetó enérgicamente.

—Le contaré todo lo que pueda —replicó el periodista.

Se la llevó a una esquina situada junto a las conservas, y le explicó la sucesión de acontecimientos que lo habían llevado a sospechar del carnicero y cómo, cuando por fin dedujo que ese hombre estaba con toda probabilidad involucrado en el crimen, había llamado a Bernardi, que de inmediato había tomado las medidas oportunas.

Rosa María parecía consternada y confusa.

—Sinceramente, le puedo asegurar que nunca he notado nada inusual en la forma en que trataba a los clientes, incluidos Sara y Octavio. Ni siquiera sabía que había flirteado con Sara hasta que los niños lo comentaron. Aunque deberían tener en cuenta que los latinos somos bastante dados al coqueteo y Pavao vivió bastante tiempo en Argentina como para que se le pegara esa costumbre.

—¿Sabe cuánto tiempo estuvo en Argentina antes de venir a Estados Unidos? —inquirió Bernardi.

—Solo sé que era un refugiado que huyó de Yugoslavia. Marchó a Argentina para escapar del golpe de estado de Tito. Luego emigró aquí, pero no sé cuándo.

—¿Alguna vez lo vio con ese joven, con Octavio?

—Solo cuando Sara y él venían juntos a comprar carne.

—¿Alguna vez se percató de que hubiera cierta tensión entre el carnicero y el joven?

—Jamás —contestó Rosa María—. ¿Por qué no se lo preguntan a Sara? Ella lo sabrá mejor que nadie, o eso creo.

Entonces, Bernardi le dio a Rosa María su tarjeta.

—Vale. Si se le ocurre algo más, le agradecería que me llamara. Lamento mucho haber cerrado su negocio esta mañana.

—Espero que esté haciendo lo correcto, teniente —le espetó, mientras observaba, con los brazos en jarra, cómo se marchaban ambos hombres del mercado.

Pavao Tadić vivía en la calle Veinticuatro, nada más doblar la esquina del lugar donde se encontraba el domicilio de Dusty Schwartz. Una coincidencia que no se les había pasado por alto ni a Bernardi ni a Samuel, cuando tuvieron que hacer la declaración jurada para poder obtener la orden judicial de registro.

Tras leerle la orden al carnicero, utilizaron la llave de este para abrir la puerta. Tadić había accedido a dársela para que así no tuvieran que forzar la entrada.

El edificio donde vivía era una pequeña construcción de cuatro plantas. El apartamento de Tadić, que Samuel pudo comprobar que estaba inmaculado, se encontraba en el primer piso. El suelo de madera de su apartamento estaba cubierto por alfombras tejidas en Sudamérica y las paredes estaban repletas de láminas que reproducían pinturas de algunos maestros europeos. El mobiliario se veía que no era nuevo, pero estaba en buen estado.

Bernardi entregó a los agentes la lista de las cosas que la orden de registro los autorizaba a confiscar, y acto seguido, el equipo se dividió para inspeccionar las diversas estancias de la casa. Unos minutos después, un agente entregó un suéter beige de lana de alpaca a Bernardi.

—He encontrado esto en el tocador del dormitorio —dijo el agente.

—¿Este suéter es suyo? —inquirió Bernardi al carnicero.

—No pienso hablar si no es en presencia de mi abogado —respondió.

—Sí, me da la impresión de que vas a necesitar uno.

Bernardi se llevó a Samuel y a un técnico de la policía científica a la parte posterior del apartamento, para comprobar si había ahí un congelador, pero no hallaron ninguno. También buscaron sierras y cuchillos que, por regla general, no suele haber en una casa normal. Si bien es cierto que no hallaron nada fuera de lo normal en ese sentido, también es cierto que encontraron una picadora de carne. Después, regresaron a la sala de estar y revisaron todos los libros que había en las estanterías; se trataba de una biblioteca particular que sorprendió a Samuel por su diversidad y variedad de idiomas.

—Vayamos a echar un vistazo a su dormitorio —dijo Samuel.

Bernardi lo acompañó y revisaron todo cuanto estaba a la vista. Pudieron comprobar que en la mesa situada junto a la cama había una fotografía de Sara.

—¡Maldita sea! —exclamó Bernardi—. Esto es muy importante. Mídela y métela en una bolsita de plástico para que podamos comparar su tamaño con los espacios vacíos que había en la pared del dormitorio de Schwartz.

Volvieron a la sala de estar, donde el carnicero se encontraba esposado.

—Se viene con nosotros a comisaría, señor Tadić —le comunicó Bernardi—. Una vez ahí, podrá llamar a su abogado.

La siguiente parada de Bernardi y Samuel fue el domicilio de la familia Obregón, en el barrio de Mission. Subieron la escalera del porche destartalado y llamaron a la puerta. Sara Obregón los saludó afectuosamente mientras su madre, que se encontraba a su lado con el bebé en brazos y que esta vez llevaba su pelo gris elegantemente peinado, sonreía a Samuel.

Sara los guió hasta la pequeña sala de estar. Mientras ambos hombres se sentaban, la madre de Sara les habló en español.

—Dice que se siente muy feliz de que dieran conmigo y el bebé, y de que hayamos vuelto a casa —les explicó Sara—. Como piensa que todo esto ha sucedido gracias al señor Hamilton, ha decidido considerarlo uno más de la familia y me ha dicho que le diga que aquí siempre será bienvenido.

Samuel se ruborizó.

Bernardi tomó la iniciativa de la conversación.

—Tenemos que hacerte unas cuantas preguntas más, Sara. Algunas de ellas quizá no sean muy agradables y otras quizá pongan a prueba tu memoria.

—¿Queréis interrogarme sobre el predicador o sobre Octavio?

—Quiero que me cuentes todo lo que sepas sobre el carnicero del mercado Mi Rancho.

—¿Sobre el carnicero? —repitió, sobresaltada—. No sé mucho sobre él. Solía flirtear conmigo cuando iba a comprar carne; a veces, me regalaba alguna cosilla, y siempre me decía que era muy bonita, pero estoy segura de que les decía lo mismo a muchas mujeres. Aparte de eso, no sé más sobre él.

—¿Y qué pasa con Octavio? ¿Alguna vez te acompañó a la carnicería? —preguntó Samuel.

—Sí, por supuesto. Según él, ese carnicero era un viejo verde, y me pidió que no le comprara carne. Siempre me dijo que las intenciones de ese hombre no eran nada buenas.

—¿Octavio lo amenazó alguna vez?

—Yo no diría que lo amenazara, pero sí es verdad que discutieron, por lo que dejé de hacer las compras en esa carnicería cuando iba al mercado con Octavio —contestó, asintiendo con la cabeza.

—¿Y qué se dijeron cuando discutieron?

—Octavio lo llamó *viejo verde*.

—¿Y cómo reaccionó el carnicero ante ese insulto?

—En ese momento, el carnicero estaba afilando un cuchillo. Así que, a medida que la discusión fue subiendo de tono, fue afilándolo cada vez más y más rápido. Como no quería que la cosa fuera a peor, saqué a rastras a Octavio del mercado. ¿No creerá que...? Entonces, profirió un grito ahogado y se llevó una mano a la boca.

—Aún no lo sé seguro —respondió Bernardi—. Ahora mismo, estamos intentando recopilar toda la información posible sobre él.

—Espero que descubran quién fue el asesino de Octavio —dijo, mientras las lágrimas le recorrían las mejillas.

Su madre le dio el bebé a la hermana de Sara y se colocó junto a ella para consolarla, al mismo tiempo que los dos hombres se marchaban.

—Melba tenía razón —comentó Samuel, en cuanto se encontraron en la calle.

—¿Qué quieres decir? —inquirió Bernardi.

—Dijo que Sara era la pieza clave en todo este lío.

—¿Y eso cómo pudo saberlo?

—Esa vieja tiene mucha intuición —contestó Samuel—. A veces, me asustan sus poderes de clarividencia. No me gustaría tenerla como enemiga.

—He recibido instrucciones del señor Perkins de que no se lo puede molestar a lo largo de esta mañana —le dijo la secretaria a Samuel, cuando este se presentó ahí unos días después para intentar reunirse de manera improvisada con el ayudante del fiscal de Estados Unidos.

—Dígale que soy el señor Hamilton y que estoy listo para

publicarlo todo, pero que todavía tengo que contrastar unos cuanto datos sobre el lienzo.

—Ya sabe lo cascarrabias que es —replicó la secretaria, nerviosa—. ¿Está seguro de que me está dando suficiente información como para que luego mi jefe no me eche una buena bronca?

—Confíe en mí. En cuanto le diga las palabras mágicas «que estoy listo para publicarlo todo», saldrá corriendo a saludarme.

Samuel sabía que Perkins estaba ansioso por que se le reconocieran sus méritos en la resolución del misterio del lienzo robado.

La secretaria asintió dubitativa y llamó al ayudante del fiscal para darle el mensaje.

Tal y como Samuel había predicho, Perkins salió como un rayo de su despacho.

—Hola, Samuel. Así que ya estás preparado para contar la gran noticia, ¿eh? ¿En qué puedo ayudarte? ¡Vamos, viejo amigo, pasa!

La secretaria se quedó perpleja al ver cómo su temperamental jefe guiaba al reportero hasta su despacho.

Samuel ni se molestó en intentar dar con un lugar donde sentarse en esa habitación tan desordenada. Se limitó a sacar su cuaderno y un bolígrafo, y apoyó un pie sobre una de las muchas cajas que estaban tiradas por el suelo.

—Bueno, esto es todo lo que tengo por ahora —le explicó Samuel—. Pavao Tadić, el carnicero croata que trabajaba en el mercado Mi Rancho, ha sido arrestado como presunto autor del asesinato y desmembramiento del joven Octavio Huerta. La sierra de cinta de la carnicería fue utilizada para cortar el cadáver del muchacho. La sangre que hemos hallado en su congelador y en la picadora de carne pertenece al grupo AB positivo, el mismo que tenía la víctima. El fiscal del distrito afirma que el móvil del crimen fueron probablemente los celos, ya que el carnicero quería que la novia de Octavio fuera solo para él, aunque todavía no está seguro de si cuenta con las evidencias suficientes como para acusarlo de ser el presunto autor del asesinato de Dusty Schwartz. No obstante, la fibra que encontramos en el pasamanos de la escalera trasera del apartamento del enano procedía de un suéter de alpaca beige, igual que el que hallamos en el dormitorio de Tadić. Asimismo, también encontramos ahí una fotografía de Sara Obregón y contamos con pruebas que demuestran que fue sustraída del mural fotográfico de Schwartz. El fiscal del distrito dice que, si el jurado acepta el procesamiento de Pavao Tadić por este otro asesinato, cree que podrá demostrar que el móvil fue el mismo: los celos. Schwartz mantuvo relaciones sexuales con Sara, y el carnicero creyó que el enano la había dejado embarazada. Eso lo enfureció, ya que, con casi toda seguridad, tenía sus propios planes sobre qué iba a hacer con ella.

—¿Y has venido hasta aquí solo para contarme eso? —inquirió Perkins, que parecía furioso, ya que Samuel no había hecho referencia alguna a su colaboración en el caso.

—Espera un momento —replicó Samuel—. Aún no he acabado. Bernardi envió las huellas de Tadić a tu gente, tal y como se le pidió. Y, por lo visto, ahora corre el rumor de que no era un mero carnicero.

—Ya lo entiendo —aseveró Perkins, con sumo engreimiento y henchido de orgullo—. Te has enterado de que ese hombre era un criminal de guerra y quieres que la oficina del fiscal de Estados Unidos haga unas declaraciones al respecto.

—Al fin nos vamos entendiendo, Charles. A ver, ¿qué puedes contarme?

—Resulta curioso ver que siempre eres capaz de descubrir cómo encajan todas las piezas —comentó Perkins, lanzando así un brusco cumplido al reportero—. Pero, espera —prosiguió—, aún hay más. Bernardi envió las huellas de Tadić y comprobamos que coincidían con las del lienzo. Las cuales, como ya te comenté en su momento, pertenecían a un conocido general nazi de las SS, a Vlatko Nikolić.

—Menuda revelación. Eso hará que esta exclusiva sea aún más impactante —afirmó Samuel—. Cuéntame más. En el artículo, voy a contar quién es realmente Pavao Tadić.

—Y también vas a reconocer sus méritos a quienes realmente se lo merecen, por supuesto —apostilló Perkins.

—Ya te dije que lo haría —replicó Samuel—. Por eso estoy aquí. Pero no puedo publicar la noticia si no conozco todos los detalles.

—La noticia contará que el reportero supo, gracias al ayudante del fiscal de Estados Unidos Charles Perkins, que el acusado de asesinato Pavao Tadić es, en realidad, Vlatko Nikolić, el general croata nazi de las SS, al que se buscaba por crímenes de guerra y por saquear obras de arte de iglesias italianas durante la Segunda Guerra Mundial.

—¿Por qué clase de crímenes se lo buscaba?

—Por genocidio. O, dicho de otro modo, por asesinato, saqueo y violación de seres humanos inocentes sin ninguna razón que lo justificara. Formaba parte de la cohorte de Andrija Artuković, más conocido como el Carnicero de los Balcanes, un pez gordo del estado títere de Croacia que los nazis fundaron en 1943.

—¿Puedes contarme algo más sobre el lienzo? —inquirió Samuel.

Perkins le dio entonces el título del cuadro, así como el nombre del artista y de la iglesia de Roma de la que fue robada.

—¿Puedo publicar todo esto? —preguntó Samuel.

—Sí, quiero que lo publiques. El caso de Andrija Artuković es un buen ejemplo de la batalla política que se está librando en estos momentos en Estados Unidos. Hay un grupo muy poderoso en este país que quiere impedir la extradición de criminales de guerra nazi a estados comunistas como Yugoslavia. Por tanto, nos viene bien que haya otros cargos contra Tadić.

—¿Qué quieres decir? —lo interpeló Samuel.

—Artuković lleva viviendo en California desde 1948. Fue arrestado en 1952 y se ordenó su deportación, pero en 1957 el Tribunal Supremo de Estados Unidos reenvió el caso a los tribunales de emigración que lo desestimaron, alegando que las declaraciones juradas donde se describían sus crímenes de guerra no eran creíbles. Si llamamos la atención de la ciudadanía con este caso de asesinato, quizá podamos volver a reabrir el caso de los crímenes de guerra de Nikolić.

—¿Y qué pasa con la dominatriz? —inquirió Samuel.

—Le concederé inmunidad si testifica contra Tadić, es decir, contra Nikolić, si le cuenta al tribunal que le prestó el lienzo y que afirmaba ser su dueño.

—Pero eso no la va a librar de las otras acusaciones que penden sobre ella —replicó Samuel—. Va a pasar un tiempo a la sombra por practicar magia negra y perjurio.

—Eso me importa una puta mierda —aseveró Perkins, poniendo los ojos en blanco, presa de la impaciencia, al mismo tiempo que se disponía a acompañar a Samuel a la puerta—. Tú limítate a escribir mi nombre correctamente cuando redactes ese artículo, donde reconocerás mis méritos tal y como me has prometido hoy aquí.

Dos días después, Samuel se encontraba sentado a la Tabla Redonda del Camelot y le estaba mostrando a Melba el artículo que acababa de ser publicado en el periódico matutino con este titular: «Otro Carnicero de los Balcanes acusado de asesinato». En él, se explicaban los retorcidos crímenes de Tadić y cómo el ayudante del fiscal de Estados Unidos había descubierto la verdadera identidad del acusado. También destacaba que Marco e Ina Rodríguez habían proporcionado unas pistas muy importantes que habían ayudado decisivamente a resolver el crimen. El artículo acababa junto a las tiras cómicas.

—Esto va a dar un gran empujón a tu carrera, Samuel.

Has solucionado tres casos importantes seguidos. No podrían haberlo hecho sin tu ayuda. Estas rondas te las paga la casa.

El reportero se ruborizó.

—Gracias, Melba, pero son solo las once de la mañana.

—¿Y qué? ¿Acaso alguien te vigila? Sírvele un whisky doble con hielo. Yo tomaré lo de siempre —gritó por encima del hombro.

—No podría haberlo hecho sin ti, Melba. Tú me dijiste que Sara era la clave. Esa idea se quedó grabada en algún rincón de mi mente y siempre la tuve presente. Un sábado, fui al mercado Mi Rancho para pedirle a Rosa María que me ayudara a prepararle una cena a Blanche. Sus críos estaban ahí y me comentaron que el carnicero siempre le estaba echando los tejos a Sara. En ese instante, todas las piezas encajaron. Eso fue lo que nos llevó a resolver el caso.

—Eso no es cierto del todo. El caso ha podido resolverse gracias a lo mucho que has investigado y pateado las calles, pero siempre viene bien, a nivel de relaciones públicas, que me hagas este tipo de cumplidos —afirmó una sonriente Melba—. ¿Y qué va a ser de Michael Harmony? Desde que has resuelto ese caso, ya nadie habla de él.

—Ese va a ser mi próximo artículo. McFadden, él y un par de líderes sindicales van a pasar un tiempo en la sombra por haberle facilitado chicas adolescentes a Schwartz.

—Por cierto, ¿al final cenaste con Blanche? Me refiero a esa cena que iba a tener lugar en ese entorno tan romántico que es el estercolero donde vives.

—La verdad es que ahora mismo voy a ir a Mi Rancho a darles las gracias a esos críos y a recoger una receta que Rosa María quiere darme. Esta noche voy a cocinar para Blanche. Iba a preparar la enchilada de camarón que cenamos una noche en casa de Rosa María, pero me ha dicho que es un plato muy complicado.

—¿Cuáles son tus intenciones para esta noche?

—Disfrutar de una velada romántica.

—¿Ah, sí? Yo que tú tendría preparado un plan B —apostilló Melba, con una risita ahogada.

En circunstancias normales, Rosa María no se habría alegrado tanto de ver a Samuel, pero en cuanto lo vio acercarse a la caja, una sonrisa iluminó su rostro.

—Ha cumplido su palabra, señor Hamilton. A los críos les ha encantado ver sus nombres en el periódico, sobre todo, al lado de las tiras cómicas.

—Les estoy muy agradecido, su ayuda fue fundamental para resolver estos crímenes. Aunque lamento todas las molestias que le causamos en su negocio.

—No, soy yo quien realmente lo siente. Ahora que sé de qué se acusaba a ese hombre, me siento avergonzada de no haberme dado cuenta de cómo era realmente y qué tramaba. Y pensar que estaba utilizando mi negocio para llevar a cabo sus crímenes. Ya le dije a la policía que no quería que me devolvieran nada de lo que confiscaron, ni siquiera las cortadoras de carne, ni la picadora, ni el congelador —dijo y, acto seguido, sacudió asqueada la cabeza.

—Por favor, deles las gracias a los niños de mi parte.

—Lo haré, por supuesto. Por cierto, aquí tiene la lista de ingredientes que va a necesitar para preparar esa cena para Blanche. Seguro que con esto se pone muy «contenta».

Samuel echó un vistazo a la lista.

—Pero ¿qué es todo esto? —preguntó, con cara de desconcierto—. ¿Y de dónde voy a sacar todas estas cosas?

Rosa María cogió una cesta e indicó al reportero con un gesto de su dedo índice que la siguiera. Mientras recorrían los diferentes pasillos del mercado arriba y abajo, Samuel observó atentamente cómo escogía diversas latas de conservas. Después, se lo llevó a la sección de frutas y verduras donde escogió unas setas con un fuerte olor. Mientras cogía cada uno de esos ingredientes, le iba explicando cómo se suponía que debía mezclarlos, según la receta.

—Asegúrese de no echar demasiado zumo de granada —le advirtió—. Y, lo más importante de todo, eche exactamente solo una taza de setas, ni más ni menos. Si echa demasiadas, su chica se excitará en exceso, y la situación se le escapará de las manos; más de lo que desea, créame.

Después de que Samuel pagara todo lo que había comprado, Rosa María le prestó una bolsa de tela con el logo del mercado Mi Rancho para poderlo llevar todo. El reportero cogió la bolsa por las asas, le dio las gracias a Rosa María y se fue del mercado silbando. En esos momentos, solo podía pensar en que, después de disfrutar de esa cena romántica, iba a hacer el amor con Blanche. A pesar de que Melba se lo había aconsejado, no tenía un plan B. No se podía permitir el lujo de pensar que lo iba a necesitar.

APÉNDICE

1. El Georges de Latour Reserva Privada de los viñedos Beaulieu era conocido por su exuberante sabor y fue el vino más famoso y sofisticado de todos los tintos de California.

2. El Inglenook «Cask» Cabernet Sauvignon era un vino también para entendidos y rivalizaba en el mercado con las botellas Georges de Latour de las bodegas Bealieu. Era conocido por su austero sabor y su capacidad de envejecer muy bien con el paso de las décadas.

3. El Charles Krug Cesare Mondavi Selecto era el vino más excelente de esa bodega. Las uvas provenían de los célebres viñedos To-Kalon en Oakville, en el valle de Napa, que más tarde acabaron siendo propiedad del hijo de Cesare, Robert Mondavi, quien fundó ahí una bodega con su nombre.

4. El Cabernet Sauvignon de Simi permitió que el condado de Sonoma ocupara un lugar destacado entre los más excelsos Cabernets en la década de los sesenta.

5. El Paul Masson Cabernet Sauvignon se producía originalmente en las montañas de Santa Cruz, donde su primer dueño, Paul Masson, fundó una bodega cerca de Saratoga. Si bien no se puede considerar que esté a la misma altura de los demás que menciono, merece la pena destacarlo.

6. Hanzell Pinot Noir es muy raro de encontrar, ya que esta bodega artesanal produjo muy poco vino. En su época, un crítico llegó a afirmar que ese vino era tan raro de ver como

un unicornio. Hanzell fue una empresa financiada por James D. Zellerbach, quien había amasado una fortuna fabricando papel. Zellerbach pretendía crear los equivalentes californianos a sus vinos de borgoña favoritos, tanto de su vino tinto preferido (Pinot Noir) como de su vino blanco más querido (Chardonnay). El nombre de la bodega es una contracción de su apellido, Zellerbach, y del nombre de su primera mujer, Hana.

AGRADECIMIENTOS

Cuando en 2006 estuve en ciudad de México para la presentación de *Duelo en Chinatown*, mi primer libro publicado, mi buena amiga, la difunta María Victoria Llamas Seid, organizó un acto para que el afamado escritor mexicano Víctor Hugo Rascón Banda me presentara ante el público mexicano. Durante el evento, me hicieron la típica pregunta de si ese era mi primer libro y yo di mi respuesta habitual: «No, mi primer libro trataba sobre un enano obsesionado con el sexo». Entonces, Víctor Hugo mencionó que en Juárez, México, a principios del siglo XX, había existido una casa de mala reputación muy famosa en donde solo trabajaban prostitutas enanas. Tras la presentación, fui a cenar con María Victoria y varios de sus amigos. Una de ellos, la fotógrafa Lourdes Almeida, me comentó que recordaba haber leído un libro de Ignacio Solares titulado *Columbus*, que hablaba sobre el tema, y me preguntó si me gustaría tener un ejemplar de ese libro. Le dije que sí y me lo envió. Así que gracias a María Victoria, Víctor Hugo, Lourdes Almeida e Ignacio Solares, Dusty Schwartz tuvo un origen propio en vez de ser otro enano más obsesionado con el sexo.

ÍNDICE